KB119590

Dear beloved korean readers,
We are connected to the world of anxiety, where the influx of information makes us suffer. It is time for us to disconnect from it and reconnect to the chain of love and kindness. I hope my experience of overcoming difficult times can enlighten your night.
Please remember, you already are a perfectly beautiful planet.
Matt Haig

친애하는 한국 독자들에게.
우리는 너무 많은 불안으로 연결되어 있습니다.
이제는 그 연결을 끊고, 사랑과 친절이 넘치는 새로운 연결 고리를 찾을 때입니다.
힘든 시기를 이겨내고 얻은 저의 깨달음이 당신의 밤을 환히 비추길 바랍니다.
기억하세요, 당신은 이미 완벽히 아름다운 행성입니다.

_ 매트 헤이그

불안의 밤에 고하는 말

불안의 밤에 고하는 말

세상의
소음으로부터
서서히
멀어지는

매트 헤이그
최재은 옮김

위즈덤하우스

이 책에 쏟아진 찬사

마음을 단숨에 사로잡으면서 오랜 시간 생각에 잠기게 하는 이야기. 외부와 24시간 접속된 소셜 미디어 시대를 살아가는 우리 모두의 삶에 절실히 필요했던 책이다. 놀라운 통찰로 가득한 기록! _「가디언」

솔직하고 위트 넘치며 날카롭다. 이 책에서 그는 우울이라는 '투명 태풍'을 누구보다 깊고 생생하게 묘사해낸다. 전작 『살아야 할 이유』에 필적할 훌륭한 책. _「선데이 타임스」

이 책은 가파르게 움직이는 현대사회가 어떤 식으로 우리의 정신에 부정적 영향을 미치는가를 치밀하게 탐색한다. 날로 심해지는 스마트폰 중독, 매일 쉬지 않고 쏟아지는 세계 곳곳의 뉴스를 흡수하며 받는 정서적 충격, 집단적 수면 부족 등 현대인을 괴롭히는 각양각색의 문제를 방대하게 고찰한다. 작가 자신의 개인적인 경험과 그로 인해 얻은 통찰력으로 무장된 그의 메시지 하나하나는 깊은 지혜를 전하며 우리의 마음을 울린다. _「커커스 리뷰」

매트 헤이그는 자신의 독자를 너무 잘 이해하고 그들을 진심으로 돕고자 애쓰는 영리한 솜씨꾼이다. 마지막 페이지를 덮는 순간까지 내내 작가의 독창적인 에너지와 통찰력에 감탄했다. _「데일리 메일」

현대사회의 환경, 정치, 뉴스, 그 밖에 날마다 우리의 정신을 혼란스럽게 하고 개개인의 능력을 망가뜨리는 문제들을 낱낱이 조명한 책. 매트 헤이그는 이 모든 것으로 인한 전투를 한바탕 힘겹게 치른 뒤 얻은 지혜와 조언을 아낌없이 전하며 부조리로 가득한 오늘날의 사회에 힘차게 대항한다. _『북리스트』

지혜롭고 설득력 넘치며 위안을 주는 작품. _「아이리시 타임스」

날카로운 지혜와 따뜻한 위로로 가득한 책. 현대사회가 당신을 불안하게 한다면, 이 책이야말로 지금 당신에게 꼭 필요한 작품이다. _클라우디아 해먼드, 『어떻게 시간을 지배할 것인가』 저자

아름답고 솔직하고 지혜로운 이야기. _펀 코튼, BBC 라디오 진행자

세상이 당신의 머리를 어지럽히는가? 매트 헤이그는 바로 그 두려움을 함께 분담하자고 나서며 수없이 다양한 각도에서 답을 제시한다. 놀라운 울림으로 마음을 사로잡는 작품이다. _조 브랜드, 영국 영화배우 · 드라마 작가

지금 이 순간을 살아가는 법에 관한 현존하는 최고의 지침서! 세계 어디서든 이 책을 만나는 독자들은 깊이 고마워하게 될 것이다. _니겔라 로슨, 영국 저널리스트 · 요리연구가

식사를 했든 안 했든, 이 책을 하루에 두 번씩 복용하라. 지혜, 통찰, 사랑, 위트를 모두 맛볼 수 있는 이 시대 가장 강력한 영양제다. _스티븐 프라이, 영국 영화배우 · 코미디언

차례

이 미친 세상에서 어떻게 미치지 않고 살 수 있을까

세상은 놀라울 정도로 발전했다. 그로 인해 감사해야 할 것이 참으로 많다. 기대 수명 증가, 영아 사망률의 지속적인 감소, 윤택해진 의식주 환경, 세계대전의 종식……. 세계는 주로 인간의 기본적인 물질적 욕구에 초점을 맞춰 발전해왔고, 그 결과 이제는 많은 사람이 벽으로 둘러싸인 보금자리에서 끼니를 거르는 일 없이 비교적 무탈하게 살고 있다. 그런데 이렇게 몇 가지 문제를 해결하고 나니 또 다른 문제가 등장했다. 현대사회의 발전 중 어떤 측면은 새로운 문제들을 잇달아 초래한다.

한 번씩 이런 의구심이 든다. 과거에 사람들을 괴롭혔던 결핍의 문제들은 오늘날 과잉의 문제들로 대체되어버린 게 아닐까. 그 때문인지 요즘은 너나 할 것 없이 무언가를 떼어버리는 방법으로 라이프 스타일을 바꿔보려고 한다. 다이어트는 이러한 절제 욕망을 보여주는 극명한 사례다. 디지털 디톡스 열풍, 마음 챙김, 명상, 미니멀 라이프의 성행은 과잉 문화에 대한 반발심이 가시적으로 드러난 현상이라고 볼 수 있다.

수많은 진보에도 불구하고 현대사회의 여러 측면이 우리에게 오히려 해를 끼친다는 사실을 우리는 이미 알고 있다. 자동차 사고, 흡연, 대기 오염, 소파와 한 몸이 된 라이프 스타일, 테이크아웃 피자, 방사능, 날로 늘어가는 술을 떠올려보라. 컴퓨터 역시 다양한 신체적 위험을 유발한다. 거북목, 손목 터널 증후군, 안구 건조증 등. 내 검안사는 내 눈병과 안구 건조증의 원인이 스크린을 많이 보기 때문이라고 진단했다. 확실히 우리는 휴대폰이나 모니터를 볼 때 눈을 덜 깜빡거린다.

그렇다면, 신체 건강과 정신 건강이 서로 밀접하게 얽혀 있듯 현대사회와 우리의 정신 상태도 마찬가지 관계라고 생각해볼 수 있지 않을까? 우리가 현대사회를 살아가는 방식의 여러 측면이 일상에서 느끼는 감정에도 지극히 깊은 영향을 주는 게 아닐까? 물질적 측면뿐 아니라 가치적인 측면까지 영향을 받는 건 아닐까? 지금 가진 것보다 더 많이 갖고 싶게 만드는 가치들, 노는 것보다 일하는 것을 숭배하게 만들고, 스스로에게서 최악의 결점들만 찾아내 타인의 최고의 장점들과 비교하게 만들고, 우리에게 항상 무언가가 부족하다고 느끼게 만드는 가치들 말이다.

극심한 우울증과 공황 장애를 앓고 서서히 마음을 회복해가면서 이 책에 대한 아이디어가 불쑥불쑥 떠오르곤 했다. 나는 이미 나의 전작『살아야 할 이유』에서 내 정신 건강 문제에 대해 이야기했다. 이제 우리가 해야 할 질문은 '내가' 왜 살아야 하는가가 아니다. 이번 질문은 좀 더 광범위하다.

　이 미친 세상에서 우리는 어떻게, 미쳐버리지 않고 인간답게 살 수 있을까?

1
불안한 시대의 더 불안한 사람들

마음의 붕괴

"고통받을까 두려워하는 자는
이미 그 두려움만으로 고통받는다."

_미셸 몽테뉴, 프랑스 사상가

'불안'의 짜증 나는 점 중 하나는, 명확한 원인을 찾기가 어렵다는 사실이다. 당장 눈에 보이는 위협이 없는데도 어쩐지 지독하게 밀려드는 두려움. 온통 팽팽한 긴장감만 가득한 채 정작 현실은 고요하다. 마치 상어가 나타나지 않는 「죠스」 영화 속 같다고나 할까. 하지만 실제로 상어는 있다. 눈에 보이지 않지만, 확실히 존재한다. 가끔 아무 이유 없이 그냥 걱정이 된다고 느낄 때조차 이유는 있게 마련이니까.

"당신들은 더 큰 배가 필요할 거요." 영화 「죠스」에서 브로디 서장이 한 말이다. 아마 우리도 같은 문제를 겪고 있을지도 모른다. 이놈의 상어들이 세상 어디에 포진하고 있는지, 그리고 인생의 바다를 무사히 항해하려면 무엇이 필요한지. 이 두 가지만 알아낸다면, 어쩌면 우리도 이 세상에 더 잘 맞설 수 있지 않을까?

불안에는 '밀어서 끄기' 기능이 없다

그날 내 상태는 스트레스로 폭발 직전이었다. 온라인에서 맞붙은 상대를 이기려고 낑낑대며 집 안을 맴돌고 있었고, 그런 나를 아내가 바라보고 있었다. 아니, 아마 보고 있었을 거다. 확실친 않다. 난 줄곧 내 핸드폰만 보고 있었으니까.

"여보!"

"응? 왜?"

"왜 그러는데?"

아내가 묻는다. 결혼 생활을 하다 보면 으레 늘게 마련인 체념 어린 말투다.

"아니야, 아무것도."

"벌써 한 시간 넘게 핸드폰만 보고 있잖아. 괜히 왔다 갔다 하면서 여기저기 부딪히기나 하고."

심장이 쿵쾅거리고 가슴은 답답하게 조여들었다. 맞서 싸울 것인가, 달아날 것인가의 갈림길. 얼굴도 모르는 사람 때문에 나는 완전히 궁지에 몰려 겁박당하는 기분이 들었다. 우리 집에서 13,000킬로미터나 떨어진 곳에 사는 데다 나와는 평생 절대 마주칠 일도 없을 그 사람이 용케도 내 주말을 망치고 있었다.

"그냥 뭐 좀 다시 확인할 게 있어서."

"여보, 이제 그만 좀 해."

"아니, 나는 그냥……."

이렇게 머릿속이 엉망진창일 때 생기는 문제가 있다. 괴로움에서 벗어나려고 일시적으로 찾아낸 기분 풀이 비법들이 대부분 장기적으로는 우리 감정을 더 악화시킨다는 점이다. 자기 자신을 제대로 이해하는 데 집중해야 할 순간에 오히려 우리는 스스로를 교란시킨다.

"여보!"

한 시간 뒤 자동차 안, 아내가 조수석에서 내 쪽을 힐긋 쳐다봤다. 나는 더 이상 핸드폰을 보고 있진 않았지만 여전히 손에 꽉 움켜쥐고 있었다. 그래야 마음이 놓이니까. 수녀가 묵주를 꼭 붙들고 있는 것과 마찬가지 원리다.

"여보, 괜찮아?"

"괜찮아. 왜?"

"정신 나간 사람 같아. 꼭 예전에 자기……."

아내는 '우울증 걸렸을 때처럼'이라는 말이 나오기 전에 입을 다물었지만 눈치가 뻔했다. 게다가 불안과 우울이 실제로 나를 에워싸는 것 같았다. 아직 사정권에 진입하진 않았지만 거의 근접해 있었다. 그때의 모든 기억이 숨 막히는 차 안의 공기를 묵직하게 채워오는 것이 느껴질 정도였다.

"아냐, 괜찮아."

나는 거짓말을 했다.

"나 정말 괜찮아."

그리고 일주일도 채 안 돼서 나는 우리 집 소파에 드러누워 열한 번째 들이닥친 불안증 속으로 빨려 들어가고 있었다.

◦

나는 무서웠다. 그럴 수밖에. 불안의 핵심이 바로 겁먹는 것이니까. 불안증이 나를 덮치는 간격이 점점 짧아졌고 이러다 정말로 내가 어떻게 될까 봐 두려웠다. 절망의 나락은 끝없이 깊어지는 것만 같았다. 그래서 불안증을 떨쳐줄 딴짓거리를 찾기 시작했다. 일단 과거의 경험상 알코올은 아예 후보에서 제외됐고, 대신 평범한 일상에서 잠시 잊고 살았지만 예전에 구덩이에서 기어 나오는 데 효과가 있었던 몇 가지 방법을 다시 끄집어냈다. 제일 먼저 먹는 것에 신경 쓰고 요가를 하고 명상도 시도했다. 방바닥에 누워 배 위에 손을 얹고 심호흡도 했다. 들이쉬고 내쉬고 들이쉬고 내쉬고. 하지만 호흡의 리듬조차 절뚝거리는 것 같았다.

뭘 해도 힘들었다. 아침에 입을 옷을 고르는 것조차 내 마음을 괴롭혔다. 예전에 한 번 겪었던 일이어도 아무 소용이 없었다. 후두염을 겪어봤다고 다음번 걸렸을 때 덜 아픈 건 아니지 않은가.

책을 읽어보려 했지만 집중이 되지 않았다.

그래서 팟캐스트를 들었다.

넷플릭스 신작도 몇 편 봤다.

SNS도 했다.

일에 파묻혀볼까 싶은 마음에 받은 이메일에 전부 회신을 보내려고도 해봤다.

아침에 일어나면 핸드폰을 꼭 붙들고 제발 그 안에 이런 나 자신에게서 나를 탈출시켜줄 무언가가 있길 간절히 빌었다.

하지만 결론부터 말하자면, 효과는 없었다. 내 정신 상태는 점점 악화하기 시작했고 내가 시도한 딴짓들 대부분은 나를 더 미치게 만들 뿐이었다. T. S. 엘리엇의 시 「네 개의 사중주」의 시구처럼, 내 '산만한 정신'이 '산만해지고 싶은 정신'을 오히려 산만하게 했다.

나는 겁에 질린 채 아직 회신 전인 이메일을 멍하니 보고만 있다가 결국 답장을 보내지 못하고, 이번엔 내가 애용하는 디지털 딴짓거리인 트위터에 접속했다. 하지만 불안감은 점점 더 부풀어 올랐다. 그저 타임라인을 건성으로 스크롤만 하는데도 예전의 상처가 까발려지는 기분이 들었다.

다시 다른 딴짓거리를 찾아 온라인 뉴스를 읽어봤지만 뉴스를 감당할 정신은 더더욱 아니었다. 세상의 수많은 고통을 알게 된다고 해서 내 고통이 객관화되는 건 아니었다. 오히려 무력감만 심해질 뿐이다. 게다가 세상 밖에 눈에 보이는 문제들이 이렇게나 많은데 '보이지도 않는' 내 문제 따위가 사람을 이렇게 무기력하게 만들 수 있다는 사실에 비참해지기까지 했다. 절망은 더 극심해졌다.

그래서 나는 다른 행동을 취하기로 했다.

모든 연결을 끊었다.

며칠 정도 SNS를 보지 않기로 했다. 이메일에도 부재중 알림을 설정해두었고 뉴스는 보지도 읽지도 않았다. TV 시청도 끊고 뮤직비디오도 전혀 보지 않았다. 심지어 잡지도 멀리했다.

잠자리에 들 땐 핸드폰을 아래층에 놓아두었고 외출 횟수도 늘렸다. 침대 협탁 위에 어지럽게 널려 있던 온갖 기기와 얽혀 있는 전선들, 그리고 사실상 읽지도 않던 책들도 깔끔하게 정리해서 치워버렸다.

집에 있는 동안엔 편두통이 도졌을 때 하는 것처럼 집 안을 어둡게 하고 최대한 많이 누워 있었다. 처음 자살 충동을 느낄 정도로 아팠던 20대 이후로 줄곧, 나는 '회복'하려면 일종의 생활 개조가 필요하다는 사실을 알고 있었다.

치워버리기.

미니멀리즘 신봉자인 사사키 후미오의 표현에 따르면 '덜 소유하는 데에 행복이 있다'고 하지 않았던가. 처음 발작이 찾아왔던 초기에 내가 치워버린 건 술, 담배, 독한 커피 정도뿐이었지만, 그 후로 몇 년이 지난 지금 나는 그런 것들보다 좀 더 '전반적인 과잉'이 진짜 문제라는 걸 안다.

삶의 과잉.

물론 테크놀로지의 과잉도 빼놓을 수 없다. 이번 회복 과정에서 내가 접속한 테크놀로지라면 (자동차와 오븐레인지를 제외하고) 유튜브의 요가 비디오뿐이었다. 심지어 그것도 아주 희미한 밝기로 시청했다.

그렇다고 해서 불안이 사라지는 기적은 일어나지 않았다. 당연히 그럴 순 없다. 핸드폰과 달리 불안에는 '밀어서 *끄기*' 기능 따위는 없으니까. 하지만 기분이 더 나빠지는 건 멈췄고, 그렇게 정체기를 보내고 며칠이 지나니 만사가 평온해지기 시작했다. 회복으로 가는 익숙한 길이 의외로 빨리 찾아왔다. 각종 자극제(술과 카페인을 비롯해 위에서 언급한 것들)를 자제하는 것 역시 회복 과정의 일부다.

그렇게, 나는 다시 홀가분해졌다.

시선 강탈 시대의 뉴스

인터넷 뉴스를 열면 '시선 강탈 시대'에 걸맞은 시선 강탈 헤드라인 몇 개가 금방 눈에 띈다. 알다시피 뉴스는 우리에게 스트레스를 유발하도록 디자인된다고 해도 과언이 아니다. 우리 마음을 진정시킬 의도로 디자인되었다면 아마 뉴스 취급도 받지 못했을 것이다. 그럴 거라면 '요가'나 '강아지'로 불렸을 테니까. 여기서 아이러니는 언론 매체들이 현대사회의 불안을 걱정하는 투의 우려 기사를 쏟아내면서 도리어 그런 기사로 우리를 불안하게 만든다는 점이다.

그런 머리기사 몇 가지를 골라봤다.

'스트레스와 소셜 미디어, 10대 소녀들의 위태로운 정신 건강 문제에 더욱 기름을 붓다'_「가디언」

'현대판 전염병이 되어버린 만성적 외로움' _「포브스」

'페이스북이 당신을 비참하게 만들 수도 있다고 페이스북은 인정한다'
_「스카이 뉴스」

'10대들의 자해 및 신체적 자기 학대 현상이 급증하다' _BBC

'직장인의 73%가 직장 내 스트레스 때문에 업무에 영향을 받는다'
_「오스트레일리안」

'유명인들의 신체 이미지를 과다하게 접하면서 섭식장애 사례가 급증
하고 있다' _「가디언」

'완벽해야 한다는 중압감, 그로 인한 대학생들의 잇따른 자살'
_「뉴욕타임스」

'가파르게 증가하는 직장 내 스트레스' _라디오 뉴질랜드

'로봇이 우리 아이들의 일자리를 차지하게 될까?' _「뉴욕타임스」

'트럼프 행정부 출범 이후 미국 고등학교 내 스트레스 및 적대적 정서
심화' _「워싱턴 포스트」

'행복한 아이가 아닌 남들보다 뛰어난 아이로 길러지는 홍콩의 아이들'
_「사우스 차이나 모닝 포스트」

'고도의 불안증·스트레스를 완화하기 위해 약물을 복용하는 사람들이
점차 늘고 있다' _「엘 파이스」

'인터넷이 우리 모두에게 ADHD를 유발하는가' _「워싱턴 포스트」

'"우리의 정신은 탈취당할 수 있다", 테크 업계의 내부 고발자들, 스마트
폰 디스토피아의 도래를 우려하다' _「가디언」

'10대들의 불안과 우울이 갈수록 악화하고 있다' _「이코노미스트」

'인스타그램, 청소년 및 20대 초반 청년들의 정신 건강에 최악의 영향을

끼치는 소셜 미디어로 선정'_CNN

'전 세계적으로 자살률이 치솟는 이유는 무엇인가'_「얼터넷」

　뉴스는 온갖 요인들이 우리를 불안하고 우울하게 만든다고 비판하지만, 그런 뉴스 자체도 우리를 불안하게 만드는 또 하나의 요인이라는 점은 아이러니하다. 헤드라인만 봐도 그렇지 않은가.

　나는 이 책에서 '세상은 엉망진창이고 우리는 다 망했다'라는 말을 하려는 것이 아니다. 그 임무는 이미 트위터가 잘 맡아서 하고 있다. 현대사회의 문제점들이 과거보다 온통 나쁘기만 하다는 말을 하려는 것은 더더욱 아니다. 몇몇 부분에서는 눈에 띄게 좋아지는 것들도 분명 있다. 세계은행의 수치에 따르면 지난 30년간 10억 명 이상이 극빈층에서 벗어났으며, 전 세계적으로 극심한 경제적 궁핍 속에 사는 사람의 숫자도 급격히 줄어들고 있다. 또한 백신 개발은 세계 전역 수백만 어린이의 생명을 구해냈다. 미국 언론인 니콜라스 크리스토프가 2017년 「뉴욕타임스」 기사에서 언급했듯, "사람이 겪을 수 있는 가히 최악의 비극이 부모가 자식을 잃는 것이라면, 이제는 그런 일을 겪을 확률이 1990년에 비해 절반가량으로 줄었다". 비록 우리 인간이라는 종 사이에 만연한 폭력, 배척, 경제적 불평등이야 앞으로 계속 존재하겠지만, 그래도 최대한 전 지구적 차원에서 보면 위의 개선점들은 우리가 긍지와 희망을 가질 만한 성취다.

　문제는 각 시대마다 우리에게 고유하고 복잡한 도전 과제가 던져진다는 점이다. 또한, 지금까지 많은 것이 발전했지만 그렇다고 모든 것이 발전한 것은 아니다. 예나 지금이나 불평등은 여전하다.

게다가 완전히 새롭게 떠오른 문제도 여럿 있다. 사람들은 물질적으로 그 어느 때보다 많은 것을 소유하고 있음에도 불구하고 두려움에 떨며 살아가거나 자신을 무능하게 여기고 심지어 자살 충동까지 느낀다.

흔히 우리는 건강이나 교육, 평균 수입 같은 현대 생활의 장점을 줄줄이 읊어보기도 하지만, 나는 그런 정신 승리 요법이 별 소용이 없다는 사실을 뼈저리게 인식하고 있다. 그것은 마치 우울증 환자에게 '아무도 안 죽었으니 얼마나 감사한 일이냐'고 지껄이는 것이나 마찬가지다. 나는 이 책에서 우리의 '감정'도 우리의 '소유물'만큼이나 중요하다는 사실을 규명하고 싶다. 정신 건강이 신체 건강 못지않게 중요하며, 그런 점에서 지금 세상은 단단히 잘못 돌아가고 있다는 점을 밝혀내고 싶다.

만약 지금의 세상이 우리 마음을 불편하게 만들고 있다면, 그 밖의 다른 것들이 잘 굴러가도 아무 소용이 없다. 일단 기분이 나쁘면 정말 짜증이 나니까. 게다가 기분 나쁠 이유가 없다고 다들 말하는데도 나만 기분이 나쁘다면, 그것만큼 더 짜증 나는 일도 없다.

내가 바라는 이 책의 역할은, 앞에서 열거한 스트레스투성이 헤드라인이 탄생하게 된 사회적 맥락들을 살펴보고, 잠재적 공포 요인으로 가득한 세상에서 우리가 스스로를 보호할 수 있는 방법을 알아내는 것이다. 여타의 것들이 아무리 우리 마음에 들게 잘 돌아가도 우리의 정신은 여전히 다칠 수 있기 때문이다. 다양한 정신 건강 문제가 수치화할 수 있을 정도로 증가하고 있다. 정신 건강이 정

말로 중요하다고 믿는다면, 이제는 절실한 마음으로 이런 증가세의
배후에 어떤 요소들이 있는지 그 정체를 살펴봐야 한다.

실은 이 모든 게 세상 탓은 아닐까

이 모든 번뇌는 가장 최근의 불안 발작에서 시작되었다. 어쩌면 이 모두가 멍청한 생각은 아니었을까. '문제'에만 계속 연연하는 것이 잘못된 일이 아닌지 의심이 들기 시작했다. 하지만 문제에 대해 이야기하지 않는 것 자체가 바로 문제 아니었던가. 사람들이 일터에서, 혹은 학교에서 심리적으로 무너지는 이유가 바로 그 때문이다. 그런 이유 때문에 중독 치료 시설이 사람들로 붐비고 자살 수치가 높아진다. 덧붙이자면 나는 나 자신을 위해서도 우선 문제 자체를 제대로 이해하는 것이 필수적이라고 판단했다. 물론 나 역시 긍정적이어야 하는 이유나 행복해지는 방법 같은 것도 알고 싶다. 하지만 그러려면 먼저 내 실상을 파악해야 한다.

개인적인 예로, 나한테는 영화 「스피드」에서 속도가 시속 80킬로미터 아래로 떨어지면 폭발하는 버스에 타고 있는 사람처럼 '속도가 떨어지는 것'에 대한 공포가 있다. 내 실상을 파악한다는 것은 나에게 왜 이런 공포가 생겼는지 그 이유를 먼저 이해해야 한다는 뜻이다. 혹시 나의 속도가 세상의 속도와 연관이 있는 것은 아닐까. 나는 그것이 궁금하다.

내가 이 문제에 '세상'을 끌어들인 것은 단순하지만 조금은 이기적인 이유 때문이다. 지금까지 겪어왔던 정신 일탈의 행적들을 생각해보건대, 또 그런 일이 생기면 내 정신이 과연 어느 지경까지 망가질 수 있을지 생각만 해도 너무 두렵기 때문이다. 그리고 내가 20대에 심리적으로 병을 앓게 된 데 어느 정도는 내 생활 방식 탓도 있었음을 이제는 나도 알고 있기 때문이다. 폭음, 나쁜 수면 습관, 본래의 내가 아닌 '다른 나'가 되고 싶은 열망, 전반적인 사회적 부담 때문이었다. 나는 다시는 그때의 상황으로 추락하고 싶지 않다. 그러려면 스트레스가 사람들을 어느 지경까지 몰아붙일 수 있는지뿐 아니라, 그것이 대체 언제 어디에서 어떻게 시작되는 것인지에도 촉각을 곤두세우고 살펴야 한다. 가끔 내 멘탈이 금방이라도 붕괴될 것처럼 느껴지는 이유가 혹시 조금은 세상 탓이 아닐까? 가끔 이 세상이 곧 무너져내릴 것처럼 보여서 그런 것은 아닐까? 나는 정말 알고 싶다.

'붕괴'라는 단어는 애매모호하다. 아마 그래서 요즘에는 의료 전문가들이 더 이상 이 단어를 쓰지 않으려는 것일 수도 있지만, 그럼에도 우리는 이 단어가 본질적으로 담고 있는 뜻을 알고 있다. 사전에서는 '붕괴Breakdown'를 '기계적 고장', '관계 또는 시스템의 실패'로 정의한다.

우리 내면에서 일어나는 붕괴뿐 아니라 저 넓은 세상에서 벌어지는 붕괴를 알려주는 여러 경고 신호를 포착하기 위해 굳이 집중할 필요도 없다. 우리 행성이 붕괴의 운명을 향해 나아가고 있다는 내 말이 야단스럽게 들릴 수도 있다. 하지만 정말로 이 세계가 기술적으로든 환경적으로든 정치적으로든, 의심할 여지 없이 모든 면에서 변화하고 있다는 사실은 다들 알고 있을 것이다. 그것도 아주 빠른 속도로 말이다. 따라서 지금 가장 시급한 일은 우리가 어떻게 하면 이 세상을 잘 개조해서 다시는 세상이 우리를 붕괴시키지 못하게 할 수 있을지 그 방법을 알아내는 것이다.

어디까지가 불안이고 어디부터가 뉴스일까

아직 일어나지도 않은 최악의 사태를 상상하는 것이 비합리적인 짓인 줄 알면서도, 우리의 감정은 틈만 나면 불행 회로를 돌리곤 한다. 그리고 이 사실을 아는 사람은 비단 불안에 취약한 사람들만이 아니다. 광고주도 알고 있다. 보험 판매원도 알고 있다. 정치인도 알고 있다. 뉴스 편집자도 알고 있다. 정치 선동가도 알고 있다. 테러리스트도 알고 있다.

현시대에서 가장 '장사'가 되는 건 섹스가 아니다. 진짜배기는 바로 '두려움'이다.

그런데 이제는 최악의 재앙을 '상상'만 하는 게 아니라 실제로 볼 수도 있게 되었다. 말 그대로 눈으로 볼 수 있다. 카메라가 달린 핸드폰 덕분에 우리는 모두 실시간 리포터가 되었다. 테러리스트의 공격이라든가 산불, 쓰나미처럼 진짜로 끔찍한 일이 터질 때면 그 현장에는 언제나 그 광경을 촬영할 누군가가 존재한다.

우리 악몽에 공급할 양분 거리도 점점 풍부해지고 있다. 과거의 우리는 신중하게 선택한 신문이나 TV 뉴스에서 정보를 얻었지만, 지금은 그렇지 않다. 이제는 다양한 뉴스 웹사이트와 소셜 미디어, 이메일 알림을 통해 정보를 얻는다. 게다가 TV 뉴스도 예전과는 달라졌다. 속보가 끊이지 않는다. 그리고 더 섬뜩한 뉴스일수록 시청률도 높다.

그렇다고 뉴스 관계자들이 전부 나쁜 뉴스거리가 생기길 바란다는 뜻은 아니지만, 그런 끔찍한 뉴스가 참으로 다양한 방식으로 보도되는 걸 보면 나쁜 뉴스를 원하는 사람들도 있는 건 분명하다. 게다가 심지어 최고의 뉴스 채널들도 높은 시청률을 원한다. 이들은 지난 몇 년간 어떤 뉴스가 대중에게 먹히고 안 먹히는지를 알아내느라 온갖 수고를 들였고, 사람들의 관심을 차지하기 위한 경쟁도 그 어느 때보다 더욱 극심해졌다. 그래서인지 요즘은 뉴스를 보고 있으면 마치 끝없이 형상화되는 범불안장애 사례들을 보는 것 같을 때도 있다. 여러 개로 구분 지어진 화면, 말하는 얼굴들, 끊임없이 화면을 가로지르는 정보성 자막들, 이 모든 것이 불안의 가시화된 모습이다. 온갖 의견 충돌과 소음과 선정적인 드라마의 종합선물세트. 이런 뉴스를 보고 있는 것만으로 우리는 충분한 스트레스를 받을 수 있다. 심지어 기삿거리가 별로 없는 날조차 마찬가지다.

끔찍한 일이 실제 벌어졌을 때도, 반복적으로 방송되는 목격자들의 목격담, 개인적 추론, 핸드폰 영상은 현실에 아무 도움이 되지 않는다. 온통 자극적 내용만 가득하고 실상 정보는 없기 때문이다.

만약 뉴스가 당신의 마음을 극도로 망가뜨린다 싶으면 그냥 뉴스를 꺼버려라. 공포가 마음속에 끼어들 틈을 주지 마라. 잠시도 멈추지 않고 돌아가는 뉴스 앞에서 무력하게 얼어붙어 있어봤자 백해무익이다.

뉴스는 최악의 사건에 집착하고, 시나리오를 점점 더 최악으로 몰아가고, 불안을 유발하는 주제 하나를 놓고 끝도 없이 반복적인 정보를 내보낸다. 의도한 바는 아니겠지만 공포의 작동 방식을 그대로 모방하는 셈이다. 그래서 요즘은 대체 어디까지가 우리의 불안장애이고 어디부터가 실제 뉴스인지 구분이 어려울 수도 있다.

그러므로 우선, 우리는 이것부터 인정하고 기억해야 한다.

뉴스를 보지 않는 것은 전혀 부끄러워할 일이 아니다.

트위터를 하지 않는 것은 전혀 부끄러워할 일이 아니다.

연결을 끊어버리는 것은 전혀 부끄러워할 일이 아니다.

집단 통곡의 도시

TV에 출연한 정치분석가들이 점점 더 즐겨 사용하는 표현이 있다. '충격'. 매일같이 뉴스를 보고, 읽고, 스크롤하는 21세기의 우리는 끊임없는 '충격'의 집중 포화에 노출된다.

'젠장, 이번엔 또 뭔데?'

개인이나 사회의 관점에선 '충격'이 불쾌한 경험이겠지만 정치적 관점에서 이는 아주 유용한 도구가 되기도 한다. 공황 발작을 극한까지 경험해본 사람 아무에게나 물어보라. 충격이 덮치면 공포이외에는 아무것도 떠오르지 않는다고 입을 모아 대답할 것이다. 사람이 충격을 받으면 정신이 흐려지고 논리적으로 생각하지 못한다. 수동적으로 변하고 결국엔 다른 사람들이 시키는 대로 움직이게 된다.

베스트셀러 작가이자 저널리스트인 나오미 클라인은 기업이나 정치권이 자기들의 이익을 위해 '대중의 혼란을 유발하는 집단 충격'을 시스템적으로 이용하는 이기적 전략을 묘사하기 위해 '쇼크 독트린shock doctrine'이라는 용어를 고안해냈다. 가령 석유회사들이 새로운 국가에 시장을 개척하기 위해 전쟁의 충격을 이용하거나, 미국 대통령이 강경한 반이민정책을 밀어붙이기 위해 테러리즘을 이용하는 식이다.

클라인은 말한다.

"무조건 거대하고 나쁜 일이 일어났다고 해서 우리가 충격 상태에 빠지는 건 아니다. 어떤 일이 충격적이려면 거대하고 나쁜 동시에 우리의 이해 범위를 벗어나는 일이어야 한다."

문제는 이제 우리가 24시간 내내 뉴스를 볼 수 있다는 점이다. 뉴스 안에서 사건은 끊임없이 터지는데 이를 제대로 흡수할 틈은 주어지지 않는다. 우리는 뉴스의 세상에 살고 있다. 뉴스의 속성상 모든 새로운 순간은 헤드라인과 핵심 문구로 포장되어 속속 스쳐 지나가고, 우리가 좀 더 차분하고 사색적으로 큰 그림을 이해해볼 수 있는 기회는 거의 주어지지 않는다.

충격은 부정적이면서도 당연한 감정들, 가령 공포, 슬픔, 무력감, 분노를 초래한다. 세상의 부당함을 향해 분노의 트윗을 날리는 데에 시간을 쏟고 싶은 유혹이 드는 건 인간으로서 당연한 감정이다. 하지만 그래봤자다. 결국엔 '충격'이 일으킨 집단 통곡에 나 한 사람 더 추가하는 것 말고는 아무런 효과도 없을뿐더러, 오히려 우리 주의를 딴 데로 돌리려는 권력자들과 정치적 양극단에 있는 자들에게 좋은 일만 해주는 셈이다.

개인이 공황 장애를 겪을 때 나타나는 주된 증상은 공포심과 함께 극도의 짜증과 염증을 느끼는 것이다. 하지만 회복의 과정을 밟아나가다 보면 자기 스스로 일종의 깨달음과 수용의 단계에 도달할 수밖에 없는 시점이 온다. 고통이 견딜 만해서가 아니라, '더 이상 견딜 수 없을 정도로 고통스럽기' 때문이다.

언젠가 우울증을 겪고 있을 때 맑은 하늘의 수많은 별을 올려다보던 일이 생각난다. 그야말로 우주의 경이였다.

구덩이 밑바닥까지 떨어질 때마다 나는 선함, 아름다움, 사랑을 찾으라고, 그게 아무리 힘들어도 그렇게 해야 한다고 나 자신을 다그쳤다. 말할 수 없이 힘든 일이지만 노력해야 했다. 내가 벗어나고 싶은 구덩이에 아무리 정신을 쏟아봤자 변화는 일어나지 않는다. 내가 도달하고 싶은 곳에 집중해야 변화가 일어난다. 나쁜 놈들을 때려눕히는 데에만 그치지 말고 좋은 놈들의 에너지 레벨을 끌어올리자. 내 주위에 숨어 있는 희망을 열심히 찾아낸 다음, 그것이 무럭무럭 자라게 하자.

고통은 지독하게 훌륭한 선생님이다

나의 걱정 목록들.

- 뉴스.

- **지하철.** 지하철에 타고 있으면 온갖 종류의 사고가 떠오른다. 전동차가 터널 안에 갇히거나 불이 나거나 테러 공격을 당할 수도 있고, 갑자기 심장마비가 일어날 수도 있다. 실제로 파리 지하철에서 무서운 사고를 당한 적이 있다. 지하철에서 내리자마자 새털구름처럼 엷은 최루 가스를 들이켜고는 순식간에 목구멍이 타들어가는 고통을 느꼈다. 지상에서 경찰과 노조시위대가 충돌하면서 경찰이 지하철역 근처에 최루가스를 발사하는 바람에 벌어진 일이었지만, 당시 지하에 있던 나는 그

런 사정을 알 리 없었다. 어떻게든 숨이라도 쉬어보려고 목도리에 얼굴을 파묻은 채 드는 생각은 '테러 공격'뿐이었다. 결국 테러는 아니었지만, 이미 머릿속에 테러가 떠오른 순간 그 생각만으로도 정신적 트라우마가 남게 된다. 프랑스 사상가 몽테뉴도 말하지 않았던가. "고통받을까 두려워하는 자는 이미 그 두려움만으로 고통받는다."

— **자살.** 비록 내가 과거에 자살 충동을 자주 느끼고 심지어 절벽에서 몸을 던질 뻔한 전적이 있긴 하지만, 최근 내가 시달리는 자살 강박은 자살하고 싶은 욕구가 아니라 오히려 자살을 저지를까 봐 두려운 마음에 가깝다.

— **건강 염려증.** 가령 이런 것들이다. 공황 발작으로 인한 치명적 급성 심부전(현실적으로 거의 일어나지 않는 일이다), 메두사의 얼굴을 마주 보기라도 한 것처럼 다시는 몸을 움직이지 못하고 그 자리에 영원히 붙박여버릴 거라는 확신이 들 정도로 나를 압살시키는 우울증, 암, 심장병(유전적인 이유로 콜레스테롤 수치가 높다), 너무 젊은 나이에 죽는 것, 너무 늙은 나이에 죽는 것, 죽는다는 것 그 자체.

— **외모.** 남자들이 외모 걱정을 하지 않는다는 것도 이제는 신화 속 전설 같은 얘기다. 나는 겉모습에 대한 걱정을 많이 했다. 예전엔 거의 광적으로 『맨즈 헬스』 잡지를 구매해서 표지모델 같은 몸을 만들겠다며 잡지에 나오는 운동 방법을 그대로 따라 하기도 했다. 모발의 질이라든지 탈모 가능성에 대한 걱정들, 얼굴에 있는 점들도 나를 괴롭혔다. 혹시

점들을 열심히 쳐다보면 그것들이 사라지지 않을까 하는 터무니없는 바람으로 거울 속을 한참 들여다보곤 했다. 나이 드는 것에 대한 걱정을 해소하는 법이 '나이 드는 것'이라니 정말로 희한한 아이러니가 아닐 수 없다.

- **죄책감.** 때때로 나는 내가 완벽한 아들, 완벽한 남편, 완벽한 시민, 완벽한 인간보다는 좀 부족한 존재라는 것에 죄책감을 느낀다. 충분히 열심히 일하지 않을 때도, 너무 열심히 일하느라 가족을 소홀히 할 때도 죄책감을 느낀다. 그렇다고 죄책감에 항상 이유가 있는 것도 아니다. 그냥 아무 이유 없이 그런 기분이 들기도 한다.

- **존재의 불충분함.** 나는 나의 모자란 점들이 걱정된다. 그리고 그런 것들을 어떻게 보충할지 걱정한다. 종종 내 안에 가상의 빈 공간이 있는 것처럼 느껴져서 인생의 다양한 시기마다 나는 별의별 것들(술, 파티, 트위터, 처방 약, 기분 전환용 약물, 운동, 음식, 일, 유명세, 여행, 돈 쓰기, 돈 더 벌기, 책 출간)로 그 빈 공간을 채워보려고 안간힘을 썼다. 물론 뭐 하나라도 제대로 된 건 없었다. 내가 그 빈 구덩이 속으로 무엇을 던져 넣든, 결국은 그놈들이 구덩이를 더 커지게 할 뿐이었다.

- **핵무기.** 뉴스에서 핵무기 얘기만 나오면 창문마다 버섯구름이 솟아오르는 장면이 머릿속에 훤히 떠오른다. 오마 넬슨 브래들리 전 미국 장군의 말이 오싹한 메아리가 되어 현시대를 울린다. "우리 세상은 핵무기의 대가들과 도덕적 영유아들 천지다. 우리는 사는 것보다 죽이는 것에

대해 아는 것이 더 많다."

- **로봇**. 이건 농담 반 진담 반이다. 앞으로 다가올 로봇 시대는 충분히 걱정할 만한 문제다. 나는 지속적인 저항을 실천함으로써 인간 옹호적 입장을 표현하고자 셀프 계산대 사용을 거부한다. 하지만 반대로 좋은 점도 있다. 가끔 로봇에 대해 생각하다 보면 신기루처럼 우리를 애태우는 수수께끼, 바로 '살아 있다는 것'의 소중함을 깨닫게 되기도 한다.

'걱정'은 마치 잘 지켜보고만 있으면 괜찮아질 것 같은 어감의 소박하고 다정한 단어다. 하지만 미래에 대한 걱정, 가령 당장 코앞의 10분 후부터 앞으로 10년에 대한 걱정들은 나에게 가장 큰 장애물이다. 나는 앞날을 걱정하느라 지금 이 순간을 온전히 살거나 만끽하지 못한다.

나는 무슨 일이든 최악을 상정하는 부류다. 시시한 걱정꾼 정도가 아니다. 아니, 나에게 들러붙은 걱정은 실제로 야욕을 품고 있다. 이 녀석은 자기 한계를 모른다. 그리고 같이 들어앉은 불안도 (심지어 그 거창한 불안장애까지 가지 않더라도) 이미 자랄 만큼 자라서 제멋대로 휘젓고 다닌다. 그러면 나는 어느 틈에 벌써 최악의 시나리오를 떠올리고 그것을 곱씹으며 노심초사하기 일쑤다.

내 일생 중 내가 기억할 수 있는 세월 내내 나는 이 모양이었다. 툭하면 구글에서 내 증상을 검색하고 멋대로 무슨 무슨 병으로 자가 진단을 내리고는, 그 병 때문에 죽음이 임박했다는 확신이 들 때마다 의사를 찾아갔다. 초등학교 시절엔 방과 후 엄마가 데리러 오는 시간이 조금이라도 늦어지면 단 1분 만에 엄마가 학교로 오다가 끔찍한 교통사고로 죽어버렸을 거라는 결론에 도달하곤 했다. 물론 그런 일은 일어나지 않았다. 하지만 매번 그런 일이 발생하지 않았다고 해서 앞으로 그런 사고가 벌어질 가능성까지 차단되는 것은 결코 아니었다. 엄마가 제때 오지 않은 매 순간은, 엄마가 영영 오지 못할 가능성을 품은 순간들이었다.

참사의 끔찍한 디테일까지 세세하게 상상할 수 있는 능력, 가령 짓이겨진 금속 차체와 바닥에 무수히 흩어져 반짝거리는 희푸른 유리 파편들을 생생하게 떠올릴 수 있는 능력이 내 정신활동의 많은 부분을 차지하는 바람에, 그런 변고의 발생 확률이 매우 낮다는 사실을 합리적으로 사고하는 능력은 머릿속 한구석으로 밀려난다. 아내가 전화를 받지 않으면 나는 곧바로 아내가 계단에서 굴러떨어졌거나 심지어는 자연 발화했을지 모른다는 등의 별의별 시나리오를 떠올린다. 그 밖에도 내가 무심코 사람들을 화나게 할까 봐 걱정되고, 내가 운 좋게 태생적으로 받은 특혜를 충분히 자주 성찰하고 고맙게 여기지 않을까 봐 걱정한다. 사람들이 억울하게 누명을 쓰고 감옥에 갇히는 것도 걱정, 인권이 침해되고 탄압되는 것도 걱정, 편견, 정치, 환경오염에 대해서도 걱정, 내 아이들과 그 또래 세대가 우리에게서 물려받을 세상에 대해서도 걱정이 된다. 우리 인간들 때문에 모든 종의 생명체들이 멸종하게 될까 봐 걱정되고, 내가 남기는 탄소 발자국이 걱정된다. 내가 직접 개입해서 막을 수 없는 세상의 모든 걱정거리가 걱정된다. 내가 너무 나 자신에게만 틀어박혀 있을까 봐 걱정되고, 그 걱정 때문에 나는 더욱 나 자신에게 틀어박히고 만다.

처음으로 섹스를 경험하기 전까지 나는 몇 년 동안이나 내가 에이즈에 걸렸을 거라 생각하기도 했다. 1980년대 영국 정부가 대중인식을 높이기 위해 만든 끔찍한 TV 공익 광고가 그 정도로 막강한 영향력을 끼쳤다. 음식을 먹다가 아주 조금이라도 이상한 맛이 느껴지면 일순간에 식중독으로 병원에 입원하는 장면이 떠오른다. 심지어 식중독에 걸려본 건 내 평생에 딱 한 번뿐이었는데도 말이다.

공항에 있을 때는 예외 없이 모든 것이 의심스러워 보이고, 당연히 그런 속마음은 행동으로 고스란히 드러난다.

몸에 새로 생긴 응어리나 궤양, 점은 암의 징후로 보이고, 기억이 깜빡할 때마다 치매의 조기 발병 증상 같다. 다 말하자면 한도 끝도 없다. 그리고 지금까지 말한 모든 증상은 내가 그나마 '괜찮은' 상태일 때 그렇다는 거다. 정말 쇠약해지면 '최악의 시나리오화'는 본격적인 과열 상태로 치닫는다.

지금 생각해보니 그런 증세가 내 불안의 주요 특성인 것 같다. 만사가 최악으로 치닫는 상황을 끊임없이 떠올리는 것. 그리고 나는 머릿속에서 벌어지는 이런 증후에 외부 세계가 엄청난 양분을 대주고 있음을 겨우 최근에서야 깨닫게 되었다. 우리의 정신 상태는, 실제 병들었든 그냥 스트레스에 찌들었든 어느 정도는 우리를 둘러싼 사회적 정세의 산물이다. 물론 그 반대도 마찬가지다. 나는 이 불안한 행성의 대체 어떤 특성이 우리 정신에 영향을 미치는 건지 이해하고 싶다.

스트레스를 좀 받는 것과 실제 정신 질환은 천지 차이만큼 다르지만, 배고픔과 기아의 관계처럼 이 두 가지도 근친이다. 가령 식량 부족처럼 어느 한쪽(배고픔)에 나쁜 영향을 끼치는 요인은 나머지 한쪽(기아)에도 마찬가지로 나쁜 영향을 준다. 이처럼, 내가 스트레스만 조금 받는 정도의 건강한 상태일 때 내 기분을 조금 해치는 요인들도 내가 병에 걸렸을 때는 내 기분을 훨씬 더 괴롭힌다. 그러니까 우리가 마음의 병에 걸렸을 때 그 원인에 대해 알아낸 것들이 '괜찮은 시절'에도 똑같이 적용될 수 있다.

고통은 지독하게 훌륭한 선생님이다.

수치심을 강요하는 사회

우리 사회는 예로부터 개인의 정신 건강 이슈를 밖으로 터놓는 걸 장려하는 분위기는 아니었다. 특별히 질환을 겪고 있지 않는 한 100퍼센트 완벽히 건강한 행세를 해야 할 것 같다. 스트레스만 해도 충분히 심각하게 받아들여지지 않는다. 아니면 너무 심각하게 생각해서 그런 것인지 사람들은 자신이 경험한 정신 건강 문제에 대해 이야기하기를 수치스러워한다. 어느 쪽이든 이런 사회적 터부 때문에 개인이 혼자 감당해야 하는 분위기가 되다 보니, 점점 더 많은 사람이 스트레스를 받는 것에 그치지 않고 실제로 정신 질환에 걸리는 상태까지 악화되기도 한다. 그리고 마침내 병에 걸려서 그 문제에 대해 터놓게 되면, 우리는 또 다른 낙인에 맞닥뜨린다.

정신 질환은 그 사람 자체에서 발생한 결과물로 여겨질 때가 너무 많다. 다른 질병과는 전혀 다른 취급을 받는 것이다. 정신 질환이 본질부터 다른 종류로 여겨지다 보니 그것에 대해 이야기할 때도 편견이 반영된 표현을 사용한다. 정신 질환과 관련하여 흔히 사용되는 말들을 생각해보라.

신문이나 잡지는 가끔 유명인들이 우울증이나 불안, 식이장애, 중독 문제를 '고백했다'는 기사를 다루곤 하는데, 마치 무슨 범죄 행위라도 실토한 것 같은 뉘앙스다. 게다가 실제 범죄에서도 정신 질환이 그 원인으로 지목되는 경우가 너무 많다. 언론 매체들이 총기 난사 사건이나 성 학대 사건에 흔히 접목하는 얼개는 테러리즘이나 성범죄가 아니라 '정신 건강 문제'나 '중독'이다. 하지만 진짜 현실에서는 정신 질환을 앓고 있는 사람들이 오히려 범죄의 '희생자'가 될 가능성이 훨씬 크다.

자살에 대해서도 우리는 어떻게 말하고 표현해야 할지 잘 알지 못한다. 흔히 자살을 '저지르다commit'라는 동사로 표현할 때가 많다. 이 표현에는 '금기'와 '범죄성'이라는 의미가 함축되어 있는데, 실제로 자살이 범죄였던 시대의 흔적인 셈이다(나는 최근에 '자살을 저질렀다' 대신 '자살로 인한 죽음'이라는 표현을 써보려고 노력하고 있는데, 여전히 입에 잘 붙지도 않고 좀 억지스럽게 느껴진다). 스스로 목숨을 끊는다는 생각 자체를 잘 받아들이지 못하는 사람이 많다. 삶은 새의 알처럼 연약하기 그지없는 데다 신성하고 귀하기까지 한 것인데, 이런 삶을 누군가가 스스로 포기하기로 선택했다고 해서 자살을 선택의 문제로 치부하는 건 우리 모두에 대한 일종의 모욕으로 느껴지기 때문이다. 하지만 나 개인적으로는 자살이 그렇게 명쾌하게 딱 떨어지는 선택이 아니라는 점을 알고 있다. 자살이 너무나 끔찍하고 무서운데도, 살아 있음으로 인한 새로운 고통이 더 끔찍해서 어쩔 수 없이 자살을 선택할 수밖에 없다고 느낄 수도 있기 때문이다. 그래서 자살에 대해 말하는 건 불편하다.

하지만 우리는 반드시 이야기해야 한다. 수치심과 침묵을 조장하는 환경 때문에 사람들은 올바른 도움을 받지 못하게 되고, 그 결과 더 비정상적이고 기이한 양상의 외로움에 빠질 수 있기 때문이다. 요컨대, 그 결과가 죽음이 될 수도 있다.

자살은 20~34세 청년의 가장 큰 사망 원인이다. 또한 50세 이하 남성의 주요 사망 원인이기도 하다(내가 사는 영국의 데이터이긴 하지만, 다른 유럽 국가에서도 이와 비슷하게 암울한 통계치가 나와 있다). 이런 죽음의 상당수는 미연에 방지가 가능하다. 이것이 바로 우리가 '남자답게 행동하라'는 주문을 무시하고 진정한 내면의 힘을 찾아야 하는 이유다. 남성과 여성 모두 당당하게 목소리를 낼 수 있는 힘을 갖춰야 한다.

●

역사 속에서 벌어진 오명의 흔적들은 우리의 언어 곳곳에 퍼져 있다. 일례로 '악귀에 씌었다'라는 표현은, 암흑기● 시절 인간의 광기가 악마의 소행이라고 믿었던 미신적 의식을 우리가 주문처럼 읊

● Dark Age. 유럽 중세 시대. 서로마제국 멸망 후 경제적·지적·문화적 침체기.

고 있는 것이다.

'용기'니 어쩌니 하며 때마다 반복되는 숱한 말은 또 어떤가. 제발 언젠가는 어떤 유명 인사가 자신의 우울증에 대해 터놓고 말해도 그것에 대해 언론매체들이 '대단한 용기'나 '커밍아웃'이라는 용어를 쓰지 않는 날이 온다면 정말 좋을 것 같다. 물론 그들은 선의로 하는 말들이겠지만, 불안증을 앓고 있다고 '고백'씩이나 해야 하는 일은 없어야 한다. 그냥 사람들에게 말할 수 있으면 족하다. 천식, 홍역, 뇌수막염처럼 불안증도 질환의 하나다. 부끄러움을 느껴야 할 비밀이 아니다. 사람들이 느끼는 수치심은 증상을 악화시킨다. 물론 그들이 용감하다는 것도 분명 맞는 말이다. 하지만 그들이 병과 함께 살아가는 것이 용감한 것이지, 병에 대해 말하는 것 때문에 용감하다고 여겨져서는 안 된다.

가상의 상황을 한번 상상해보자. 조용히 산책하려고 숲속으로 향하고 있는데 누군가 당신에게 다가온다.

"어디 가는 중이세요?"

"숲속에요."

"우와!"

여자가 놀란 듯 숨넘어가는 소리를 내며 한 걸음 물러선다.

"뭐가 '우와'예요?"

곧 여자의 눈에 눈물이 고인다. 여자는 한 손을 당신 어깨에 얹으며 말한다.

"정말 용기 있으시군요."

"제가요?"

"용기가 대단하세요. 정말 귀감이 되는 분이시네요."

당신은 아마 얼굴이 하얗게 질린 채 침을 꿀꺽 삼킬 거다. 그리고 숲에 가는 걸 영원히 싫어하게 될 거다.

이 밖에도, 사람들이 자기 정신 건강 문제를 공개하는 것을 관심을 끌기 위한 행동으로 보는 악의적인 시선도 여전히 사라지지 않고 있다.

사람들이 쫓는 그 관심이 많은 생명을 살릴 수도 있다. 하지만 언젠가 C. S. 루이스도 말했던 것처럼 "정신적 고통을 자꾸만 숨기려고 하면 마음의 짐이 더 불어난다. '이빨이 아프다'라는 말은 '마음이 아프다'라는 말보다 쉽게 할 수 있다".

우리는 이곳을 우리 문제에 대해 더 쉽게 터놓고 말할 수 있는 세상으로 만들기 위해 노력해야 한다. 말하는 것은 그저 사람들에게 알리는 기능만 하는 게 아니다. 지난 세기를 거쳐오면서 다양한 종류의 효과적 대화 요법이 보여줬듯, 말하기에는 치료 효과도 있을 수 있다. 실제로 증상을 완화시킬 수 있다. 말하기는, 내면의 고통을 밖으로 표출하는 과정과 다른 사람들도 나와 비슷한 감정을 느낀다는 사실을 인식하는 과정을 통해 화자와 청자 모두를 치유한다.

말하는 것을 절대 멈추지 마라.

혹시라도 당신에게 정신 건강 문제가 있다면, 다른 사람들이 하는 말에 휘둘려 그런 문제를 당신 자신의 내면적 결함 또는 나약함으로 여겨선 절대 안 된다.

당신이 불안 같은 증상을 앓고 있더라도 그것이 나약함이 아니라는 건 당신 스스로도 잘 알고 있다. 불안증을 안고 살아가는 것,

불안증에도 불구하고 약속 자리에 모습을 드러내고 일을 처리해나가는 것은 다른 사람들 대부분은 상상도 못 할 정도의 힘이 필요한 일이기 때문이다. 우리는 '병'과 '환자'를 동일시하는 습성을 버려야 한다. 사람들 각자가 느끼는 서로 다른 무게에 따라 그들에 대한 이해도 좀 더 섬세하게 구분되어야 한다. 걸어서 상점까지 가는 행위가, 1톤짜리 투명 역기를 항상 지고 다니는 사람에게는 1톤만큼의 노력을 들이고 있다는 표시이기 때문이다.

가장 비현실적인 현실 속에서

어떤 원시인이 5만 년 동안 얼어붙어 있다 깨어난 영화를 상상해보자. 그 사람의 이름은 수Su다.

수가 얼어 있던 빙하 조각이 우리 동네 슈퍼마켓 앞에서 갑자기 녹아버린다. 원시인인 수는 슈퍼마켓 안으로 들어선다. 그러자 그의 등 뒤로 자동문이 마법처럼 닫힌다. 조명과 온갖 다양한 색깔과 북적이는 사람들이 수를 겁먹게 한다. 쇼핑 카트는 기이한 쇳덩어리 짐승들로 보인다. 번쩍거리는 진열대 위의 수많은 비닐 포장 상품들에 수는 어리둥절하다. 셀프 계산대는 그저 혼란스럽기만 하다. 쇼핑백은 정체 모를 동물의 허연 가죽으로 만든 주머니처럼 보인다.

"포장대에 미확인 물건이 있습니다."

기계식 목소리가 말한다. 수는 당황하기 시작한다. 그는 유리창을 향해 달려가 그대로 유리를 쾅 들이받는다.

"우웍! 아악! 우그-아아악!"

수는 계속 울부짖고, 이야기 끝에 반전이 드러난다. 수Su는 사실 우리Us다.

우리는 지난 5만 년 동안 생물학적으로 바뀐 것이 없다.

하지만 사회는 바뀌었다. 그것도 아주 엄청나게. 그리고 그 모든 변화에 대해 우리는 마땅히 고마워해야 한다고 한다. 수가 냉동되어 있지 않았더라면 스물두 살쯤 우르르 떼를 지어 돌진하는 멧돼지에게 죽임을 당했거나 아니면 열여섯 살쯤 제사의 제물로 바쳐져 결국은 죽었을 테니까. 그러니 우리는 정말 운 좋은 인간들이다. 신석기시대에 죽은 사람이 되는 것에 비하면, 21세기에도 여전히 살아 있는 인간이 되는 것만큼 더 큰 행운이 있을까?

바로 그 행운 때문에 우리는 우리가 가진 이 삶을 더욱 소중히 여겨야 한다. 게다가 우리가 정말 운이 좋았다는 그 느낌뿐 아니라 다른 것, 가령 평온함이나 행복, 건강 같은 것도 느낄 수 있다면 굳이 안 할 이유가 있는가. 이 세상이 우리에게 어떤 영향을 미치는지 알아보지 않을 이유도 없다. 바로 그 지식이 우리를 도울 수도 있기 때문이다.

그 지식이 지금은 나를 돕고 있다. 슈퍼마켓에서, 쇼핑센터에서, 이케아에서, 컴퓨터를 하는 동안, 붐비는 거리에서, 텅 빈 호텔 방에서, 그 밖의 어디에서든. 그 지식 덕분에 나는 나 자신이 우리 정신과 몸이 예상했던 것보다 더 빨리 닥쳐온 세상을 살아가는 한 명의 원시인에 지나지 않는다는 사실을 깨닫는다.

●

공황 발작은 슈퍼마켓에서 자주 일어난다. 내가 아는 사람 중에 공황 발작을 딱 한 번 경험한 사람이 있는데 그가 겪은 장소도 슈퍼마켓이었다. 나는 불안증 대처법에 대한 조언을 구하기 위해 2000년대 초기의 자유게시판을 숱하게 훑고 다녔는데, '슈퍼마켓에서 일어나는 공황 발작'을 주제로 한 내용이 다른 어떤 주제보다 많은 편이었다.

지금 그중 하나를 보고 있는데, 이렇게 시작한다.

'도대체 왜! 공황 발작은 슈퍼마켓에서 쇼핑하고 있을 때 들이닥치는 걸까?'

공황이 일어나는 건 우리를 돕기 위해서다. 다른 많은 동물이 겪는 것처럼, 공황은 우리 마음과 몸이 우리에게 빨리 행동을 취하라고 명령하는 것이다. 투쟁 도피 반응이다. 포식자에게서 멀리 도망치거나 또는 포식자에 맞서 싸우라는 명령. 하지만 슈퍼마켓은 곰도, 늑대도, 동굴에 사는 원시인 전사도 아니다. 우리는 슈퍼마켓과 싸울 수 없다. 그래도 슈퍼마켓에서 도망칠 수 있는 건 확실하다. 하지만 그렇게 하면 다음번에 슈퍼마켓에 가야 할 때 공황 발작이 다시 일어날 확률만 높아진다. 그리고 이제는 원래의 그 슈퍼마켓에서만 그러리라는 법도 없다. 일단 슈퍼마켓과 숨바꼭질이 시작되면, 세상의 모든 슈퍼마켓이 발작 유발 요인이 되는 건 시간문제다. 그다음엔 모든 상점이, 그리고 그다음엔 세상 밖 모든 것이 촉발 요인이 된다.

단 한 번도 불안증이나 공황 장애를 안고 살아보지 않은 사람들은 자신의 현실감각이 정말로 존재하는 감각이며 우리가 그 감각을 잃어버릴 수도 있다는 사실을 이해하지 못한다. 사람들은 이 감각을 당연한 것으로 여긴다. 아침에 잠자리에서 일어나 토스트에 땅콩버터를 바르며 다음과 같은 생각을 하지는 않으니까.

'아, 좋군. 내 자아도 아직 멀쩡하고, 세상도 여전히 존재하고 있어. 이제 오늘 하루를 시작해볼 수 있겠군.'

이 감각은 '그냥 있는' 것이다. 다만, 그것이 없어지기 전까지만 그렇다. 슈퍼마켓의 시리얼 코너에서 갑자기 불가해한 공포를 느끼게 되기 전까지만.

공황 발작이 어떤 느낌인지를 표현하려면, 가장 쉬운 방법은 발작의 뚜렷한 증상들(주체할 수 없는 생각의 흐름, 비정상적으로 빠르거나 불규칙한 심장박동, 가슴의 압박, 호흡곤란, 메스꺼움, 두개골 속이나 팔다리 안쪽의 따끔따끔한 느낌 등)을 설명하는 것이다. 그런데 내가 겪었던 좀 더 복잡한 증상이 하나 더 있다. 나는 내가 겪은 공황 발작의 핵심에는 항상 이 증상이 있었다는 것을 최근에 깨닫게 되었다. 바로, 그 명칭만으로도 설명이 필요 없는, '비현실감(또는 이인증)'이다.

비현실감 속에 가라앉아 있는 동안 나는 내가 나라는 걸 여전히 머리로는 인지했다. 다만 내가 나라는 감각이 느껴지지 않았을 뿐이다. 내가 해체되는 것 같은 느낌이다. 마치 모래로 만든 조각상이 허물어지는 것처럼 말이다. 그리고 이 자아 비현실감은 모순적이다. 그만큼 자아의 존재감이 극도로 강렬하게 다가오는 동시에, 자아의 '없음'도 느껴지기 때문이다. 마치 그동안 잘 돌보고 있어야 하는 줄도 몰랐던 무언가를 갑자기 잃어버렸는데, 잃어버리고 보니 내가 돌봐야 했던 그 무언가가 바로 나 자신이었다는 걸 깨달았을 때처럼, 돌아올 수 없는 강을 건넌 느낌이었다.

나는 슈퍼마켓이 이런 감각을 특히 더 촉발시키는 이유가, 슈퍼마켓 자체가 이미 '비현실화'되었기 때문이라고 생각한다. 쇼핑센터와 마찬가지로 슈퍼마켓도 온통 부자연스러운 공간이다. 지금과 같은 온라인 쇼핑 시대에는 슈퍼마켓이 다소 한물갔거나 심지어 진기한 옛것처럼 보일 수도 있지만, 그래도 여전히 우리의 생체 법칙보다는 훨씬 현대적이다.

조명도 자연광이 아니고, 냉장고들이 다 같이 윙윙대는 소리는 공포영화의 불길한 사운드트랙처럼 들린다. 선택의 풍요는 우리가 태생적으로 감당할 수 있는 수준 이상이고, 수많은 사람과 무수한 진열대는 과도하게 자극적이다. 그리고 상품들 자체도 대부분 자연 그대로의 것들이 아니다. 생선 통조림, 샐러드 팩, 달콤한 쌀뻥튀기 팩, 빵가루를 입힌 닭튀김 조각 세트, 가공육, 비타민 영양제, 용기에 포장된 다진 마늘, 봉지에 담긴 칠리맛 고구마칩. 이 모든 것은 원래의 모습 그대로가 아니다. 이렇게 인공적인 환경과 날것 그대로의 내 불안이 충돌하면 나 역시 인공적으로 느껴지게 된다. 마치 두루마리 화장지 묶음과 나무가 서로 멀리 괴리되어 있는 것처럼, 나도 나 자신에게서 멀리 유리된 것처럼 느껴지는 것이다.

슈퍼마켓에서 공황 발작을 일으킬 때면 진열대 위의 제품들이 내게 사악한 기운을 내뿜었다. 진열 상품들이 외계 물체처럼 보였다. 그리고 어떤 관점에서 보면 그것들은 그 당시나 지금이나 실제로도 외계 물체다. 그 물건들은 자신이 속해 있던 곳에서 억지로 떨어져나온 셈이니까. 나는 그런 처지에 공감이 됐다. 아마도 내 생각엔 그것이 내 증상의 근원인 것 같다. 나 역시 그곳에 속해 있다는 느낌이 들지 않았다. 그렇게 모든 것이 과잉이고 인공적인 장소에서 내 자리를 찾는 것은 불가능해 보였다. 내가 나 스스로에 대해 인식할 수 있는 거라곤 공포감뿐이었다. 게다가 그곳에서 끝없이 줄지어 놓여 있는 똑같은 물건들이 그런 나를 더 고통스럽게 했다.

"물체는 다른 것을 만질 수 있어선 안 된다. 살아 움직이지 않기 때문이다"라고 사르트르는 『구토』에서 말했다. 분명 안 좋은 한 주를 보내고 있었던 모양이다.

"그런데 그것들이 나를 만진다. 그래서 견딜 수가 없다. 그것들이 마치 살아 있는 짐승들이라도 되는 것처럼 그것들과 접촉하는 것이 두렵다."

슈퍼마켓에 있는 물체들도 그냥 평범한 물건은 아니다. 그것들은 '상표화된' 물건들이다. 상품 자체가 물리적 공간으로 이루어진 세계에 존재하는 것이라면, 브랜드는 정신적 공간을 공략한다. 브랜드는 어떻게든 우리의 머릿속으로 파고들고 싶어 한다. 대부분의 기업은 오로지 이 과제만을 수행하는 마케팅 심리전문가를 고용한다. 우리를 조종해서 물건을 사게 하려고. 우리 정신을 마음대로 가지고 놀려고.

마음에도 무게가 있다면

상상해보자. 우리가 어떤 감정을 느낄 때마다 그 감정의 무게를 측정하는 방법을 만들어놓으면 어떨까? 그렇게 하면 우리 자신의 정신과 신체를 연결 짓는 데 조금 도움이 되지 않을까? 자기 자신의 스트레스의 실체를 깨닫고 거기에 좀 더 잘 대처할 수 있게 되지 않을까? 이런 상상 속의 단위를 만들어 나는 '마음 소요량pg, psycho-grams'이라고 이름 붙였다.

지하철 타고 출근하기 1,298pg

거래처에서 걸려온 전화 받기 182pg

구직 면접 458pg

뉴스 시청 222pg

회신하지 않은 메일로 가득 찬 받은메일함 321pg

아무도 '좋아요'를 누르지 않은 내 트윗 98pg

운동하러 안 간 것에 대한 죄책감 50pg

거울 속의 내가 얼마나 늙었는지 유심히 살펴보기 177pg

어제 올렸던 SNS 피드에서 발견한 오탈자 82pg

최근 나타난 신체적 이상 증상을 포털에 검색하기 672pg

중요한 발표를 앞두고 있을 때 1,328pg

온라인 싸움꾼과 한판 붙었을 때 632pg

어색한 데이트 317pg

지나치게 많이 나온 카드 값 815pg

내일이 월요일이라는 압박감 701pg

아직 시작도 하지 못한 수많은 목표 1,293pg

이 마음 소요량 측정법은 아주 주관적인 데다 변동 폭도 매우 심하다.

내 마음을 지하 100미터 아래로 끌어당기는 것들을 인식할 때마다, 나는 반대로 내 마음을 가볍게 해주는 것들도 있다고 상상한다.

구름 뒤에서 갑자기 모습을 드러낸 태양 -57pg

건강에 이상이 없다는 의사의 진단 -320pg

와이파이 없는 곳에서 보내는 휴가 -638pg

강아지와 산책하기 -125pg

요가 수련 -487pg

좋은 책에 빠져 무아지경 되기 -732pg

고달픈 기차 여행을 마치고 집에 도착했을 때 -398pg

자연에 둘러싸여 있을 때 -1,291pg

춤추기 -1,350pg

가까운 친척이 수술 후 회복 중일 때 -3,982pg

나는 이것을 '마이너스 마음 소요량'이라 부른다. 당신의 마음을
가볍게 해주는 것들은 무엇인가?

변화의 세상에서 인간성을 유지한다는 것

인류의 역사는 찰나다.

말해 뭣하겠는가. 우주적 관점에서 보면 인류 역사는 전체를 다 합쳐도 '순식간'에 지나지 않는다.

우리는 이곳에 그리 오래 있지도 않았다. 우리 행성의 나이는 약 46억 살 정도지만, 정말 경이로우면서도 골칫덩이인 이 특정 종, 바로 호모 사피엔스가 지구에서 지낸 세월은 겨우 20만 년밖에 되지 않았다. 게다가 세상이 본격적으로 기어를 올리고 속도를 높이기 시작한 건 기껏해야 최근 5만 년의 일이다. 우리가 동물 가죽으로 옷을 만들어 입고, 우리 동족의 주검을 땅에 묻는 관습이 생기고, 사냥법이 좀 더 진보하면서 가능해진 일이다.

지금까지 발견된 가장 오래된 동굴벽화는 아마 약 4만 년 전 그

려졌다고 추정되는 인도네시아의 벽화일 텐데, 그것 역시 우주사적으로 보면 눈 한 번 깜빡하기 전의 일이었다. 그래도 예술이 농업보다는 앞서 시작되었고, 농업은 비유하자면 겨우 어제에야 시작된 셈이다.

우리가 논밭을 일궈온 기간은 이제 겨우 1만 년이고, 지금까지 알아낸 바에 따르면 문자를 쓴 기간은 한낱 5천 년이라는 '찰나'에 불과하다.

메소포타미아에서 시작된 문명의 나이는 아직 4천 년도 되지 않았다. 일단 문명이 시작되자 세상은 본격적으로 속도를 내기 시작했고 그때가 바로 우리가 단체로 안전벨트를 매야 할 시기였다. 화폐, 최초의 알파벳, 최초의 음표 체계, 피라미드, 불교와 힌두교, 기독교, 이슬람, 시크교, 소크라테스 철학, 민주주의의 개념, 유리, 칼, 군함, 운하, 도로, 교량, 학교, 화장지, 시계, 나침반, 폭탄, 안경, 지뢰, 총, 더 좋아진 총, 신문, 망원경, 최초의 피아노, 재봉틀, 모르핀, 냉장고, 대서양횡단 전신 케이블, 충전용 배터리, 전화, 자동차, 비행기, 볼펜, 재즈, 퀴즈쇼, 코카콜라, 합성섬유, 핵융합무기, 달 탐사 로켓, 퍼스널 컴퓨터, 비디오게임, 망할 이메일! 월드와이드웹, 나노 테크놀로지…….

휴!

하지만 이런 변화는 (심지어 4천 년이라는 세월에 걸쳐 일어났는데도) 잔잔한 기울기로 상승하는 직선 그래프는 아니었다. 오히려 전문 스케이트 보더들조차 겁먹게 할 만큼 가파른 곡선이었다. 변화는 변함없이 이어지겠지만 변화의 속도는 변함없지 않을 것이다.

심리치료사들이 환자의 정신 질환 문제를 촉발한 요인을 살펴볼 때 그 사람이 겪은 극심한 삶의 변화를 주요 요인으로 꼽는 경우가 많다. 변화가 공포와 직결되는 경우는 매우 흔하다. 이사, 실직, 결혼, 수입의 증감, 가족 구성원의 죽음, 건강 이상 진단, 40대 진입, 그 밖의 이런저런 일들이 변화의 예다. 때로는, 아이가 생긴다거나 승진을 하는 등 겉보기에 '좋은' 변화일지라도 다르지 않다. 좋든 나쁘든 변화의 강도가 개인의 기존 질서에 충격이 될 수 있기 때문이다.

그런데 만약, 변화가 그저 개인적인 일에 그치지 않는다면? 모든 사람에게 영향을 주는 변화라면 어떻게 될까? 사회가 송두리째, 또는 인류 전체가 엄청난 변화의 시기에 처한다면 무슨 일이 벌어질까?

이런 질문은 충분히 있을 법한 추정이다. 세계가 변화하고 있다는 추정. 가장 주요하고 가시적인 변화는 기술적 변화다. 당연히 변화에는 사회적·정치적·경제적·환경적 변화도 있지만, 이 모든 변화는 기술과 연결되어 있고 기술을 바탕으로 이루어지므로 일단은 기술에서 시작해보자.

우리가 수많은 동물 중 인간 종으로서 꾸준히 진화할 수 있었던 것도 당연히 기술 덕분이다. 기술은 만물의 토대다.

가장 광범위하게 정의하면 기술은 도구나 수단이다. 언어도, 불을 피우기 위한 부싯돌과 마른 나뭇가지도 기술일 수 있다. 수많은 인류학자의 의견에 따르면, 기술 진보야말로 인간 사회를 움직이게 하는 가장 중요한 요소다.

불을 피울 수 있는 기술, 바퀴, 쟁기, 인쇄기 등의 발명은 단순히 그 기술의 일차원적 쓰임새 때문에 유의미한 것이 아니라, 우리 사회가 발전하는 방식에 전반적으로 영향을 미쳤다는 점에서 중대한 의미를 지닌다.

19세기에 미국의 인류학자 루이스 헨리 모건은 기술적 진보에 의한 발명품들이 인류에게 완전히 새로운 시대를 거듭 열어줄 것이라 단언했다. 모건은 사회적 진화를 '야만', '미개', '문명'의 세 단계로 구분하고, 각 단계를 다음 단계로 진화시키는 요인은 기술적 도약이라고 바라봤다. 하지만 내 생각에 모건의 아이디어는 지금의 관점에서는 다소 빈약해 보인다. 이 이론은 '야만'에서 '문명'으로 사회가 진화하면서 인간의 도덕적 진화도 함께 이루어졌다고 암시하는데, 인간의 도덕적 진화에 대해선 갈수록 의문이 늘고 있기 때문이다.

그 밖에도 다양한 전문가가 다양한 아이디어를 내놓는다.

1960년대에 외계문명을 추적하던 구소련의 천체물리학자 니콜라이 카르다쇼프는 진보의 단계를 측정하는 최선의 기준은 '정보'라고 생각했다. 태초에 존재하던 정보는 우리 유전자에 들어 있는 것이 거의 전부였지만, 그 후로 언어와 문자, 인쇄물 같은 것들이 잇따라 등장했고, 마침내 정보의 결정판인 IT(정보통신기술) 단계에 이르렀다는 것이다.

오늘날의 사회학자들과 인류학자들은 우리가 탈공업화 사회(지식정보화 사회)로 깊숙이 접어들고 있으며 그 변화의 속도가 지금까지보다 더 빨라지고 있다는 데에 대체로 동의한다.

그렇다면 대체 얼마나 빠른 걸까? 인텔의 공동창립자이자 바로 이 현상을 예언한 장본인인 고든 무어의 이름을 딴 '무어의 법칙'에 따르면 컴퓨터의 성능은 몇 년마다 두 배씩 향상된다. 이 기하급수적인 기술 발전 덕분에 우리 주머니 속의 조그만 스마트폰이 1960년대의 창고 크기만 한 컴퓨터보다 훨씬 더 높은 성능을 갖추게 되었다. 이러한 급속도의 성능 향상은 단지 컴퓨터 칩에만 국한되지 않는다. 데이터를 담고 있는 아주 작은 비트부터 인터넷 대역폭으로 처리 가능한 대량의 데이터에 이르기까지, 모든 종류의 기술적 기기나 수단 전반에 걸쳐 급격한 발전이 이루어지고 있다. 이 모든 현상은 기술이 단순히 발전하기만 하는 것이 아니라, 발전의 속도 역시 가속화하고 있음을 보여준다. 발전이 발전을 증식시키는 셈이다.

이제는 새로운 컴퓨터를 개발할 때도 컴퓨터를 활용하며 인간의 개입은 갈수록 줄어들고 있다. 이런 진보와 함께 많은 사람이 '특이점'에 대한 우려를(혹은 기대를) 드러내기 시작했는데, 이 특이점을 비현실적 몽상이나 악몽의 대상처럼 느끼는 사람들도 있다. 특이점이란 인공지능이 인류 최고의 지적 능력을 능가하는 변곡점을 뜻한다. 그 기점을 지나면 (우리 각자의 마음속에 있는 낙관론 대 비관론의 비율에 따라) 우리 인간은 기술과 융합하여 함께 발전하고 마침내 불멸의 행복한 사이보그가 되거나, 생각하는 로봇, 노트북, 토스터의 지배를 받으며 그런 기계의 애완인간, 또는 노예, 또는 코스요리 처지로 전락할 것이다.

어느 쪽일지 누군들 알겠는가.

어느 쪽이든 우리가 이와 같은 방향으로 향하고 있는 건 사실이다. 세계적 명성의 컴퓨터 과학자이자 미래학자인 레이 커즈와일에 따르면 특이점이 올 날이 그리 멀지 않았다. 이 변곡점의 중요성을 강조하기 위해 커즈와일은 베스트셀러가 된 『특이점이 온다』라는 책까지 저술했다.

또한 금세기 초에 커즈와일은 이렇게 주장하기도 했다.

"우리가 21세기 한 세기 동안 경험하게 될 진보는 단순히 100년 치의 진보가 아닐 것이다. 그 규모는 (오늘날의 기준으로 환산했을 때) 무려 2만 년 치에 달할 것이다."

커즈와일은 공상과학 영화에 미쳐서 정신이 좀 이상해진 괴짜 같은 인물이 절대 아니다. 지금까지 그의 예언은 적중도가 꽤 높았다. 일례로 1990년에 커즈와일은 1998년이 되기 전에 컴퓨터가 체스 대결에서 인간 체스 챔피언을 이길 거라고 예견했다. 사람들은 비웃었지만, 세계에서 가장 뛰어난 체스 마스터 가리 카스파로프가 1997년의 체스 대결에서 IBM의 슈퍼컴퓨터 딥블루에게 패했다.

이런 예 말고도, 이번 21세기가 시작되고 겨우 20년 만에 세상이 어떻게 변했는지 떠올려보라. 우리가 '표준'이라고 부르는 것들의 기준이 얼마나 빠르게 변모했는가.

인터넷이 우리 삶을 장악해버렸고, 우리는 한없이 똑똑해지는 스마트폰과 점점 더 떼려야 뗄 수 없는 관계가 되었다. 이제는 기계를 이용하여 인간 게놈의 염기 배열 순서를 수천 개까지 읽어낼 수도 있다.

셀프 계산대도 새로 생긴 '표준'이다. 머나먼 공상적 예언으로 치부됐던 자율주행 자동차는 현실 세계에서 너무나도 실체적인 비즈니스 모델로 떠오르면서 택시 기사들은 일자리를 잃을까 두려워하고 있다.

대충만 생각해봐도, 2000년에는 '셀카'라는 개념 자체가 없었다. 구글은 그냥 존재하는 정도였지 '구글'이라는 말 자체가 동사로 쓰이기까지는 아직 먼 길이 남아 있었다. 유튜브도 없었고 브이로그라는 것도, 위키피디아도, 왓츠앱도, 스냅챗도, 스카이프도, 스포티파이도, 시리siri도, 페이스북도, 비트코인도, 트위터 사진 업로드도, 넷플릭스도, 아이패드도, 'ㅋㅋㅋ'도, 너무 웃겨서 눈물이 나는 얼굴 이모티콘도 없었다. 위성 내비게이션을 소유한 사람도 거의 없었고, 사진을 볼 땐 사진첩을 책장처럼 넘겨가며 봤다. '클라우드'는 비를 내리게 하는 물질을 지칭하는 단어로만 쓰였다. 심지어 이 글을 쓰고 있는 이 순간에도 이 글이 얼마나 빠른 속도로 시대에 뒤지게 될지 느껴지는 것 같다. 겨우 몇 년 후에 다시 보면, 위에 나열한 목록에서 누락된 것들이 민망할 정도로 늘어나 있을 것이다. 세상에 곧 출시될 테크놀로지 브랜드와 발명품이 얼마나 많겠는가. 정말로, 진지하게 생각해보자. 기술이라는 것이 불과 몇 년 만에도 얼마나 우스꽝스러울 정도로 시대에 뒤처지는가. 팩스기, 구형 핸드폰, CD, 전화회선으로 연결하던 모뎀, VTR 또는 VHS 비디오테이프, 최초의 전자책 단말기, 야후의 지오시티(웹호스팅 서비스)나 알타비스타 검색 엔진 같은 것들이 어떻게 되었는가.

이런 흐름으로 봤을 때 당신과 내가 특이점에 대해 어떤 관점의 미래상을 가지고 있든 상관없이, 이 두 가지만은 확실하다. 첫째, 우리 삶은 유례없을 정도로 기술 친화적이 될 것이다. 둘째, 기술 변화는 가속에 가속을 거듭하며 빨라지기만 할 것이다.

기술이 항상 사회 변화의 가장 근원적 뿌리였던 만큼, 이렇게 현기증이 날 정도로 빠른 기술 변화 속도는 갖가지 다른 변화를 촉발하고 있다. 앞으로 우리는 번갈아가며 들이닥치는 수많은 특이점을 마주하게 될 것이다. 그리고 그중 다수는 한 번 건너가면 돌이킬 수 없는 불가역적 변곡점일 것이다. 어쩌면 우리는 우리도 모르는 사이에 이미 몇몇 특이점을 지나왔는지도 모른다.

어지러운 뉴스의 홍수 속에서 안전하게 헤엄치기

1. 명심하라. 우리가 뉴스에 어떤 반응을 보이는가는 뉴스의 내용뿐 아니라 뉴스를 접한 경로에 의해서도 좌우된다. 인터넷이나 뉴스 속보 채널들이 뉴스를 전달하는 방식은 우리가 정신을 못 차리게 만든다. 그런 식으로 이런 매체들이 우리 감정을 더 악화시키면 우리는 세상이 점점 나빠지고 있다고 쉬이 믿어버린다. 매체는 메시지 자체에 그치지 않고, 그 메시지에 담긴 정서적 강도도 우리에게 함께 전달한다.

2. 세상이 자기 생각보다 폭력적이지 않다는 사실을 받아들여라. 저명한 인지 심리학자 스티븐 핑커를 포함하여 이 주제로 글을 쓴 여러 작가가 지적했듯, 그 모든 참혹한 사건들에도 불구하고 사회는 과거보다 덜 폭력적이다. 역사학자인 유발 하라리는 다음과 같이 말했다. "폭력은 분

명 여전히 존재한다. 나는 중동 지역에 살고 있기 때문에 이 사실을 지극히 잘 알고 있다. 하지만 상대적으로 현시대는 역사상 그 어느 때보다 폭력성이 덜하다. 오늘날 사람들은 인적 폭력보다 과식 때문에 더 많이 죽는다. 이건 정말 엄청난 성과다."

3. 동물을 가까이하라. 인간 외의 동물들은 별의별 이유로 우리 마음에 힐링이 된다. 동물 세계엔 뉴스가 없다는 것도 한 가지 이유일 것이다. 개나 고양이, 금붕어는 그야말로 전혀 상관 안 한다. 우리 인간에게 중요한 것들(정치, 경제를 비롯해 요동치는 모든 것들)은 동물들에겐 무의미하다. 그런데도 그들의 삶은, 우리네 삶처럼 그저 계속된다. 앨런 알렉산더 밀른은 『곰돌이 푸』에서 말한다. "어떤 인간들은 동물에게 말을 해. 하지만 이야기를 듣는 인간은 많지 않아. 바로 그게 문제야."

4. 자기 힘으로 어쩔 수 없는 일들은 걱정도 하지 마라. 뉴스 안엔 온통 우리가 어찌할 수 없는 일투성이다. 대신 뭐든 할 수 있는 일을 하라. 가령, 관심이 가는 이슈에 대해 경각심을 높이고, 열렬히 옹호하는 대의명분이 있다면 자신이 할 수 있는 만큼 기여하라. 그리고 마지막으로, 내가 어찌할 수 없는 일은 그냥 받아들여라.

5. 눈에 보이는 것이 다 나쁜 뉴스라고 해서 좋은 뉴스거리가 없는 건 아니란 걸 기억하자. 지금도 수많은 곳에서 좋은 일들이 벌어지고 있다. 병원에서, 결혼식에서, 학교에서, 사무실에서, 산부인과 분만실에서, 공항의 도착 게이트에서, 침실에서, 받은메일함에서, 거리에서, 낯선 이의

친절한 미소에서, 매일의 일상에서 십억 가지의 경이로운 일이 눈에 띄지 않게 벌어지고 있다.

●

오래전의 나는, 그러니까 아파지기 전의 나는 긍정주의나 기분 좋은 노래, 다홍빛 노을, 낙천적인 희망의 말들 따위에 냉소적이었다. 하지만 병에 걸리고 난 후, 특히 병에 한창 찌들어 있을 땐 내 속에서 그런 비관주의를 없애버릴 수 있느냐에 내 목숨이 달려 있었다. 자살하지 않을 거라면 냉소주의는 사치였다. 나에겐 희망이 필요했다. '날개 달린 것'*을 찾아야 했다. 내가 살고 죽느냐가 거기에 달려 있었다.

심리적 치유를 사회적·정치적 치유와 결부시키는 것이 지나친 확대해석처럼 보일 수 있다. 하지만 개인적인 것이 정치적인 것이라면**, 심리적 문제도 정치적일 수 있다. 현재의 정치적 풍조는 분열의 양상을 띠는데, 이 분열은 부분적으로는 인터넷 때문에 더 심화된다.

이제라도 우리는 인간으로서 우리가 가진 공통성을 다시 찾아 나서야 한다. 어떻게? 뭐, 외계인이 지구를 침공해주는 것이 한 방법이 될 수는 있겠지만 그런 일이 벌어지길 마냥 기다리고 있을 수

* 에밀리 디킨슨의 시 「희망은 날개 달린 것 *Hope is the Thing with Feathers*」에서 인용.
** The personal is political. 개인적인 문제인 것처럼 보이는 일들이 결국 정치와 연결되며, 따라서 개인의 삶을 바꾸고 싶다면 정치를 바꿔야 한다는 의도가 담긴 정치 구호.

만은 없다.

정치의 문제는 일종의 종족의 문제다.

"우리가 우리 자신을 신념과 국적과 전통에 따라 구분 지으면, 폭력이 야기된다."

인도 철학자 지두 크리슈나무르티의 가르침이다.

마음의 병을 앓으면서 내가 배운 한 가지 교훈은, '회복'이 '받아들임'에 달려 있다는 점이다. 일단 상황을 있는 그대로 받아들여야 변화를 시도해볼 수 있다. 우리는 충격 자체에 충격받지 않는 법을 배워야 한다. 공포심 자체 때문에 공포 상태에 빠지지 않는 법을 배워야 한다. 우리가 바꿀 수 있는 것을 바꾸는 방법과 우리가 바꿀 수 없는 것 때문에 좌절하지 않는 법을 배워야 한다.

세상엔 만병통치약이나 유토피아는 존재하지 않는다. 우리는 그저 사랑과 친절을 베풀고, 혼돈 속에서도 우리가 할 수 있는 위치에서 세상을 더 나은 곳으로 만들기 위해 노력할 뿐이다. 그리고 자꾸만 우리 마음을 닫아버리려고 하는 이 세상에서 항상 마음을 넓게, 활짝 열어두려고 노력하는 수밖에 없다.

재접속을 위해 종료 버튼을 눌러야 한다

인생은 아름답다.

심지어 현시대에도 인생은 아름답다. 아니 어쩌면 현대의 인생이 특히 더 아름다운 건가. 우리는 셀 수 없을 정도로 다양한 종류의 '순간순간의 마법'에 둘러싸여 있다. 언제든 다양한 기기를 사용해 지구 반대편에 있는 사람들과 연락할 수 있고, 휴가를 정할 때는 마음에 드는 호텔의 지난주 별점 리뷰를 바로바로 확인할 수 있다. 세상 멀리 떨어진 곳의 길거리 사진을 위성 이미지로 볼 수 있고, 한때 우리 인간을 죽게 만들었던 병에 걸려서 몸이 아프면 이제는 병원에 가서 항생제로 치료받을 수 있다. 슈퍼마켓에만 가면 베트남산 열대과일과 칠레 와인을 살 수 있고, 잘못된 언행을 하는 정치인에게 우리의 반대 의견을 표명하는 것이 이렇게 쉬웠던 적도 없었다.

우리는 그 어느 때보다 더 많은 정보, 더 많은 영상, 더 많은 책, 더 많은 '모든 것'을 접할 수 있게 되었다.

1990년대 마이크로소프트는 슬로건으로 우리에게 물었다.

'오늘은 어디로 가고 싶습니까?'

당시의 이 질문은 수사적 표현에 지나지 않았지만, 디지털 시대에선 그 답이 '어디든지'이다. 철학자 쇠렌 키르케고르의 말대로, 불안은 어쩌면 '자유의 결과로 생긴 현기증'일 수도 있지만 그럼에도 불구하고 이 모든 '선택의 자유'는 진정 기적이다.

그런데 선택은 무한한 반면 우리 인생은 그 시간의 범위가 제한적이다. 우리는 인생을 다 살아볼 수 없다. 모든 영화를 볼 수도, 세상의 모든 책을 읽을 수도, 이 사랑스러운 지구상의 모든 장소를 다 가볼 수도 없다. 하지만 우리는 이런 상황에 굴복하기보다는 우리 앞에 놓인 선택지를 개조해야 한다. 우리에게 도움이 되는 선택을 골라내고 나머지는 버려야 한다. 우리에게 필요한 것은 또 다른 세상이 아니다. 내가 원하는 그 모든 것이 전부 내게 필요한 것이라는 생각만 버리면, 우리에게 진짜로 필요한 모든 것은 바로 여기, 이 세상에 있다.

현대로 오며 예전보다 빨라진 것은 수도 없이 많다. 우편, 자동차, 올림픽 단거리 선수들, 뉴스, 컴퓨터 작업 처리 능력, 사진, 영화 속 장면들, 금융 거래, 장거리 여행, 세계 인구 증가 속도, 아마존 열대우림의 남벌 속도, 항해, 기술의 진보, 연애, 정치적 사건들, 그리고,

우리의 머릿속 생각들.

가끔 내 머리가 컴퓨터 같다는 생각이 든다. 무수히 많은 윈도우 창이 화면 가득 열려 있는 컴퓨터. 온갖 폴더가 어수선하게 널려 있는 바탕화면. 내 안에는 동그란 무지개색의 로딩 중 아이콘 같은 것이 쉼 없이 돌아가고 있다. 그래서 난 결국 아무것도 하지 못한다. 수없이 열려 있는 윈도우 중 몇 개라도 닫아버릴 방법을 알 수만 있다면, 바탕화면을 꽉 채운 아이콘을 몇 개만이라도 휴지통 속으로 던져버릴 수만 있다면, 그러면 나도 좀 괜찮아질 텐데. 하지만 다들 하나같이 너무 필요해 보이는데, 어느 창을 닫을지 어떻게 결정하겠는가. 이 세상이 이미 과부하 상태인 마당에 내 정신이 과부하되는 걸 무슨 수로 막는단 말인가. 우리는 세상 그 어떤 것에 대해서든 생각할 수 있다. 그러다 보니 결국 세상 모든 것에 대해 생각하는 불상사가 벌어지는데, 당연한 일이다. 우리가 우리 자신을 깨우는 전원을 다시 켜려면, 가끔은 이런저런 스크린을 꺼버릴 수 있을 만큼 용감해져야 한다.

재접속을 위해 종료 버튼을 눌러야 한다.

2

우리는 행복이 무엇인지도 모르고

욕망의 중독

"어느 날 문득 자신이
세상 모든 것을 원하고 있다면,
세상 그 무엇도 원치 않는 지경에
가까워졌기 때문일지도."

_실비아 플라스, 미국 시인

인기, 동안 외모, 만 개의 '좋아요', 단단한 복근, 도넛. 무엇이든 원해도 괜찮다. 다만, '원한다'는 것은 '부족함을 인정한다'는 뜻도 된다. 따라서 우리는 우리 내면에 너무 많은 구멍이 생기지 않도록 우리가 원하는 것들에 대해 신중해야 한다. 조심하지 않으면 행복은 마치 밑 빠진 독에 담긴 물처럼 우리를 그대로 통과해 졸졸 새어나갈 것이다. 삶에 만족하지 못하는 순간 우리는 계속해서 무언가를 원한다. 그리고 그렇게 더 원할수록, 물이 찔끔찔끔 새어나가듯 우리는 우리 자신을 잃게 될 것이다.

실패할 확률이 거의 없는 불행 레시피

이 세상은 몇몇 측면에선 아주 빠른 진전을 이뤘다. 하지만 그런 변화 속도가 우리 모두를 대단히 평온하게 해주지는 못했다. 게다가 어떤 변화는, 특히 기술을 활용한 변화들은 그 외의 변화보다 더 빠른 속도로 이루어졌다. 바로 다음과 같은 것들이다.

- **정치.** 정치적 이념의 양극화. 이 현상은 부분적으로는 소셜 미디어의 에코 체임버*와 키보드 워리어들의 싸움터에서 증폭된다. 에코 체임버나 워리어 구역에서는 타협이나 합의, 객관적 사실 같은 것들은 완전히 구시대적 개념으로 여겨진다. 미국 사회학자 셰리 터클의 말을 인용하

* Echo Chamber Effect. 반향실 효과. 갇힌 공간에서 울리는 메아리처럼 비슷한 입장의 커뮤니티에서 유통되는 정보만 공유·전달·증폭되어 기존 신념이 더 강화되는 현상.

자면 "기술에 대한 기대는 점점 커지고, 같은 인간에 대한 기대는 점점 줄어드는" 공간이며, 자신의 존재 증명을 위해 남들에게 자신을 공유해야 하는 그런 세상이다. 물론 이런 변화에 좋은 측면도 있었다. 뭐든 급속히 퍼지는 인터넷의 속성 덕에 다수에게 대의명분에 대한 대중의 인지도를 끌어올릴 수도 있었다. 하지만 동시에 가짜 뉴스, 정치적 악의성을 지닌 정보, 대규모의 온라인 개인 정보 유출 등의 횡행은 우리의 정치를 괴상하고 불가역적인 방향으로 조종하며 변형시키고 있다.

- 일. 로봇과 컴퓨터는 인간의 일을 빼앗고, 고용주들은 사람들의 주말을 빼앗고 있다. 고용은 비인간적 과정이 되고 있다. 일이 인간에게 봉사하는 것이 아니라 마치 인간이 일에 봉사하기 위해 존재하는 것 같은 형국이다.

- 소셜 미디어. 미디어의 소셜화는 급속도로 우리 삶을 집어삼켰다. 소셜 미디어를 사용하는 사람에겐 페이스북이나 트위터, 인스타그램에 올리는 콘텐츠들이 자신을 표현하는 잡지나 마찬가지다. 그게 과연 건강한 활동일까? 소셜 미디어 가입자 정보를 불법적으로 수집하고 사용하는 등의 윤리적 위반 사례도 점점 더 빈번하게 발생하고 있다. 이런 문제 외에도 우리 심리에 영향을 미치는 심각한 문제도 많다. 마치 감자가 감자칩 행세를 하듯 우리도 끊임없이 자신을 포장된 상태로 전시해야 한다면, 나를 제외한 모두가 최고로 멋져 보이고 신나게 사는 모습을 끊임없이 보고 있어야 한다면 심리적으로 불편할 수밖에 없다.

- **언어.** 유니버시티칼리지런던UCL에서 실시한 연구에 따르면 영어는 지금까지의 역사상 가장 빠른 속도로 변화하고 있다. 의사소통의 보조 수단인 채팅 용어나 초성체, 약어, 이모티콘이나 '움짤' 등의 생성과 진화는 기술 발전이 언어에 미치는 영향력을 보여준다(더불어 생각해보라. 수 세기 전엔 인쇄술이 철자법과 문법의 표준화를 이끌었다). 따라서 이제는 사람들이 무슨 말을 하는가뿐 아니라 '어떻게 말하는가'도 중요해졌다. 수백수천만 명의 사람이 이제는 대면 대화보다 문자메시지로 더 많은 소통을 주고받는다. 이 현상은 단 한 세대 만에 벌어진 사상 초유의 변화다. 이 변화 자체가 나쁘다고까지 할 건 없지만, 확실히 획기적인 것만은 분명하다.

- **환경.** 일부 과학자들은 우리 행성이 질적으로 새로운 지질시대에 접어들었다는 의견을 제기하고 있다. 2016년 남아프리카의 케이프타운에서 열린 세계지질과학총회International Geological Congress에서 몇 명의 선도적 과학자들은 우리가 홀로세°에서 벗어나 새로운 시대, 즉 인류세°°로 이미 들어서는 중이라고 판단했다. 이들은, 급격한 이산화탄소 배출 증가, 해수면 상승, 해양 오염, 플라스틱 증가(세계경제포럼에 따르면 플라스틱 생산은 1960년대 이후 지금까지 20배 증가했다), 수많은 생물종의 멸종 가속화, 삼림 파괴, 공장식 농어업, 도시 개발 등의 현상을 우리 지구가 새로운 휴지기에 이미 도달했다는 증거로 간주한다. 그러니까, 현대 생

° Holocene. 마지막 빙하기 이후부터 현재까지. 기후가 안정적으로 유지되었던 약 12,000년간의 시기.
°° Anthropocene. 인류가 지구 기후와 생태계를 변화시켜 만들어진 새로운 지질시대.

활은 사실상 이 행성을 천천히 '끝장내고' 있다. 사회가 이렇게 유독성을 띠고 있으니 지구뿐 아니라 우리까지 망가지는 것도 놀랄 일은 아니고.

●

진보가 빠른 속도로 진행되면 '현재'가 마치 '미래의 연속'처럼 느껴질 수 있다. 사람 크기의 로봇이 뒤로 공중돌기를 하는 온라인 인기 영상을 보고 있으면 현실이 사이언스픽션이 되어버린 것 같은 기분이 든다.

게다가 우리는 이런 삶의 태도를 추구해야 한다고 부추김을 당한다. 과거는 '놓아주고' 미래를 '얼싸안으라고' 말이다. 소비지상주의는 처음부터 끝까지 우리가 이미 갖고 있는 현재의 것이 아니라 그다음의 것을 원하는 심리에 바탕을 두고 있다. 이것은 실패할 확률이 거의 없는 불행 레시피인 셈이다.

현재를 사는 것은 '비추'된다. 우리는 다른 곳에 살도록, 미래에 살도록 훈련받는다. 가령 아이들은 유치원 또는 예비학교에 보내지는데, 이름만 들어도 뭘 시킬지 금방 알 수 있다. 바로 학교를 미리 익히는 것이다. 그리고 일단 들어가면 열심히 공부해서 각종 시험에 통과하라는 '격려'를 받는데, 그런 부담이 가해지는 나이도 점점 어려지고 있다. 이런 시험들은 종래는 진짜 시험으로 진화한다. 열여섯이나 열여덟 살쯤 공부를 계속할지 아니면 직장을 구할지 등과 같이 중요한 앞날을 좌우하게 될 그 시험 말이다. 하지만 대학에 들어간다고 끝나는 것도 아니다. 또 다른 테스트와 시험이 계속되고,

무시무시하고 찝찝한 선택의 기로도 계속 들이닥친다. '몇 년 후 당신은 어디에 있을까요?', '당신이 추구하고자 하는 진로는 무엇입니까?', '당신의 미래에 대해 신중하게 생각하십시오.', '지금의 노력이 훗날에 좋은 결실로 돌아올 겁니다' 같은 말도 계속 듣게 된다.

수학, 문학, 역사, 컴퓨터 프로그래밍 등을 배우며 오늘날의 학생들은 '지금'이 아닌 다른 시간, 가령 앞으로의 시험, 미래의 취업, '어른이 되는' 시기에 대해 생각하도록 교육받는다. 배움을 배움 그 자체의 목적이 아닌 우리에게 어떤 '이익을 가져다줄' 원천으로 바라보는 것은 인류가 지닌 경이로움을 희석시킨다. 인간은 사고를 하고 감정을 느끼고 예술을 창조하고 지식을 갈구하는 경이로운 동물이다. 배움을 통해 자기 자신과 세계를 이해한다. 배움의 목적은 배움 그 자체다. 배움은 지원서를 작성하는 기술보다 우리에게 줄 수 있는 것이 훨씬 많다. 우리가 지금 이 순간의 삶을 사랑할 수 있게 해주는 방법 같은 것들 말이다.

나 역시 내가 그동안 잘못된 열망만 수없이 품고 살았다는 사실을 깨닫고 있다. 나는 현재의 '바깥'에 갇혀 있었고, 눈앞에 보이는 것이 무엇이건 항상 '더 많이' 원했다. 하지만 이제는 현재 '안'에 잠자코 있을 수 있는 방법을 찾아야 한다. 그리고 내가 지금 가진 것에 만족해야 한다.

어쩌면 행복은

좋은 성적을 받으면 행복할 거야. 대학에 들어가면 행복해질 거야. 좋은 대학에 들어가면, 취직이 되면, 연봉이 오르면, 승진을 하면, 내 사업을 차리면, 부자가 되면 행복해질 거야.

누군가 나를 이러저러하게 봐준다면 행복해질 거야. 연애를 하면, 결혼을 하면, 아이들이 생기면, 아이들이 정확히 내가 원하는 모습으로 자라준다면 행복할 거야.

독립해서 혼자 살면 행복해질 거야. 집을 사면, 주택담보대출을 다 갚으면, 더 넓은 마당이 생기면 행복해질 거야. 7월의 화창한 토요일마다 친절한 이웃들이 우리를 바비큐 파티에 초대하고, 따스한 산들바람을 맞으며 아이들이 다 함께 어울리는 삶이라면 행복할 거야.

노래하면 행복해질 거야. 많은 사람 앞에서 노래를 부르면 행복할 거야. 유명한 오디션 프로그램에서 1위를 하고, 음원 차트 1위를 한다면 행복할 거야.

글을 쓰면 행복해질 거야. 내 글이 출판된다면, 다른 책도 출간된다면, 내 책이 베스트셀러가 된다면, 내 책이 베스트셀러 1위가 된다면, 사람들이 내 책을 영화로 제작한다면 행복할 거야. 내가 J. K. 롤링이라면 행복할 거야.

사람들이 나를 좋아한다면 행복해질 거야. 더 많은 사람이 나를 좋아한다면, 세상 모든 사람이 나를 좋아한다면 행복해질 거야.

외모가 적당히 괜찮다면 행복할 거야. 남들이 뒤돌아볼 정도의 외모라면, 피부가 좀 더 매끈해지면, 뱃살이 들어가면, 초콜릿 복근이 있으면 행복해질 거야. 인스타그램에 사진을 올릴 때마다 만 개의 '좋아요'를 받는다면 행복해질 거야.

속세의 고통을 초월하고 나면 행복해질 거야. 우주와 한 몸처럼 조화된다면 행복해지겠지. 내가 우주 자체라면 행복해질 거야. 신이 된다면, 다른 모든 신을 통치하는 신이 된다면, 내가 제우스가 된다면 행복해질 거야. 올림푸스 산 위의 구름 장막에서 하늘에 호령하는 제우스가 된다면.

그러면 행복해질지도.

어쩌면.

행복이 뭘까. 어쩌면 행복은 우리 각각의 개인과는 상관없는 것일지도 모른다. 우리의 안으로 들어오는 것이 아니라 밖으로 향하는 것처럼 느껴지는 것일지도. 우리가 획득할 수 있는 것이 아니라, 우리가 이미 '갖고 있는 것', 우리가 '베풀 수 있는 것'과 상관있을지도. 행복해지는 데는 정해진 게 없을지도, 세상은 어쩌면 '어쩌면투성이'인지도 모른다. 에밀리 디킨슨이 말했듯 "수많은 지금이 모여 영원이 되는 것"이라면, 그 수많은 '지금'을 이루는 것은 수많은 '어쩌면'들뿐인지도 모른다. 삶의 핵심은 확실성을 포기하고 삶 자체가 지닌 아름다운 불확실성을 잠자코 받아들이는 것인지도.

불행 바이러스

우리는 불행을 영업당하고 있다. 왜냐, 불행이야말로 돈이 몰리는 곳이니까.

현대인들에게 가장 장사가 잘되는 것들의 핵심은 결국 '다른 무언가가 되려고 노력하면 지금보다 더 나은 존재가 될 수 있다'는 생각이다.

영국 패션잡지 『보그』에서 패션 디렉터로 25년간 일했던 루신다 챔버스는 일을 그만둔 지 얼마 안 되어 자신이 떠나온 업계를 강력히 비판했다. 그는 "패션잡지가 떠들어대는 자기 주도권에 관한 온갖 미사여구에도 불구하고, 실제로 누구에게든 자기 주도권을 회복했다고 느끼게 해주는 패션잡지는 거의 없다"고 선언하듯 말했다.

"대부분의 잡지는 사람들이 저녁 파티의 격식을 잘못 맞추지는 않았는지, 식사 테이블의 세팅을 제대로 못 한 건 아닌지, 올바른 수준의 사람들을 만나지 못하는 건 아닌지와 같은 불안감에 온통 시달리게 만들 뿐입니다."

챔버스가 패션저널인 「베스토이」와의 인터뷰에서 한 이 말은 순식간에 일파만파로 퍼져나갔다. 게다가, 패션잡지가 (자기들의 독자 대부분은) 꿈도 못 꿀 정도로 터무니없이 비싼 옷들에 집중하는 수법은 사람들이 스스로 가난하다고 느끼게 만들면서 이런 정신적 고통을 더 가중시킨다.

챔버스는 말한다.

"패션업계는 항상 사람들에게 필요하지도 않은 물건을 사게 만들려고 애씁니다. 우리는 가방이든 셔츠든 신발이든 지금보다 더는 필요가 없습니다. 그래서 우리 패션업계는 사람들을 꼬드기거나 협박하거나 부추기는 등의 방법을 동원해서 사람들이 물건을 계속 구매하게 만들죠."

패션잡지나 웹사이트, 소셜 미디어 계정이 파는 것은 일종의 현실 초월성이다. 활로, 탈출구. 하지만 그 길은 보통 건강한 방향은 아니다. 사람들이 자신을 초월하고 싶게 만들려면 먼저 그들이 스스로에 대해 불만스러워지게 만들어야 하기 때문이다. 그렇게 해야 사람들이 특정 모델과 같은 몸매가 되고 싶어 그 모델이 홍보하는 다이어트 책자를 살펴보고, 병에 이름이 박힌 유명인의 이미지를 더 많이 풍기는 향수 제품을 구매하게 될 테니까. 하지만 그 모든 것에 사람들이 치르는 값은 금전적 대가에 그치지 않는다. 물건을 사면 즉각적인 쾌감으로 기분이 좋아질 수는 있지만, 좀 더 길게 보면 그것은 내가 아닌 다른 누군가, 좀 더 화려하고 좀 더 매력적이고 좀 더 유명한 사람이 되고 싶다는 갈망을 더 키우기만 할 뿐이다. 나 자신에게서 벗어나라고, 다른 사람들의 인생을 탐내라고, 무지개 너머의 황금단지보다도 더 현실성 없는 그런 삶을 욕심내라고 우리는 자꾸만 충동질을 당한다.

그뿐 아니라 자기 자신에 대해 불만족스러워하도록 끊임없이 종용당한다. 우리 몸은 너무 뚱뚱하거나, 아니면 너무 말랐거나, 그것도 아니면 너무 처졌다. 피부는 모름지기 딱 알맞게 '햇살을 머금은 윤기'가 감돌거나, 적정한 밝기의 음영을 갖춰야 한다. 피부 미백 산업은 전 세계적으로 수십억 달러에 버금가는 비즈니스가 되었으며 해가 갈수록 그 규모가 더욱 커지고 있다.

사람들 모두가 자신이 그렇게 괜찮은 수준은 아니라고 느끼게 만드는 것이야말로 세계 거의 모든 곳에서 비즈니스 업계가 이용해 먹으려는 핵심이다. 비즈니스 마케터 로버트 로젠탈의 이야기를 들어보자. 2014년 당시 로젠탈은 『패스트 컴퍼니』에 기고한 글에서 "성공적인 마케터가 되려면 제품의 특징이 아니라 제품으로 얻을 수 있는 혜택의 관점에서 생각해야 한다"라고 썼다. 이 정도면 특별한 악의는 없어 보인다. 하지만 그가 덧붙인 말에 따르면 그 혜택엔 종종 '심리적 요소'가 포함되며, '공포', '불확실성', '의구심'을 일컫는 'FUD(Fear, Uncertainty, Doubt)'는 소비자들로 하여금 자기 행동 방식을 중단하거나 고민하고 바꾸게 만들려는 의도로 여러 비즈니스에서 공공연히 사용하는 아주 흔한 방식이다. FUD의 세 가지 심리 요소는 매우 강력해서 경쟁자를 상대로 사용하면 핵무기급의 충격을 가할 수도 있다.

마케팅 전문가들의 입장에선 광고캠페인만 성공하면 만사 오케이다. 모로 가도 서울만 가면 되지, 수백만 명의 인간을 필요 이상으로 불안하게 만들 수도 있다는 더 광범위한 결과까지 걱정할 필요가 뭐가 있겠는가.

하지만 심지어 광고캠페인이 대놓고 공포 분위기를 조장하지는 않더라도, 우리는 여전히 심리적으로 안 좋은 영향을 받을 수 있다. 광고에 나오는 아이템이 한 벌의 바지로 얻을 수 있는 '쿨함'이라고 치자. 그러면 우리의 잠재의식은 그 '쿨함'을 소유해야 할 것 같은 압력을 느낀다. 그런데 막상 그렇게 갖고 싶었던 물건을 사느라 많은 돈을 쓰고 난 뒤에는 오히려 기분이 가라앉을 때가 너무 많다. 물건에 대한 갈망이 물건을 소유한 후 만족으로 바뀌는 경우가 드물기 때문이다. 그렇게 만족하지 못한 우리는 더 많이 갈망한다. 그리고 악순환이 반복된다. 우리는 더 갈망하라고 충동질 당하지만, 그런 갈망은 오로지 더 많은 갈망으로 이어질 뿐이다.

결국 우리는, 중독자가 되라고 부채질당하는 셈이다.

●

우리가 자기 외모에 만족할 수 있는 가장 좋은 방법은 자신의 원래 생긴 모습 그대로를 받아들이는 것이다. 이것이야말로 그 어떤 패션잡지도 말하지 못한 아름다움의 비결이 아닐까? 지금은 기껏해야 포토샵과 미용 성형의 시대이지만, 우리는 이제 곧 디자이너

로봇의 시대에 살게 될 것이다. 그러므로 어쩌면 지금이 우리가 안드로이드의 무미건조한 완벽성에 도달하기 위해 노력하는 대신 우리의 인간적 유별남을 인정하고 받아들여야 할 최적의 시기일 것이다.

사람마다 생각하는 관점은 다르다. 어떤 사람은 '사람들에게 잘 보이려면 멋지게 꾸며야겠다'라고 생각할 수도 있고, 또 어떤 사람들은 '생각해보니, 나한테 유익하지 않은 사람들을 걸러내는 데에는 나 생긴 대로 보여주고 생긴 대로 행동하는 것이 제일 좋은 방법이지'라고 생각할 수도 있다.

외모에 대한 불만족은 사실 외모에 대한 문제가 아니다. 패션모델들이 섭식장애에 걸리는 것은 그들이 못생겼거나 과체중이라서 그런 것이 아니다. 당연히 말도 안 되는 소리다.

세계적으로도 섭식장애 사례가 증가하고 있다는 다양한 징후가 있다. 비영리기관인 '이팅 디스오더 호프Eating Disorder Hope(섭식장애에 희망을)'는 2017년에 서구화·산업화 추세와 함께 섭식장애가 전 세계적으로 증가하고 있다는 보고서를 발표했다. 그들이 두루 살펴본 국제 연구의 포괄적 요약에 따르면, 아시아 지역에서는 일본, 홍콩, 싱가포르 같은 국가가 필리핀, 말레이시아, 베트남보다 훨씬 높은 섭식장애 비율을 보유하고 있지만, 섭식장애의 증가 비율은 '발전'과 '서구화'가 한창 진행 중인 후자의 국가들에서 더욱 가파르게 상승하고 있다.

또 한 가지 눈에 띄는 사례가 피지Fiji에서 나타났다. 그곳의 연구자들은 1990년대 중반부터 섭식장애가 증가하기 시작했다는 사실을 발견했는데, 그 시점은 이 남태평양의 섬나라에 처음으로 TV가 들어온 시기였다. 1999년 「뉴욕타임스」가 보도한 내용에 따르면, 미국 청춘드라마 「멜로즈 플레이스」나 「비버리힐즈의 아이들」과 같이 세계적으로 인기를 끌던 TV 프로그램이 피지 사람들에게 호리호리한 롤모델을 제시해주기 전까지는 피지에서 섭식장애라는 건 사실상 듣도 보도 못한 증후였다. 그 전까지 그곳에서 "너 살쪘네"라는 말은 흔히 주고받는 기분 좋은 칭찬의 표현이었다.

영국에서도 보건사회복지정보센터의 2018년 발표 수치를 보면 섭식장애로 인한 병원 입원 사례가 10년도 채 되지 않은 기간 사이에 거의 두 배로 증가했고, 특히 10~20대의 여성들이 가장 큰 위험에 처해 있다는 사실을 알 수 있었다. 영국에서 손꼽히는 섭식장애 관련 자선기관인 '비트Beat'의 캐롤라인 프라이스는 수치가 발표되었던 시점에 「가디언」과 인터뷰를 하면서, 섭식장애가 '복합적'인 문제이고 '다양한 원인'에서 유발되긴 하지만, 특히 현대의 문화에 큰 책임이 있다고 언급했다.

"섭식장애의 증가세는 어느 정도는 요즘 사회의 다양한 시험대가 그 원인입니다. 소셜 미디어와 각종 시험의 압박감도 포함해서요."

물론 이런 요인들이 무조건 섭식장애를 유발하는 것은 아니겠지만, 프라이스와 같은 전문가들이 인정하듯, 섭식장애에 걸리기 쉬운 성향의 사람들에게는 이런 요인이 문제를 가중시킨다. 영국 국립섭식장애센터NCED에 따르면, 섭식장애의 일반적인 원인에는 유전 요인, 부모의 식생활 문제, 뚱뚱하다는 놀림, 유아기 학대나 방임, 아동기의 심리적 트라우마, 가족 관계, 친구의 섭식장애, 그리고 '문화'적 요인이 포함된다. 특히 문제가 되는 문화는, 언제나 새롭게 시도할 수 있는 다이어트 방법이 끊임없이 고안되는 문화, 외부 영향에 취약한 개인이 TV나 잡지에서 본 비현실적으로 이상적인 이미지를 내면화하고 그러한 이미지를 계속해서 자신에게 비판적으로 비교하는 문화다.

NCED의 웹사이트는 또한 이렇게도 덧붙인다.

'식생활 관련 문제의 희생자가 될 확률이 가장 적은 사람들은, 모델의 아름다운 모습에 감탄하면서도 "나는 절대 저 모델처럼 보일 수는 없지만 그래도 그렇게까지 크게 신경 쓰이진 않아"라고 말할 수 있는 사람들이다.'

어쩌면 이것이, 그러니까 우리가 보는 이미지와 우리 자신을 철저히 구분하는 것이 우리 모두를 위한 교훈이 아닐까. 우리는 일종의 정신적 면역체계를 갖출 필요가 있다. 우리가 주변 세계를 '흡수'는 할 수 있되, 그것에 의한 '감염'은 막아주는 면역체계.

감정은 감정이고 얼굴은 얼굴이다

더 젊어 보이고 더 멋져 보이겠다는 목표를 이루게 해주겠다는 숱한 제품과 서비스가 온 사방에 널려 있다. 인류 역사상 이런 적은 없었다.

데이 크림, 나이트 크림, 목주름 관리 크림, 핸드크림, 각질제거 제, 태닝 스프레이, 마스카라, 노화 방지 세럼, 셀룰라이트 크림, 마스크팩, 컨실러, 면도용 크림, 수염 정리기, 파운데이션, 립스틱, 셀프 제모 키트, 리커버리 오일, 모공 관리 크림, 아이라이너, 보톡스, 매니큐어, 페디큐어, 미세박피시술(이름만 들어서는 현대 시술과 중세 고문의 희한한 조합 같다), 진흙 목욕, 해초 보디마사지, 전신 성형 등. 털 관리 제품도 얼굴용, 코털용, 음모용이 다 따로 있다. 겨드랑이, 사타구니, 엉덩이, 유두 등의 '국소 부위 미백'은 저변 시장에서 호황을 누리고 있다.

뷰티 블로그와 메이크업 영상 블로거, 헬스 트레이너 유튜버가 대유행인 오늘날만큼 외모에 대한 관심이 치솟은 적이 있었던가. 수많은 다이어트 관련 서적, 각종 헬스장 멤버십을 비롯해 '복근 만들기', '힙업 운동', '페이스 요가' 등의 유튜브 영상이 홍수처럼 넘쳐난다. 또한 이 모든 것으로도 어찌할 수 없는 문제를 보정해줄 '필터 카메라 앱'도 그 종류를 헤아릴 수 없을 정도로 많다. 원하기만 하면 우리는 자기 자신을 자신만의 취향에 따라 다양한 비현실적 이상형으로 탈바꿈시킬 수 있고, 거울에 비친 자기 모습과 디지털로 보정된 모습 사이의 간극을 한없이 넓힐 수도 있다.

그러나 우리를 멋져 보이게 해준다는 그 모든 방법과 비결에도 불구하고, 대다수의 현대인은 여전히 자기 외모가 불만스럽다. 2015년 독일의 시장 조사 기관 GfK 연구팀이 이 분야에 대해 세계적으로 가장 포괄적인 연구를 수행하여 『타임』에 발표한 결과에 따르면, 자기 외모에 만족하지 못하는 사람이 수백만 명에 이른다고 한다. 예를 들면 일본에서는 38퍼센트의 사람이 본인의 외모에 대해 극심한 불만을 느끼는 것으로 드러났다. 이 조사에서 드러난 재미있는 점은, 사람들의 자기 외모에 대한 평가가 그들의 성별보다는 놀랍게도 그들이 속한 국가에 따라 훨씬 더 큰 차이를 보였다는 사실이다. 실제로도 남성들이 외모에 대해 느끼는 불안감의 정도는 이미 여성들의 기존 수준을 따라잡을 만큼 높아지고 있으며, 이는 전 세계적인 현상이다.

만약 당신이 멕시코 또는 터키 사람이라면 거울 속에 비치는 자기 모습이 괜찮아 보일 확률이 높다. 이 두 국가는 70퍼센트 이상의 사람이 자기 외모에 '매우 만족'하거나 '그럭저럭 만족'한다고 대답했다. 반면 일본, 영국, 러시아, 한국에서는 자기 외모를 비관하는 사람들이 훨씬 많았다.

왜일까? 아마 다음과 같은 이유 때문일 것이다.

1. 우리를 더 멋져 보이게 해주는 기술이 그 어느 때보다 발전했지만, 그와 더불어 우리가 희망하는 외모의 기준도 훨씬 더 높아졌다.

2. 누가 봐도 예쁘고 잘생긴 사람들의 이미지가 사방에서 우리를 자극해댄다. 전례 없는 일일 뿐 아니라, 그 경로도 TV나 영화 스크린, 옥외 광고판에 그치지 않고 이제는 누구나 온 세상에 자신의 최고의 모습, 최고의 '뽀샵'으로 무장한 모습을 선보이는 SNS까지 일조하고 있다.

3. 사람들이 전반적으로 점점 더 노이로제 성향을 지니게 되면서 외모에 대한 걱정도 증가하고 있다. 한 연구 조사에 따르면, 자기 외모에 불만이 깊은 사람일수록 '다소 신경질적이고 집착적이며 소심한 애착 유형을 보이고, TV 시청 시간도 더 길다'고 한다.

4. 수많은 광고는 외모에 대한 우리의 불만이 화장품이나 음식, 헬스장 회원권에 돈만 투자하면 해결될 것처럼 포장하지만 실상은 그렇지 않다. 게다가 전형적으로 예쁘고 잘생긴 외모를 갖췄다고 해서 외모에 대한 걱정을 안 하게 되는 것도 아니다. 일본이든 러시아든 멕시코든 터키

든 어디에나 잘생긴 사람들은 수두룩하다. 그리고 알다시피, 모델들처럼 정말 끝내주게 예쁘고 잘생긴 사람들 대부분은 평범한 사람들, 즉 캣워크 위를 걸어다니는 직업을 갖지 않은 사람들보다 외모 걱정을 더 많이 한다.

5. 결국엔 노화를 피할 수 없으니까. 우리를 더 빛나고 어려 보이게 해주고 덜 초췌해 보이게 해주겠다는 수많은 제품은 근원적 문제에 대해선 침묵한다. 이런 상품들이 우리를 실제로 젊어지게 하는 건 아니다. 클라랑스나 크리니크에서 지금까지 생산한 안티에이징 제품만 해도 그 양이 어마어마하다. 하지만 그 제품을 사용하는 사람들도 나이를 먹는 건 마찬가지다. 그저 나이 먹는 것이 두려워서들 그러는 거겠지만, 이는 우리가 주름, 몸매, 노화를 수치스러워하게 만들려고 제작되는 수조 달러짜리 마케팅 캠페인에도 일부 책임이 있다. 젊어 보이고 싶은 욕구는 나이 드는 것에 대한 두려움을 더 두드러지게 한다. 그러니까 어쩌면, 우리가 나이 듦을 받아들이고 우리의 주름살과 타인의 주름살을 받아들인다면, 마케팅 전문가들이 조작이나 과장에 써먹을 수 있는 '두려움'의 양도 줄어들 것이다.

●

나는 학교에서 키가 제일 큰 아이였지만 몸매는 그야말로 피골상접 수준이었다. 그래서 조금이라도 몸집을 키우려고 폭식을 하고 맥주를 마셔댔다. 이제 와 깨닫고 보니 아마 나한테는 약간의 신체

이형증[*]이 있었던 것 같다. 나는 내 불만스러운 피부 안에 갇힌 불만투성이 존재였다. 혹시 장 클로드 반담처럼 보일 수 있을까 싶어서 50회짜리 팔굽혀펴기를 몇 세트씩 하곤 했다. 너무 힘들고 고통스러워서 얼굴은 항상 죽을상이었다. 내 몸이 그냥 싫은 정도가 아니라, 정말 격렬하게 싫었다. 신체에 대한 수치심이 정말 지독하게 심각한 수준이었다. 어떤 사람들은 여자들만 그런 정도의 수치심을 느낀다고 생각한다. 그때로 다시 돌아가 어린 나 자신에게 이렇게 말해줄 수 있다면 소원이 없을 것 같다. 안 그래도 돼. 그런 거 다 별거 아니더라. 그냥 힘 빼고 살아.

한때는 얼굴에 난 점이 너무 싫어서 칫솔로 박박 문질러 없애려고 시도한 적도 있다(그때 나는 10대였다!). 하지만 점은 아무 잘못이 없었다. 자신감이 결핍된 필터를 통해 얼굴을 바라보는 내가 문제였다. 지금은 얼굴에 있는 그 점을 좋아한다. 이게 뭐라고 나를 그렇게 괴롭혔는지, 뭐 하러 노상 거울을 들여다보며 제발 점이 사라져라 빌고 또 빌었는지 도무지 이해되지 않는다.

"세상에 좋고 나쁜 건 없어. 저마다의 생각에 따라 좋게 보이기도 나쁘게 보이기도 하는 것일 뿐."

햄릿이 로젠크란츠에게 한 말이다. 햄릿은 덴마크를 두고 한 말이었지만, 이 말은 우리 외모에도 똑같이 적용된다.

세상이 아무리 우리에게 스스로를 미흡한 존재로 느껴야 한다고 부추겨도 넘어갈 필요는 없다. 우리는 그저 우리의 '느낌'과 우리

---

[*] dysmorphia, 자기 외모에 결함이 있다고 생각하고 그것에 지나치게 집착하고 걱정하는 심리 장애.

가 걱정하는 '문제'는 전혀 별개라는 사실을 깨닫기만 하면 된다. 최근 들어 비만의 위험성에 대해서는 인식 수준이 상당히 높아졌지만, 신체적 외모와 관련해서 비만 외의 다른 문제점들에 대한 인식은 아직 부족한 것 같다. 당신의 외모가 불만스러운가? 그렇다면 당신이 다뤄야 할 진짜 문제는 신체적 외모 자체가 아니라 그렇게 느끼는 당신의 '감정'일 수도 있다.

플로리다주립대학교의 파멜라 킬 교수는 자신의 연구 이력 내내 다양한 섭식장애 및 남녀의 신체 이미지 관련 주제를 연구했는데, 그 결과 아무리 겉모습을 '수정'해도 외모에 대한 불만은 절대 해결되지 않는다는 결론을 얻었다. 2018년 초, 킬 교수는 자신의 가장 최근 연구에 대한 결과를 발표하면서 이런 질문을 던졌다.

"우리를 더 행복하고 더 건강하게 만들어주는 것은 대체 무엇일까요? 살을 5킬로그램 빼거나 몸에 안 좋은 자세를 고치는 것일까요?"

자기 외모가 남들에게 어떻게 보일까에 대한 스트레스를 덜 느끼면 심리적으로만 유익한 것이 아니라 신체적으로도 도움이 된다.

"사람들이 자기 외모나 신체에 만족하면, 그들은 자기 몸을 타도해야 할 적이나 심하게는 '물건'으로 취급하는 경향이 줄어들고 오히려 자기 관리에 더 노력을 기울이게 됩니다. 우리가 앞으로 새해 목표를 세울 때 어떤 걸 골라야 할지 신중하게 고민해봐야 하는 아주 강력한 근거죠."

비만율도 바로 이런 이유 때문에 위험할 정도로 높아지고 있는 게 아닐까? 자기 몸에 좀 더 만족한다면 우리는 우리 몸을 더 친절하게 다룰 테니까 말이다.

돈에 대해 지나치게 염려하면 오히려 강박적 소비에 빠질 수 있는 것처럼, 우리가 아무리 몸 걱정을 해봤자 더 나은 몸을 가질 수 있다는 보장은 없다.

외모 걱정 좀 하라거나, 생식을 먹어야 한다거나, 허벅지 살이 부대끼지 않게 신경 써야 한다거나, 휴가에 대비해 해변용 몸매를 만들어야 한다는 등의 압박감은 전통적으로 대단히 성별 중심적이어서 광고주들은 여성에게 훨씬 더 많은 압박을 가했다. 물론 요즘은 남자들도 평균적 남성의 자연스러운 생김새와는 어긋나는 특정 외모로 보여야 하고 헬스장 표준 몸매를 갖춰야 하고 신체적 결점은 감춰야 하고 '셀카'에 멋지게 나와야 하고 머리카락이 세거나 빠지는 것을 경계해야 한다는 등의 압박을 점점 더 많이 느끼고 있지만, 아무리 그래도 여성들이 자나 깨나 외모 걱정과 고민으로 느끼는 부담감이 지금만큼 심했던 적은 없었다. 그런데도 우리는 외모에 대해 여성들이 느끼는 불안감을 경감하려는 노력 대신, 오히려 남성들마저 외모 불안을 느끼도록 조장하고 있다. 어떤 영역에서는 일종의 뒤틀린 평등 의식을 적용해서 모두가 똑같이 불안함을 느끼게 만들려고 애쓰는 것처럼 보일 정도다. 모두가 평등하게 자유로워지는 게 아니라.

조금 전 트위터에서 누군가가 리트윗한 「뉴욕 포스트」의 기사 하나가 눈에 띄었다. '생체공학적 음경을 장착한 남자 섹스돌 2018년 내 출시 예정'이라는 제목이었다. 해당 섹스돌의 사진도 있다. 털 한 가닥 없이 가당치 않을 정도로 탄력적인 몸에 탈모 걱정 없는 머리카락과 필요할 때 언제든 발기가 되는 음경까지 완벽하게 갖춘 모습의 사진이다. 물론 말할 것도 없이, 생체공학적 여성 섹스로봇 역시 훨씬 더 많은 정성을 들여 진화되고 있다. 지금이야 잡지 표지 모델의 포토샵 이미지처럼 보이고 싶은 것은 그렇다 치자. 그렇다면 다음 단계에선 무개성의 완벽한 모습을 갖춘 안드로이드(인간 형상의 로봇)나 로봇처럼 보이고 싶어지는 건 아닐까? 기왕 내친김에 무지개도 잡아보겠다고 하는 건 아닌지 모르겠다.

미국 소설가 앨리스 워커는 이렇게 썼다.

"자연에서는, 그 무엇도 완벽하지 않지만 동시에 모든 것이 완벽하다. 나무는 뒤틀리거나 이상한 방향으로 휘어지기도 하지만 여전히 아름답다."

우리 몸은 앞에서 말한 생체공학 섹스로봇처럼 탄탄하지도, 대칭적이지도, 불로장생하지도 못할 것이다. 그러므로 우리가 해야 할 일은 사회가 규정한 비현실적 버전의 '최고' 몸매를 갖지 못해도 행복해질 수 있는 방법과 지금의 이 몸을 가진 것에 좀 더 만족할 수 있는 방법을 되도록 빨리 터득하는 것이다. 몸에 불만을 가진다고 우리 몸이 더 멋져 보이게 되는 것은 아니기 때문에 더욱 그렇다. 오히려 우리 기분을 훨씬 더 나빠지게 할 뿐이다. 우리는 완벽해 보이는 생체공학 섹스로봇들보다 지극히 더 나은 존재다. 우리는 인간이다. 인간처럼 보이는 것을 부끄러워하지 말자.

그냥 네 모습 그대로

안녕. 나는 해변이야.

나는 파도와 해류 때문에 생겨나지. 닳고 마모된 돌멩이가 모여서 만들어져. 나는 바다랑 바로 붙어 있어. 수백수천만 년의 세월을 여기서 살았어. 세상에 최초의 생명이 막 태생을 시작할 때도 난 이곳에 있었어. 그런 내가 너희에게 해줄 말이 있어.

나는 너희 몸이 어떻든 관심이 없어.

그야말로 쥐뿔만큼도 신경 안 써. 네 BMI 따위에도, 훤히 보이는 복근에도 아무 감흥이 없어.

너희는 20만 세대를 거쳐온 수많은 인간 중 한 세대일 뿐이야. 나는 그 모든 세대를 전부 지켜봤어. 너희 다음에 올 세대도 전부 보게 되겠지. 미안한 말이지만, 다음 세대는 지금까지만큼 많지는 않을 거야. 나는 바다가 내게 속삭이는 소리를 듣거든.(바다는 너희들을 아주 싫어해. 독살자들, 바다는 너희를 독살자들이라고 불러. 나도 알아, 좀 과장스럽다는 거. 하지만 너희한테 바다는 원래 그런 존재잖아.)

아, 그리고 이 얘기도 해줘야겠네. 해변에 있는 다른 사람들도 네 몸에는 관심 없어. 정말이야. 그 사람들은 그냥 바다를 바라보고 있는 거야. 그게 아닐 땐 그저 자기들 몸에만 온 신경이 쏠려 있겠지. 그리고 설사 그 사람들이 너에게 관심을 가진다고 한들 무슨 상관이야? 인간들은 왜 그렇게 남들의 눈을 걱정하는 거지? 너희도 나처럼 해봐. 그 모든 것들, 너희를 적시고 그냥 스쳐 지나가게 내버려둬. 너는 그냥 네 모습 그대로 가만히 있으면 돼.

그냥 그대로.
해변처럼.

세상의 욕망을 욕망하지 않으려면

1   사랑했던 사람들을 생각해보라. 가장 깊이 결속된 관계를 맺었던 기억을 떠올려보라. 그런 사람들을 바라볼 때 느꼈던 기쁨과 즐거움을 생각해보라. 그 기쁨과 즐거움이 그들의 외모와는 조금도 상관이 없었다는 사실을 기억해보라. 그들의 있는 모습 그대로가 좋았고, 그런 모습을 볼 수 있어서 그냥 기쁘지 않았던가? 이제 당신 자신의 친구가 되어, 기쁘고 즐거운 마음으로 당신의 얼굴 뒤에 있는 진짜 알맹이를 발견해줘라.

2   당신의 사진을 보는 관점을 바꿔보라. 지금은 사진을 볼 때마다 '와, 늙어 보이네'라고 생각하겠지만, 언젠가는 똑같은 사진들을 보며 '와, 나 젊어 보였네'라고 생각할 날이 올 것이다. 더 젊었

던 시절의 관점에서만 당신을 바라보며 늙었다고 생각하는 대신, 좀 더 나이 든 당신의 관점을 기준 삼아 지금의 당신이 얼마나 젊은 가를 느껴보라.

3   당신의 불완전함을, 결점들을 사랑하라. 그것을 오히려 돋보이게 하라. 그 결함들은 우리를 안드로이드나 로봇과 차별화해줄 것들이다. 『안나 카레니나』 속 나탈리 부인의 말을 떠올려라. "당신이 만약 완벽함을 얻고자 한다면, 언제까지나 만족을 느끼지 못할 거예요."

4   세상에 이미 존재하는 누군가와 비슷해지려고 노력하지 마라. 당신이 가진 색다름을 즐겨라.

5   사람들이 당신을 좋아하지 않는다고 걱정하지 마라. 모든 사람이 당신을 좋아하진 않을 것이다. 인기를 잃더라도 있는 모습 그대로의 내가 되는 것이, 다른 사람 행세로 호감을 사는 것보다 낫다. 인생은 연극이 아니다. '연습하고 익힌 나'가 아니라, '있는 모습 그대로의 나'가 되라.

6   남이 당신을 보는 부정적 관점이 당신이 스스로를 보는 관점이 되게 하지 마라. 절대로.

7   스스로에 대해 안 좋은 생각이 들 때면, 인스타그램을 멀

리하라.

8   기억하라. 당신 외에는 그 누구도 당신의 얼굴이 어떤지
진심으로 신경 쓰지 않는다.

9   하루 중 시간을 내어 다른 장소에서, 일, 다른 할 일, 인터
넷이 아닌 다른 활동을 해보라. 춤을 추고, 공을 차라. 부리토도 만
들어보고, 음악을 연주하고, 비디오 게임에도 빠져보라. 강아지를
쓰다듬어줘라. 악기를 배워보고 친구에게 전화 한 통도 걸어보라.
아이의 몸짓을 흉내 내보라. 밖으로 나가라. 나가 걸으며 얼굴을 스
치는 바람을 느껴라. 그것도 아니면 방바닥에 누워 두 다리를 벽에
기댄 채 조용히 숨만 쉬어도 괜찮다.

다른 방향으로 수영하는 법을 배워야 한다

만족에 끝은 없다.

지금까지 나는 항상 무언가에 중독되어 있었다. 그 대상은 계속 바뀌었지만, 뭔가를 욕구하는 정신적 습성은 바뀌지 않았다. 특히 술이 내 취향이었는데, 나는 술이라면 한도 끝도 없이 마실 수 있었다. 런던의 남부 도시 크로이던Croydon의 우울한 하늘 아래에 있는 복합 사무실 건물에서 광고 영업 일을 하던 시절, 나는 오로지 탈출할 날만 꿈꾸며 살았다. 매일 밤 마시던 맥주 500cc 석 잔에 보드카 코크 한 잔이 그나마 그날그날의 스트레스를 풀어줬다. 그리고 다음 날 아침이면 그 스트레스가 다시 고스란히 돌아왔다.

병에 걸리고 몇 년 후 나는 갑자기 아무렇지도 않게 술을 끊을 수 있었다. 담배와 그 밖의 모든 것도 마찬가지였다. 그때 모든 종류의 자극제를 끊었다. 심지어 커피와 차, 코카콜라도 끊었다. 당시는 공황과 고통이 쉬지 않고 들이닥치던 시기여서 내 정신을 다른 데로 돌릴 수만 있다면 그 무엇이라도 할 작정이었다. 그러면서도 술은 도움이 되지 않으리라는 걸 이미 알고 있었다. 마약도 효과가 없을 것 같았다. 적어도 그 당시엔 왠지 확신마저 들었다. 마약이 다른 사람들에게는 효과가 있는 것이 틀림없지만 어쩐지 나는 마약마저 들지 않는 운 나쁜 축에 속할 것이 뻔했다. 게다가 나는 내 중독적 성향이 과거 한때의 일이라고 믿고 있었다. 지금이야 요가나 명상, 일, 성공, 그리고 아버지가 추천한 달리기 같은 '긍정적인' 중독 활동을 찾아가고는 있지만 그 점을 빼면 나에게 여전히 중독 성향이 있다는 사실을 자각하는 것은 더욱 힘든 일이었다.

그 후로 몇 년 뒤, 좀 나아졌다 싶은 생각이 들자 나는 다시 술을 마시기 시작했다. 매일 마신 건 아니고 그렇다고 일주일에 한 번씩 마신 것도 아니지만, 일단 한 번 마시면 감당할 수 없을 정도로 마셔댔다. 예전과 차이가 있다면 이번엔 술이 내 정신에 어떤 영향을 미치는지 나 스스로 알 수 있다는 점이었다. 반복되는 패턴이 보였다. 일단 내 상태가 (공황 장애처럼 안 좋은 게 아니라, 그냥 낮은 단계의 평범한 우울증 수준으로) 좀 안 좋아진 것 같은 느낌이 들면, 술을 마시고 좀 나아진다. 그런 다음엔 숙취와 함께 죄책감이 온다. 그리고 이 기분이 계속되면서 내 자존감도 낮아진다. 그러면 다시 여기서 벗어날 탈출구를, 즉 술을 더욱 열렬히 원하게 되는 것이다. 500cc 맥주 여덟 잔에 진칵테일 정도는 들어가야 했다. 위태로운 지경이었다. 그렇게 취해 있으니 좋은 남편, 좋은 아빠, 좋은 작가가 되는 건 절대 불가능했다. 그런데 아이러니는, 바로 이런 무능감과 자기혐오가 결국 또 숙취의 결말로 이어진다는 점이었다. 나는 무언가를 원하는 갈망의 크기가 아무리 커진다 해도 그 뒤에 오는 죄책감이 언제나 훨씬 더하다는 사실을 배웠다. 하지만 그래도 힘든 건 힘든 거다. 지칠 줄 모르고 자신을 덮치는 절망감을 거대한 술의 바다에라도 가라앉혀보려 하는 사람들이 나는 너무나도 공감이 된다. 그리고 그 과정에서 그들이, 스스로에게서 벗어나고 싶다는 그 고통스러운 갈망을 단 한 번도 겪어보지 못한 사람들에게 비난을 받는 것에도 엄청난 연민을 느낀다.

정신 질환에 대한 사회적 낙인 문제가 점차 개선되고 있다고 말하는 사람들이 있는데, 아마도 우울증이나 공황 발작으로 고통받는 사람들에 대한 상황이 나아졌다는 점에 대해선 그들의 말이 맞을 것이다. 하지만 알코올의존증이나 자해, 경계선 성격장애, 섭식 장애, 강박행동 장애, 약물중독은 그 개선된 범위에 포함되어 있지 않을 것이다. 이런 질환들은 심지어 정말 훌륭한 사람들의 너그러운 마음까지 시험에 들게 한다. 그게 바로 정신 질환의 문제다. 그 사람이 걸린 '병'을 기준으로 사람을 판단하지 않는 것은 쉽다. 하지만 그 병이 유발하는 '행동'을 기준으로 그 사람을 판단하지 않기란 훨씬 어려운 일이다. 왜냐하면 사람들의 눈에는 그 이유가 보이지 않기 때문이다.

언젠가 보기 드물 정도로 독보적인 천재를 보러 갔던 일이 기억
난다. 에이미 와인하우스°의 콘서트였다. 에이미는 술에 취한 채 어
떻게든 무대 위에서 스스로를 가다듬으려고 필사적으로 버티고 있
었다. 그녀가 곡 사이사이에 하는 말들은 발음도 분명치 않았다. 관
중들은 (자신들도 대부분 만취한 상태로) 웃음을 터뜨리고 야유를 퍼
부었고, 그런 관중들 때문에 나는 눈물이 쏟아지기 직전이었다. 내
안에서는 분노와 모욕감이 끓어올랐다.

나는 바보 같게도 에이미에게 소리 없는 텔레파시 메시지를 보
내려고 안간힘을 썼다.

'괜찮아요. 괜찮아질 거예요. 이 사람들은 그냥 아무것도 몰라서
그래요.'

이 글을 쓰는 지금 이 순간, 나는 카이피리냐에 대한 공상에 빠진
다. 카이피리냐는 브라질의 국민 칵테일이다. 까샤샤(브라질 전통주)
와 라임, 설탕을 섞어 잔 속에 담아둔 천상의 술. 스페인에서 지내던
시절, 그늘이 드리운 광장에서 카이피리냐를 마시곤 했던 기억이
난다. 카이피리냐를 향한 이 갈망에는 스물한 살의 속 편했던 시절
로 다시 돌아가고 싶다는 갈망도 조금은 섞여 있다. 하지만 그 결과
가 좋지 않으리라는 것도 알고 있다. 내가 왜 그러고 싶은지, 그리고
그 결과가 어떻게 이어질 것인지를 나는 스스로에게 계속 일깨워줘

<hr />

● Amy Winehouse. 영국의 싱어송라이터. 알코올의존증으로 사망했다.

야 한다. 결코 술 한 잔으로 끝나지 않으리라는 사실을 명심하고 있어야 한다. 오래전, 지극히 품위 있는 오후 업무 회의 후에 느낀 그저 무해한 한 잔 술에 대한 갈망이, 아침 6시 지갑을 잃어버린 채 빅토리아역에서 집에 전화를 거는 결말로 마무리되었던 과거를 잊지 말아야 한다. 그리고 그 뒤에 이어지는 우울과 불안의 맹렬한 악순환, 양말 서랍 앞에 마주 앉아 울음을 터뜨리고 잿빛 하늘이나 잡지 커버를 보고 끝없는 절망감에 빠졌던 그 고통을 잊지 말아야 한다. 이 모든 것을 기억하는 작업, 즉 원인과 결과를 마음속 깊이 새기는 의식은 갈망을 참는 것을 훨씬 쉽게 만들어준다. 한잔의 천국에서 보내는 하루 저녁이, 철창에 갇힌 지옥에서의 한 달을 무릅쓸 가치는 없으므로.

내 요점은 꼭 알코올에만 국한된 것은 아니다. 중독이 진행되는 패턴, 즉 불만족이 임시방편의 해결책(충족)으로, 그리고 다시 더 많은 불만족으로 이어지는 이 패턴이 요즘 소비문화의 대체적 유형이라는 점이 문제다. 그리고 우리와 테크놀로지의 관계 상당 부분도 마찬가지의 패턴으로 이어져 있다. 과도한 테크놀로지 사용의 위험성은 이미 더할 나위 없이 분명해지고 있다.

2018년, 애플의 CEO인 팀 쿡도 기술 남용에 대해 언급하기 시작했다.

"나는 과도한 사용을 찬성하지 않습니다. 여러분이 매 순간 테크놀로지를 쓰고 있으니 우리는 성공을 이뤄낸 것이라는 식의 말도 하지 않습니다."

문제는, 기술을 남용하지 말자는 것이 종종 말은 쉬워도 실천이 어렵다는 점이다.

신경과학자인 대니얼 레비틴은 자신의 저서 『정리하는 뇌』에서 이렇게 말한다.

"두말할 나위 없이, 이메일, 페이스북, 트위터를 확인하는 일은 신경 차원의 중독을 야기한다."

우리가 소셜 미디어를 확인할 때마다 "우리는 새로운 것을 접하게 되고, 그러면서 (인간미가 배제된 사이버 방식인데도 조금은 기이하게) 사회적으로 더욱 연결되었다는 느낌을 얻게 되고", 그에 따라 "무언가를 성취했다는 뜻의 보상 호르몬을 한 움큼 더 받게 된다". 하지만 다른 모든 중독과 마찬가지로, 이런 보상의 느낌은 믿을 만한 것이 못 된다. 레비틴의 말처럼, "이런 종류의 쾌감을 일으키는 영역은 전전두엽피질에 있는 계획, 일정 관리, 고차원적 사고를 담당하는 중심 부위가 아니라 변연계를 관장하며 새로움을 추구하는 멍청한 뇌 영역이다".

스페인의 이비사섬 같은 곳에 살고 있거나 광신적 종교 집단에 속해 있을 때처럼 자신과 주변 모든 사람이 똑같은 문제를 지니고 있으면, 그 안에서는 스스로 어떤 문제를 겪고 있는지 감지해내기가 어렵다. 모든 사람이 노상 핸드폰만 붙들고 앉아서 메시지와 타임라인을 스크롤하는 데 온 시간을 보낸다면, 그것이 정상적이고 평범한 행동이 된다. 모든 사람이 자기 외모 걱정을 하는 곳에서는, 자기 외모를 걱정하는 게 우리가 해야 할 행동이 된다. 모두가 실제로는 필요하지도 않은 물건을 사느라 한도 초과 지경까지 신용카드를 긁어대도, 모든 사람이 그렇게 하고 있으니 그것을 문제라고 할 순 없다. 지구 전체가 일종의 집단적 멘탈 붕괴를 일으키기라도 하면, 유해한 행동 습성이 곧바로 치고 들어와 자리를 잡는다. 광기가 사회적 표준이 되면, 분별력을 챙기는 유일한 방법은 과감하게 남들과 차별화하는 것이다. 아니면 현대의 삶으로 인한 그 모든 신체적 잡동사니와 정신적 파편들 저 너머에 존재하는 진짜 자기 자신이 되거나. 용감하게.

현대의 첨단 기술 소비사회는 역설적이다. 이 사회는 개인주의를 권장하는 것 같으면서도, 우리 각자가 개인의 입장에서 생각하는 것은 장려하지 않는다. 아니, 사실상 못 하게 하는 셈이다. 중증 중독자들이 자기 삶을 되찾고 싶을 때 먼저 해야 하는 것처럼, 우리가 소비사회의 온갖 딴짓거리에서 한발 물러나 '내가 지금 뭐 하고 있는 거지? 나를 행복하게 해주는 것도 아닌데 내가 왜 이 짓을 계속하고 있는 거지?'와 같은 질문이라도 할라치면 사회가 나서서 우리를 가로막는다. 정말 희한하게도, 다이어트 강박이나 트위터 강박, 쇼핑 강박, 일 강박처럼 사회적으로 용인되는 충동 성향을 가진 사람들보다 헤로인 중독처럼 사회적으로 바람직하지 않은 강박충동을 가진 사람들이 이런 고민과 질문을 더 자주 한다. 집단적으로 미쳐 있고 문화 자체가 병들어 있을 땐, 치료는커녕 병이 있다는 걸 진단하기조차 어렵기 때문이다.

사회의 조류가 우리를 특정 방향으로 끌고 가더라도 만약 그 방향이 우리를 불행에 빠뜨려 헤어나지 못하게 한다면, 우리는 다른 방향으로 수영하는 법을 배울 수 있어야 한다. 우리 자신의 진실을 향해, 수많은 딴짓거리가 숨겨둔 진실을 향해 물을 거슬러 갈 수 있어야 한다. 우리의 생사가 거기에 달려 있을 수도 있다.

나이 드는 것에 대한 걱정을 멈추는 법

1　　　　오히려 노인들은 노령에 대해 별로 걱정하지 않는다는 사실을 명심하자. 다수의 설문조사가 이 사실을 뒷받침하는데, 내가 찾아낸 가장 최근의 연구는 미국 연구조사 기관인 NORC(National Opinion Research Center, 전국여론조사센터)에서 2016년 수행되었다. 이 기관은 3천 명이 넘는 성인을 대상으로 설문조사를 실시했고, 노인들이 비교적 낮은 연령대의 성인들보다 나이 드는 것에 대해 더 낙관적이라는 결과를 얻었다. 수치를 살펴보면 30대는 46퍼센트가 나이 드는 것이 괜찮다고 대답한 반면, 70대 이상은 66퍼센트가 같은 대답을 했다. 노화에 대해 걱정하는 것은 아무래도 아직 젊다는 신호인 것 같다. 노인들이 노년에 대해 긍정적일 수 있는 가장 주요한 요인은 그들의 마음가짐 자체가 긍정적이기 때문일 것이다. 나

이가 들수록 회복탄력성도 발달하는 것 같다.

2   어차피 일어날 일이다. 나이 먹는 것은 우리가 어떻게 해볼 도리가 없는 일이다. 건강한 식습관을 실천하고 운동을 하고 분별 있는 삶을 살 수는 있겠지만, 나이는 멈춰지지도 느려지지도 않는다. 우리는 언제나처럼 같은 날짜에 80번째 생일을 맞게 될 것이다. 물론 80살에도 여전히 살아 있을 수 있도록 노력할 수는 있다. 하지만 시간의 바퀴를 멈출 수는 없다. 너무 확실한 사실이라서 오히려 안심이 될 정도다. 우리가 변화시킬 수 있는 가능성이 전혀 없으면, 걱정은 그 쓰임새를 잃기 시작하기 때문이다. 미국 영화감독이자 작가인 노라 에프론은 이렇게 썼다. "누구나 죽는다. 우리가 무슨 짓을 해도 그 사실은 바뀌지 않는다. 하루에 아몬드를 여섯 개씩 먹든 안 먹든 상관없다."

3   우리는 '노년'의 문제라 하면 지금 겪는 문제와는 다른 문제를 떠올릴 것이다. 하지만 우리는 노스트라다무스가 아니다. 아무도 자신이 늙으면 어떻게 될지 알 수 없다. 정신이 오락가락하게 될지, 아니면 혹시 80대의 나이에도 위대한 예술 걸작들을 남긴 앙리 마티스처럼 젊었을 때보다 훨씬 더 총기가 넘칠지 그 누가 알겠는가.

4   미래는 실재가 아니다. 미래는 관념일 뿐이다. 우리가 확실히 아는 것은 '지금'뿐이다. 지금 이 순간의 '지금'과 그 뒤로 계속

이어질 또 다른 '지금'들. 바로 '지금'이 우리가 살아야 할 곳이다. 나이 든 미래의 우리는 수십억 개의 다양한 버전으로 존재한다. 그렇지만 '지금'의 우리는 오직 한 가지 버전뿐이다. 그러니 그 한 가지에 집중하자.

5   지금의 걱정들, 나중에 다 후회하게 된다. 브로니 웨어는 자신의 책 『내가 원하는 삶을 살았더라면』에서 삶의 종착역에 다다른 사람들과 나눈 이야기를 들려준다. 그들의 가장 큰 후회는 단연코 '걱정'이었다. 브로니의 환자들 다수는 걱정만 하다 평생을 보냈다며 한탄을 금치 못했다. 걱정이 삶을 집어삼켰다. 그들은 모두 남들이 자기를 어떻게 생각할지 걱정했고, 결국 그런 걱정 때문에 자기 자신의 신념과 가치관에 충실한 삶을 살지 못했다.

6   그냥 받아들여라. 괜히 반항하지 말고. 늙는 것에 대한 불안을 없앨 수 있으면 다른 모든 불안도 없앨 수 있을 것이다. 그리고 그 방법은 부정이 아니라 바로 수용이다. 맞서 싸우지 말고, 그냥 있는 그대로 느껴라. 일단 자기 몸에 보톡스는 넣지 말아보라. 대신, 칼을 대지 않아도 되는 심리적 성형을 해보라. 아름다움에 대한 생각을 새롭게 짜보라. 마케팅에 저항하는 반항아가 되라. 현명한 연장자가 될 날을 고대하라. 녹아내리는 양초의 다면적 우아함을 닮아라. 1만 개의 길을 품은 지도가 되라. 이른 아침 해돋이의 다홍빛을 압도하는 저녁노을의 강렬한 주홍이 되라. 용감할 정도로 진짜인 당신 자신이 되라.

3
과한 일상, 텅 빈 마음

결핍과 과잉

"삶은, 목을 조일 게 아니라
만져줘야 하는 것."

_레이 브래드버리, 미국 작가

매 순간을 온전히 느끼고, 내일 일에 신경 끄고, 시간 개념이 심어놓은

모든 걱정과 후회와 두려움을 애써 망각하자. 한가로이 거닐며, 걸음

말고는 아무 생각도 하지 않을 수 있는 경지에 오르자. 잠들지 않아도

침대에 누워 있자. 잠이 오지 않는다고 걱정하지 말자. 과거나 미래의

골칫거리에 마음 쓰지 말고, 완벽히 이완된 자세의 달콤한 행복 속에,

그냥 그렇게 있자.

지금 세상은 공황 발작 중

지금 세상은 공황 발작 중이다. 발작은 일종의 과잉 상태다. 나한테는 공황 발작이 그렇게 느껴졌다. 생각, 걱정, 불안이 넘쳐 정신줄을 놓쳐버리면 그 순간 공황이 거세게 밀어닥친다. 생각, 걱정, 불안의 과부하가 발동되며 덫에 걸린 듯 옴짝달싹도 할 수 없는 기분이 들기 때문이다. 심리적 감옥 안에 갇혀버리는 셈이다. 감각적 자극 요소가 지나치게 많은 환경에서 유독 공황 발작이 자주 발생하는 것도 그 때문이다. 슈퍼마켓이나 나이트클럽, 극장, 만원 지하철 같은 곳이 요주의 장소다. 그 외에도 백화점의 창문 없는 지하층, 엄청난 인파의 뮤직 페스티벌, 비행기 안, 런던에서 요크로 가는 기차, BBC 뉴스 방송국의 출연자 대기실, 수천 명의 얼굴이 나를 쳐다보는 무대 위, 은행, 심지어 컴퓨터 화면 앞에서도 공황이 온다.

'과잉'이 현대 생활의 주요 속성이 되면 어떻게 될까? 소비도 과잉, 업무도 과잉, 환경도 과부하, 뉴스도 과잉, 정보도 과잉이 된다면?

문제는, 그렇게 된다 해도 현재의 삶이 과거보다 꼭 더 나쁘다고 말할 수 없다는 점이다. 실제로 여러 측면에서 지금의 우리는 과거에 거쳐온 어느 시대보다 더 우수하고 건강하고 비할 데 없이 행복한 삶을 누릴 가능성을 품고 있다. 다만 우리 삶에 온갖 잡동사니들도 함께 뒤섞여 있다는 것이 문제. 심지어 우리의 수많은 자아 중에 진짜 나를 찾는 것조차 힘들 지경이다.

세상을 둘러보면 모든 게 과잉이다.

주변에 보이는 아무거나 한 종류만 골라서 생각해보자. 일단 지금 당신이 손에 들고 있는 책만 해도 그렇다. 세상엔 책이 정말 많다. 그 수많은 책 중에서 당신은 나름의 이유로 이 책을 읽겠다고 골랐다. 그 선택에 대해 일단 저자로서 깊은 감사를 표한다. 그런데 혹시, 이 책을 읽는 동안 한편으론 이 책 때문에 다른 책을 못 읽고 있다는 생각으로 괴롭지는 않은가? 나까지 합세해서 스트레스를 주고 싶진 않지만, 그 정도로 세상엔 책이 정말 많다. 한 온라인 미디어 '멘탈 플로스Mental Floss'가 구글 데이터를 주요 토대로 산출한 바에 따르면, 세상에 존재하는 책의 양은 (보수적으로 잡아도) 134,021,533권에 이른다. 그나마 이 숫자도 2016년 중반 시점까지 집계한 양이었다. 이후로도 수백수천만 권 이상의 책이 나왔다. 아무튼 134,021,533권만으로도 이미 책은 무진장 많다.

책이 이렇게 넘쳐났던 것도 현대에 들어서면서 일어난 변화다. 인쇄기 이전 시대에는 점토판이나 파피루스, 왁스, 양피지 등의 표면에 문자를 새기거나 써서 일일이 손으로 책을 만들어야 했으니까. 인쇄기가 발명된 후에도 읽을거리가 급격히 늘어난 건 아니다. 영국 국립 도서관 소속 인사들의 말을 들어보면, 16세기 초 영국의 연간 출간 서적 수가 약 40권 정도에 그쳤다고 하니 당시의 독서 모임은 어렵사리 겨우 유지되었을 것이다. 사정이 이러니 의욕적인 독서가라면 새로운 책이 나올 때마다 밀리지 않고 섭렵하는 일이 대수도 아니었다. 아무개 북클럽에서 아무개 회원이 "그래서 요즘 무슨 책을 읽고들 있냐" 물으면 대답은 보통 "요즘 나온 그 책 있잖아"라고 나오는 식이었다.

그러다 상황이 급변했다. 1600년 즈음 되자 영국에서 연간 출판되는 서적이 약 400여 종에 이르렀다. 이전 세기보다 열 배나 증가한 숫자였다.

세간에 출판된 책을 전부 읽은 인물로는 시인 새뮤얼 테일러 콜리지가 마지막이었다는 설이 있기는 하지만, 콜리지의 사망 연도가 1834년이라는 사실을 고려하면 물리적으로 절대 불가능한 일이다. 1834년경에 존재하던 책의 수는 이미 수백만 권에 달했다. 그런데 여기서 재미있는 것은, 당시 사람들이 모든 책을 읽는 게 가능하다고 믿었다는 사실이다. 요즘 사람들에겐 통할 리 만무한 소리다.

우리는 이미 알고 있다. 우리 인간이 속독 분야에서 세계 신기록을 계속 경신하면서 책을 아무리 빨리 읽을 수 있게 된다고 해도, 그

양은 세상에 존재하는 책 전체의 아주 작은 티끌만큼을 벗어나지 못할 것이다. 언제까지나 영원히. 요즘 시대에 넘쳐나는 것이 TV 프로그램만은 아니다. 우리는 어마어마하게 많은 책에도 깔려 죽기 직전이다. 그렇다고 해도 우리가 한 번에 읽을 수 있는 책은 한 권뿐이다. 나는 오직 나 하나뿐이니까. 인간은 지금까지 온갖 것을 수도 없이 복제했지만, 개개인은 아직 하나씩밖에 없는 자신의 원조들이다. 그리고 그런 개개인은 인터넷보다 훨씬 작은 존재다. 삶을 제대로 만끽하고 싶다면, 우리가 앞으로도 절대 읽거나 시청하지 못할 것들, 말이나 행동으로 할 수 없는 것들은 이제 그만 생각하자. 지금부터는 어떻게 하면 우리의 한계 안에서 이 세상을 경험하고 즐길 수 있을지에 대한 고민을 시작해야 한다. 어떻게 하면 인간다운 차원에서 살 수 있을지, 어떻게 하면 내가 할 수 없는 수백만 가지 대신 할 수 있는 소수의 일에 힘을 쏟고, 세상에 내가 한 명 더 있으면 좋겠다는 바람을 품지 않고, 좀 더 소소한 과제를 탐색하고, 위풍당당한 독립적 존재가 될 수 있을지, 세상에 하나뿐인 원조로 살 수 있을지에 대해 고민해야 한다.

덜 불행한 엉망진창 인간

내가 보기엔 세상은 언제까지나 엉망진창일 것 같다. 그리고 나역시 언제나 엉망진창일 것이다. 어쩌면 당신도 마찬가지일지 모르겠다. 하지만, (이 작은 희망이 나한테는 가장 중요한데) 나는 행복한 엉망진창 인간이 되는 것이 가능하다고 믿는다. 아니면 적어도 덜 불행한 엉망진창 인간이 되거나. 엉망이긴 해도 세상을 헤쳐나갈 수있는 인간 말이다.

칼 융도 말했다.

"혼돈 속엔 언제나 조화가 있고, 무질서 속엔 언제나 은밀한 질서가 있다."

문제는 엉망진창인 세상이 아니다. 세상이 엉망이 아니기를 바라는 우리의 기대가 진짜 문제다. 우리는 우리에게 통제권이 있다는 생각을 주입받았다. 우리는 어디든 갈 수 있고 무엇이든 될 수 있다고, 우리에겐 자유의지라는 게 있어서 온갖 선택으로 가득한 세상에서 어느 웹사이트에 접속하고, 어떤 TV 프로그램을 시청하고, 수십억 가지의 온라인 레시피 중 어느 레시피를 따라 할지 선택할 수 있어야 한다고 말이다. 그뿐인가. 감정도 선택할 수 있어야 한다고 한다. 그러다 보니 우리가 느끼고 싶은 감정이나 느껴야 할 것 같은 감정이 실제로 느껴지지 않으면 혼란과 낙담에 빠진다. 이렇게 많은 걸 선택할 수 있는데 왜 나는 행복해지지 않지? 슬퍼할 일도 걱정할 일도 딱히 없는데 왜 나는 슬프고 걱정이 될까?

진실을 밝히자면 내가 처음 병에 걸렸던 완전 초창기에는 그런 일이 나한테 왜 벌어진 것인지는커녕 도대체 그게 무슨 일인지조차 전혀 몰랐다. 내가 그토록 벗어나고 싶었던 지옥에 대해 나는 아는 게 아무것도 없었다. 그저 어서 빨리 벗어나고만 싶었다. 내 다리에 불이 붙어도 그 불길의 온도를 알 수 있는 건 아니다. 당장 알 수 있는 건 무진장 고통스럽다는 사실뿐이다.

얼마 후 의사들이 몇 가지 꼬리표를 붙여주었다. '공황 장애', '범불안 장애', '우울증'. 이런 명칭이 걱정스럽게 들리긴 해도 한편으론 중요했다. 내가 해결하기 위해 노력해야 할 대상이 뭔지 알게 되었으니까. 병명을 알고 나니 더 이상 내가 외계인처럼 느껴지지 않았다. 이제 나는 인간 질병에 걸린 한 인간이었다. 다른 인간들, 무수히 많은 인간이 나와 같은 병에 걸렸고, 그들 중 대부분은 병을 극복했거나 어떤 식으로든 병과 함께 사는 법을 터득해냈다.

내 병명을 알고 난 후에도 나는 그것들이 모두 내 안에서 생겨나는 거라 믿었다. 원래 그 안에 있었던 거라고, 마치 그랜드 캐니언이 그냥 그 자리에 있는 것처럼 내 병들도 내 마음속에 지리적으로 붙박인 지형지물 같은 것이어서 내가 어떻게 해볼 수 없는 것이라고 생각했다.

앞으로 다시는 음악을 즐길 수 없을 것 같았다. 음식도, 책도, 사람들과의 대화도, 햇살도, 영화도, 휴가도, 그 어떤 것도 앞으로 다시는. 나의 가장 깊은 곳까지 몽땅 썩어버린 것 같았다. 마치 병든 나무와 같았다고 할까. 여자친구와 부모님이 "괜찮아질 거야. 우리가 꼭 방법을 찾아서 너를 낫게 해줄게"라고 끊임없이 말해주는 병든 나무.

물론 다양한 치료법을 써봤다. 의사가 처방해준 디아제팜˚도 복용해보고, 동종 요법 의사가 만들어준 팅크처˚˚도 여러 종류로 먹어봤다. 친구들과 가족들이 추천하는 다양한 방법을 실천해보고 성요한의 풀˚˚˚, 라벤더 오일도 사용해봤다. 수면제도 먹었다. 전화 상담 서비스를 통한 상담도 받아봤다. 그러다가 그냥 전부 그만둬버렸다. 디아제팜을 복용하는 동안 나는 악몽 같은 시간을 보냈고 그걸

˚ Diazepam, 불안 및 긴장을 감소시키는 향정신성의약품.
˚˚ Tincture, 식물성 또는 동물성 추출물을 알코올에 우려낸 액체로, 주로 약초의 껍질, 열매, 잎, 뿌리 등의 추출물을 사용한다. 일종의 민간 약물 요법.
˚˚˚ St John's Wort, 유럽에서 수백 년 동안 우울증에 효과가 좋다고 알려진 허브.

끊는 동안은 훨씬 더 악몽 같은 시간을 보냈다. 어쩌면 좀 더 다양한 종류의 약을 시도해봤어야 하는지도 모른다. 하지만 그러지 않았다. 마음껏 나무라도 좋다. 어쨌든 당시엔 머리가 합리적으로 돌아가지 않았다. 또 다른 약을 먹는다는 건 나에겐 공포였다. 이제껏 시도한 모든 방법이 하나도 통하지 않아서 또다시 새롭게 다른 도움을 구해야 한다는 것이 너무 겁이 났다. 그 두려움은 내가 겪어본 그 무엇과도 비교할 수 없는 초월적 공포였다. 그래서 상황은 더욱 복잡해졌다.

전작 『살아야 할 이유』에서 이런 내용을 언급했을 때, 몇몇 사람은 내가 약물 반대 선언이라도 한 것처럼 받아들였다. 그러므로 이 지면을 빌려 최대한 분명하게 내 입장을 밝히겠다. 나는 약에 반대하지 않는다. 물론 제약업계에 얽힌 온갖 종류의 쟁점이 있지만, 나는 다양한 약물이 수많은 사람의 생명을 살렸다는 사실도 알고 있다. 내 지인 중에도 약이 없었으면 못 살았을 거라고 말하는 사람들이 있다. 그리고 비록 찾아보진 않았지만, 세상 어딘가에 나에게도 잘 맞는 약이 분명 있을 거라고 믿는다. 단지 나는 약물이 '완전한 해결책'이라고는 믿지 않는다. 게다가 어떤 약들은 잘못 처방되면 사람들을 더 아프게 만들 수 있다는 게 내 생각이다.

당시에는 아무 효과도 없는 방법을 이것저것 시도하는 것이 오히려 내 삶을 더 힘들게 만들었다. 앞서 말했다시피 세상 어딘가에는 나에게 딱 맞는 치료법이 (상담이든 약물 치료든) 존재할 수도 있었겠지만, 나는 그런 방법을 찾아낼 정도로 운이 좋지 않았고 찾아

나설 만한 용기도 없었다. 내게 주어진 고통의 양은 '딱 목숨만 부지하게 버틸 수 있는' 정도였다. 거기서 단 1그램도 벗어나선 안 됐다. 그것이 내 논리였다. 매일매일이 삶과 죽음의 갈림길 같았다. 내가 병원을 계속 찾지 않은 건 그 정도로 고통스럽지 않았기 때문이 아니라, 그조차 못 할 정도로 너무 심했기 때문이다. 지금 이렇게 적고 있자니, 이 말이 얼마나 어이없게 들리는지 이제야 알 것 같다. 하지만 그때는 이것이 나의 현실이었다. 내가 내 머릿속 혼란에 맞서 싸우기 위해 시도했던 방법은 모두 실패로 돌아갔고, 솔직히 내가 만났던 의사들도 그렇게 이해심이 넓지는 않았다. 그렇지만 나는 이번 세기에 들어서면서는 세상이 수많은 측면에서 더 나아졌다고 진심으로 믿는다.

어쨌든 그렇게 나는 그 안에, 구덩이 속에 여전히 갇혀 있었다. 모든 탈출로가 점점 막히고 있는 와중에도 어떻게든 벗어날 길을 찾으려고 몸부림치며.

그런데 이런 상황에 처하면 대부분의 사람처럼 우리도 마치 살인사건을 해결하려는 수사관처럼 증거를 찾기 시작한다. 처음엔 아무런 단서도 없었다. 어쨌든 내 눈에 띄는 단서는 없었다. 구덩이 속의 하루하루는 지옥이었다. 처음 몇 주와 몇 달 동안은 감정적으로 엄청나게 가혹한 고통의 순간들이 물 샐 틈 없이 이어지면서 그 어떤 희망도 뚫고 들어올 틈을 주지 않았다. 하지만 나는 고통이 내적인 현상이긴 해도 종종 외적인 요인으로 촉발된다는 사실을 차츰 깨닫기 시작했다. 아무리 생각해도 외적 요인 중에 나를 나아지게 해주는 건 없었다. 그런데 어떤 외적 요인들은, 가령 술, 담배, 시끄러운 음악, 수많은 인파 같은 요인들은 심지어 내 상태를 악화시킬 수 있었다. 세상이 내 안으로 파고드는 셈이었다. 우리가 잘하고 있든 못하고 있든 상관없이, 세상은 항상 우리를 자극해댄다. 하지만 병에 걸리기 전까지는, 그것이 어떤 식으로 파고든다는 것인지 나는 전혀 몰랐었다.

우리의 정신은 하나뿐이니까

나는 쇼핑센터에서, 울고 있었다.

스물넷의 나는 이러지도 저러지도 못한 채 어마어마한 인파, 상점, 번쩍거리는 간판에 온통 둘러싸여 있었다.

"안 돼."

나는 희미하게 내뱉었다. 호흡은 이미 들쑥날쑥했다.

"못 하겠어."

"매트?"

사실 이건 일종의 테스트였다. 영국 북부 뉴캐슬에 있는 아내의 부모님 댁에 가 있는 동안, 집 근처 시내에 나가 당시 여자친구였던 아내와 쇼핑을 해보는 테스트. 우리가 뭘 사러 가는 건지도 몰랐다. 내 관심은 오로지 공황 발작을 일으키지 않고 쇼핑을 끝내는 것이었다.

“미안해. 진짜 못 하겠어. 정말…….”

그게 나였다, 한심하기 짝이 없는 젊은 남자. 수많은 TV 프로그램에서, 학교 운동장에서, 그야말로 모든 곳에서, 세상은 내게 ‘진정한 남자’는 고통에 직면했을 때 강인하고 터프하고 묵묵해야 한다고 가르쳤다. 반짝반짝 빛나는 젊음의 땅에서 즐겁고 자유로운 삶을 누리라고 가르쳤다. 그 세상 속에 그렇게, 내가 있었다. 소위 인생의 정점이라는 시기에 쇼핑센터에서 아무 이유 없이 울고 앉아 있는 인간으로.

이유가 아주 없었던 것은 아니다. 고통, 그리고 공포가 문제였다. 약 한 달 전 스페인에서 일하는 동안 닥친 공황 발작과 나란히 생겨난 이 고통과 공포는 중간에 멈추지도 않더니, 이미 내 뼈와 살 속 깊이 배어 있던 형용 불가의 끔찍한 두려움, 불쾌감, 절망감과 마침내 한 몸이 되어버렸다. 그전까지는 이런 고통과 공포가 세상에 있는 줄도 몰랐었다.

절망은 어찌나 막강했던지 내 삶을 거의 장악해버렸다. 벗어날 길이 보이지 않았다. 죽음이 아무리 무섭다고 한들, 이 살아 있는 공포만큼 나쁠 것 같진 않았다. 모든 사람에겐 저마다의 임계점이 있는데, 난데없이 내가 그 임계점에 와 있었다.

“다 괜찮아.”

아내가 내 손을 잡은 채 말하고 있었다. 그 순간 아내는 여자친구라기보다는 엄마나 간호사에 더 가까웠다.

“아니, 안 괜찮아. 미안해, 정말 미안해.”

"오늘 아침에 디아제팜 먹었어?"

"먹었어. 그런데 효과가 없어."

"다 괜찮아질 거야. 그냥 공황이 온 거야."

그냥 공황.

아내의 걱정 가득한 눈빛 때문에 나는 더 심해졌다. 이미 그녀를 고생시킬 만큼 고생시키지 않았던가. 그냥 걷기만 하면 될 것을. 평범한 인간처럼 걷고 말하고 숨 쉬기만 하면 될 것을. 무슨 로켓 공학 같은 일도 아니고. 하지만 바로 그 순간엔 차라리 로켓 공학이 더 쉽겠다는 생각이 들었다.

"못 하겠어."

아내의 표정이 굳어갔다. 아내에게도 임계점은 있는 법이다. 그녀는 나한테도 짜증이 나고 내가 걱정되어서도 짜증이 나 있었다.

"아니야, 할 수 있어."

"아니, 빌어먹을, 진짜 못 한다니까. 자기는 죽어도 이해 못 해."

사람들이 쇼핑백 무게에 축축 늘어진 몸으로 지나가며 슬쩍슬쩍 곁눈질로 우리를 쳐다보고 있었다.

"일단 숨부터 쉬어봐, 천천히."

나는 숨을 깊이 들이쉬어봤지만, 공기는 내 목구멍 너머로 미처 넘어가지도 못했다.

"숨이…… 숨이…… 공기가 없어."

그날 아침만 해도 상태가 이렇게 나쁘진 않았다. 그냥 낮은 단계의 고질적 절망 수준이었다. 그러다 시내로 향하는 버스 안에서부터 두려움이 살금살금 내 몸을 타고 퍼져나갔다. 마치 내 몸이 가려운 담요에 서서히 휩싸이는 것 같았다.

그리고 마침내 몸 전체가 공포로 득시글거렸다. 쇼핑센터 밖의 수많은 삶에 둘러싸인 채, 그런데도 여전히 혼자인 채, 나는 그냥 얼어붙었다.

나 자신을 집중시켜보려고 침을 삼키기 시작했다. 침 삼킴 강박은 내가 걸린 몇 가지 경도 강박장애 증상 중 하나였지만 이번엔 내가 그걸 원했다. 오로지 더 나쁜 놈에게서 나를 떼어내기 위해서였다. 하지만 효과는 없었다.

희망이 없었다. 출구도 없었다. 삶은 남들한테나 어울리는 것이었다.

그동안 온몸으로 세상을 막아왔는데, 이제 그 세상이 내 위로 무너져내리고 있었다. 아내의 목소리가 아주 멀리서 들려오는 것 같았다. 내 마지막 희망, 그 목소리는 나에게 와닿으려고 힘겹게 전진하고 있었지만 나는 더 이상 내가 아니었다.

●

쇼핑센터에서의 경험을 되돌아볼 때마다 나는 그 일을 샅샅이 분석해보려고 노력한다. 마치 전쟁에서 돌아온 후 PTSD로 고통받는 군인들에게 갑자기 번쩍 떠오르는 전쟁 장면처럼, 나에겐 비슷비슷한 여러 경험 중 가끔 난데없이 머릿속으로 들이닥치는 경험이 바로 이날의 사건이다. 이 경험을 온전히 받아들이고 그로부터 교훈을 얻기 위해 그때의 일을 마음속으로 다시 체험한다. 단순히 공황발작을 일으키지 않는 방법을 알아내려는 것이 아니라 내 마음과 바깥 세계가 서로 어떻게 교차하는지를 알아내고 삶 전반에서 스트레스를 덜 받는 방법을 찾아보려는 것이다.

첫 번째 문제는, 그 일이 내가 불안증과 우울증을 막 겪기 시작한 초기에 벌어졌다는 점이다. 사람이 난생처음으로 정신 질환을 한바탕 앓고 나면 앞으로도 영원히 그 상태로 살게 될 거라 생각하게 된다. 우울증은 항상 기본으로 달고 있고 간간이 공황 발작이 끼어드는 패턴, 그게 앞으로 벌어질 일상이었다. 정말 끔찍했다. 그 안에 완전히 갇혀버린 느낌. 빠져나갈 구멍은 아예 없는 것 같았다.

두 번째 문제는, 그때까지도 나는 공황 발작이 닥치면 어떻게 대처해야 하는지 전혀 알지 못했다는 점이다. 되돌아보니 수년이 걸려야 터득할 수 있는 과제였다.

세 번째 문제는, 내가 외부 세계와 내면의 세계가 어떻게 연결되어 있는지를 이해하지 못했다는 점이다. 나는 '내가 느끼는 감정'이 '내가 있는 장소'와 연관되어 있다는 사실을 알지 못했다. 상점, 판매, 마케팅으로 가득한 세계가 사람들의 정신에 항상 좋지만은 않으리라는 걸 그땐 미처 생각지 못했었다. 외부 환경이 우리 건강에 미치는 영향을 주제로 수많은 연구가 진행되었다. 예를 들면, 정신건강 자선단체 '마인드Mind'의 의뢰를 받아 에식스대학교가 수행한 2013년의 연구에서는 각각 다른 두 장소에서의 '걷기 체험'을 비교했는데, 하나는 쇼핑센터에서 걷기였고 다른 하나는 에식스에 있는 벨허스 우즈 컨트리 공원에서의 '그린 워킹'이었다. 걷기가 실내에서든 실외에서든 상관없이 우리의 정신에 좋은 활동이라고 알려져 있음에도 불구하고, 쇼핑센터에서 걸었던 사람 중 44퍼센트는 그곳에서 걸으면서 자존감이 낮아지는 것 같았다고 대답했다. 반면 숲속을 걸었던 90퍼센트의 사람은 자존감이 높아지는 걸 느꼈다고 대답했다. 나중에 다시 언급하겠지만 최근에는 이와 비슷한 연구, 즉 자연이 우리의 정신에 미치는 여러 가지 좋은 영향에 대한 연구가 점점 더 많아지고 있다. 하지만 쇼핑센터 사건 당시엔 이런 연구가 있는지도 몰랐고, 이런 주제가 거의 연구조차 되지 않던 때였다.

생각해보면 쇼핑센터가 머무르기 편한 장소가 아닌 것도 당연하다. 쇼핑센터라는 곳은 사람들을 자극하려고 작정한 환경이 아닌가. 우리를 차분하고 편안하게 해주려는 게 아니라, 오로지 우리가 돈을 쓰게 만들려는 목적으로 설계된 장소다. 게다가 불안이 소비를 촉발하는 흔한 요인이라는 점에서도, 사람들이 그곳에서 평온함이나 만족감을 느낀다면 필시 쇼핑센터의 최대 이익에 반하는 결과를 낳을 것이다. 쇼핑센터의 강령에 따르면, 평온이나 만족은 우리(고객)가 '구매'를 해야만 도달할 수 있는 목적지이지, 애초에 거저 주어지는 경지는 아니다.

네 번째 문제는 죄책감이었다. 그 모든 증상을 병의 증상으로 바라보지 않고 내가 '나라서' 생기는 증상으로 여겼기 때문에, 증상이 나타날 때마다 전부 내 잘못 같았다.

내가 여전히 배워가는 과정에 있는 또 하나의 교훈은, '주의 분산'이 예전이나 지금이나 효과가 없다는 점이다. 우선 쇼핑센터만 보더라도 그곳은 사람들의 주의를 최대한 분산시키려고 고안된 환경이다. 그런데도 그곳은 내가 나 자신에게서 벗어날 수 있게 돕기보다는 오히려 나를 내 안으로 더 밀어 넣었다. 북적거리는 수많은 사람도 내가 인간계와 연결되는 데에 아무런 도움이 되지 않았다. 나는 그 많은 인파 속에서 더 혼자라고 느꼈다. 누군가와 단둘이 있거나 심지어 나 혼자 있을 때보다도 더 외로웠다.

이 주의 분산 방법은 이미 나도 익숙했다. 당장의 고통에서 벗어나기 위해 또 다른 고통을 찾아내 그쪽으로 나 자신을 분산시키는 수법이었다. 트위터가 생기기 수년 전, 그리고 정신이 멍해질 때까지 강박적으로 확인할 수 있는 소셜 미디어도 없었던 시절, 나는 필사적으로 딴짓거리를 찾아야 했다. 하지만 그 어떤 것도 소용이 없었다. 병의 증상들은 그냥 받아들일 때보다 맞서 싸울 때 더 심해지는 법이다. 주의 분산은 거기서 벗어나보려는 무의미한 시도였다. 불이 났는데 그것을 못 본 체하고 딴 데만 바라본다고 불이 저절로 꺼지는 건 아니다. 일단 불이 났다는 사실을 인정해야 한다. 강박적으로 침을 삼키거나 트위터를 하거나 술을 마셔대는 걸로는 고통을 피할 수 없다. 언젠가는 고통을 정면으로 직시해야 하는 시점이 반드시 온다. 자기 자신에게 집중해야 하는 때가 오고야 만다. 정신을 산만하게 하는 백만 가지 것들로 가득 찬 세상이라도, 우리가 쓸 수 있는 정신은 언제나 단 하나뿐이다.

고통 유발자들

이제는 쇼핑센터에서의 공황 발작이 떠오르면, 이 세상이 어떤 식으로 우리 심기를 자극하는지에 대해 생각해보게 된다. 심지어 그 당시에도 나는 완전히 의식적으로는 아니더라도 본능적으로는 주변을 둘러싸고 있던 자극 요인들을 알아챌 수 있었다. 상점의 마네킹들까지 그 역할에 가담했다.

그리고 거기 내가 있었다. 사방이 막히고 사람들로 붐비고 인위적으로 꾸며진 그 상업 공간 안에. 돌이킬 수 없는 지점, 나만의 특이점을 이미 한참 지난 후였다. 아내를 바라보면서 이성적으로 인지되는 것이라곤 내가 우리의 하루를 망쳐버리는 너무나 익숙한 과정을 또다시 되풀이하고 있다는 사실뿐이었다.

나는 쇼핑센터의 수많은 자극에서 도망쳐보려고 눈을 감았지만,

오히려 내 앞에 나타난 것은 괴물과 악마들이었다. 히드라나 키클롭스(『그리스신화』 속 외눈박이 거인)보다 더 끔찍한 모습의 괴물체와 이미지가 머릿속 가득 떠올랐다. 겨우 눈 깜빡임 한 번 만에, 찰나의 생각 만에 나는 이미 나만의 전용 지하세계에 들어와 있었다.

"자기야, 힘내. 할 수 있어. 천천히 숨 쉬어봐."

아내가 시키는 대로 해보려 했지만 공기가 더 이상 공기가 아니었다. '아무것도 아닌 것'으로 변해버린 것 같았다. 나 자신조차 '아무것도 아닌 것'이 된 것 같았다.

나는 눈에서 눈물을 닦아냈다. 맞은편에 옷 가게가 보였다. 상점의 이름은 기억나지 않지만, 내 기억 속에 당시 트라우마의 무게만큼 각인된 채 떠오르는 장면은 쇼윈도에 있던 옷 입은 마네킹들이었다. 머리까지 있는 마네킹이었지만 회색 머리통에는 머리카락이 없었고, 입이 없는 얼굴은 눈과 코가 묘한 표정의 흔적만 비출 뿐이었다. 마네킹들은 부자연스러운 각도의 포즈로 서 있었다. 그것들은 지극히 악랄해 보였다. 마치 지각이 있는 존재처럼, 내 고통을 알고 있기만 한 게 아니라 자기들도 그 고통의 일부라는 듯, 마치 어느 정도는 그 일에 책임이 있다는 듯 간악무도한 모습이었다.

실제로 이런 증상이 그 후로 몇 달, 몇 년 동안 내 불안 그리고 우울증의 주요 속성이 되었다. 세상의 어떤 조각들은 밖으로 발산되는 비밀스러운 악의를 지니고 있으며, 그 무기를 사용하여 내 안에 무거운 절망과 고통을 쑤셔 넣을 수 있다는 느낌이었다. 반질반질한 잡지의 웃는 얼굴에서도, 악마같이 새빨간 눈으로 노려보는 자동차 후미등에서도, 너무 환한 컴퓨터 스크린의 푸른빛에서도 세상의 악의가 모습을 드러냈다.

그러니 인간성을 사악하게 모방한 마네킹에서도 세상의 악의가 드러나는 것은 당연했다.

그리고 어느 날 내가 내 고통을 마주할 준비가 되었을 때, 모든 것을 극단적으로 감지하는 이 느낌이 실제로 나에게 도움을 주게 된다. 외부 세계의 존재들이 부정적 영향력을 지니고 있다면, 어쩌면 긍정적 영향력을 지닌 외부 존재도 있을지 모른다는 인식에 이를 수 있게 되기 때문이다. 하지만 그 전까지는 그저 내가 미쳐가고 있다는 걱정뿐이었다.

나는 내가 이 세상의 현실에서 살 수 있게 만들어진 인간이 아니라고 확신했다. 그리고 어떤 면에서는 내 생각이 옳았다. 나는 이 세상에 '들어맞게' 만들어진 존재가 아니었다. 나는, 다른 모든 사람들처럼 세상에 '의해' 만들어졌다. 부모님과 문화와 TV와 책과 정치와 학교 그리고 심지어 쇼핑센터에 의해 만들어진 존재였다.

따라서, 내가 필요한 건 둘 중 하나였다. 새로운 나, 아니면 새로운 행성. 그 어느 쪽도 어떻게 하면 찾을 수 있을지 전혀 알 수 없었다. 그게 바로 자살해버리고 싶은 이유였다.

"여기서 얼른 나가야 돼."

슈퍼마켓에서 길을 잃은 꼬마 아이처럼 눈물을 닦으며 내가 간신히 내뱉은 말이다. '여기'는 '내 머릿속'과 '이 행성' 사이에 존재하는 그 어떤 것이라도 뜻할 수 있을 정도로 거대한 단어였다. 물론 좀더 시급한 의미에서는 쇼핑센터를 뜻하는 말이었지만.

"그래, 그래, 알았어."

아내는 내 바로 옆에 붙어 있었지만, 수천 마일이나 멀리 떨어져 있었다. 그녀는 두리번거리며 가장 가까운 출구를 찾더니 내게 말했다.

"이쪽으로 가자."

우리는 밖으로 나갔다. 그렇게 자연의 빛 속으로 들어갔다. 그리고 곧바로 아내의 부모님 댁으로 다시 돌아갔다. 나는 아내가 어릴 적 쓰던 침대에 누워 그녀의 부모님에게 두통이 좀 있었다고 설명드렸다. 그분들에겐 내 안의 투명한 태풍보다는 두통이 더 이해하기 쉬울 테니까. 어쨌든 나는 그 후로도 여러 주, 여러 달 동안 다양한 레벨의 '나쁨'을 느끼다가 마침내 회복하기 시작했다. 무엇보다 다행인 건, '이해'가 되기 시작했다는 점이다.

●

예전의 나 자신에게 이런저런 설명을 해줄 수 있었다면 얼마나 좋았을까. 전부 다 내 잘못은 아니었다고 말해줄 수 있었다면, 내 힘으로 어찌해볼 수 있는 것도 있다고 말해줄 수 있었다면. 내 불안, 내 우울이 원래부터 그 자리에 있었던 건 아니니까. 몸의 상처처럼, 병에도 으레 자초지종이 있게 마련이다.

머릿속을 가득 채운 나쁜 생각들이 잦아들 줄을 모르고 내 정신을 미치광이 상태나 절망적인 상태로 몰고 갈 때면, 이 사태는 주로 여러 가지 연쇄 작용의 결과일 때가 많다. 너무 많이 생각하거나 행동할 때, 무엇이든 과도하게 받아들일 때, 식습관이 너무 나쁠 때,

잠을 너무 적게 잘 때, 일을 너무 많이 할 때, 삶에 너무 지칠 때, 그럴 때 그것이 곧바로 짠! 하고 나타난다. 반복의 습성을 지닌 마음의 상처가.

나는 스물네 살에 처음 병에 걸렸고 완전히 붕괴되었다. 그러자 세상이 더 선명해졌다. 고통스러운 방식으로. 어둠에는 갑작스런 무게가 더해졌고, 잿빛 구름은 더욱 짙어지고, 음악 소리는 더 시끄러워졌다. 그전까지 무감하게 대했던 모든 것에 내 신경이 바짝 곤두섰다. 현대사회의 어떤 것들이 나를 더 아프게 하는지 눈에 띄기 시작했다. 그런 것들은 분명 나뿐 아니라 다른 사람들의 기분도 해치고 있을 것이었다. 광고는 사람을 질리게 만드는 압박감을 주었고, 북적이는 인파와 자동차들은 폭주하는 광기를 느끼게 했다. 사회적 기대는 그 본성대로 나를 숨 막히게 하는 것 같았다.

아픔은 건강에 대해 많은 가르침을 준다. 하지만 건강해지면 나는 이 모든 일을 잊어버리고 만다. 아프면서 배우게 된 것들을 잊지 않고 마음에 간수하는 것이야말로 비책인데. 회복할 때 썼던 방법을 이제는 예방책으로 활용하고, 더 이상 아프지 않아도 아팠을 때처럼 사는 것이 비법인데 말이다.

우리의 정신 건강에 영향을 미치는 요인에는 유전 그리고 개인별 뇌의 배선이나 뇌 화학물질의 차이 같은 것이 있다. 하지만 이렇게 유전적으로 물려받은 것들에 대해선 우리가 바꿀 수 있는 게 별로 없다. 그런데 이보다 좀 더 흥미로운 요인이 있다. 바로 전이적 측면, 즉 시대와 사회에 따라 변하는 동기들이다. 이런 요인들이라면 우리가 뭐라도 해볼 수 있다.

다른 모든 시대에도 각 시대마다의 고유한 정신 건강 문제들이 있었다. 하지만 그렇다고 해서 우리 모두 시대의 문화에 대해 손 놓고 있어도 되는 것은 절대 아니다. 게다가 이런 전이적 요인에서 오히려 희망을 찾을 수도 있다. 우리의 불안이 어느 정도는 문화적 산물이며, 따라서 그 문화에 대한 우리의 대응 방식을 바꾸면 우리의 불안도 변화시킬 수 있다는 희망 말이다. 아니, 사실 바꾸려고 의식적으로 노력할 필요조차 전혀 없다. 그냥 이 원리를 알고 있기만 해도 변화가 일어날 수 있다.

우리의 정신 작용에 관한 문제일 때는, 그냥 알고 있기만 해도 해결되는 경우가 흔하다.

정신도 몸도 모두 나 자신이다

옛날 옛적 고대 그리스 시대에 의사들은 '4체액설'을 근거로 사람의 신체를 설명했다. 어떤 종류의 질환이나 통증이든 네 가지 체액 중 어느 하나의 과잉이나 결핍으로 설명될 수 있었고, 각각 뚜렷한 성질을 지닌 이 네 가지는 바로 흑담즙, 황담즙, 점액, 혈액이었다.

로마 시대에는 이 네 가지 체액 이론이 네 가지 기질과 짝지어지는 방식으로 진화했다. 예를 들어 당신에게 '분노' 문제가 있다면 당신 몸에 '불의 체액'인 황담즙이 너무 많다는 진단이 내려졌을 것이다. 그러니까 오늘날 우리가 화를 '식히라'고 말하는 것도 어찌 보면 고대 로마의 공식적인 건강 지침을 그대로 따르고 있는 셈이다.

기분이 처지거나 우울한 것은 몸에 흑담즙이 너무 많기 때문이었다. 실제로, 우울증을 뜻하는 단어 '멜랑콜리아melancholia'는 고대 그리스어인 '멜라스melas'와 '콜레kholé'가 라틴어로 차용되면서 생성된 단어인데, 이 두 단어는 문자 그대로 '흑black', '담즙bile'을 뜻했다. 우스꽝스러울 정도로 비과학적인 의료 시스템으로 보이지만, 적어도 한 가지 측면에선 진보적이었다. 바로, 정신 건강과 신체 건강을 별개로 나누어 구분하지 않았다는 점이다.

이 두 가지가 구분되게 된 데에는 철학자 르네 데카르트의 책임이 크다. 데카르트는 몸과 마음이 본질적으로 별개의 실체라고 믿었다. 인간의 신체는 생각 없는 기계처럼 작동하며, 그와 대조적으로 정신은 비물질이라는 것이 1640년대 당시 데카르트의 주장이었다. 사람들은 데카르트의 아이디어를 마음에 들어 했고, 이 이론은 대히트를 쳤다. 그리고 아직도 살아남아 사회적 영향력을 미치고 있다.

하지만 이런 구분은 타당성이 거의 없다. 정신 건강은 몸 전체와 복잡하게 얽혀 있다. 그리고 우리의 몸 전체도 정신 건강과 복잡하게 연관되어 있다. 지구의 대양 사이에 분계선을 그을 수 없는 것처럼, 인간의 몸과 마음도 선을 그어 구분할 수 있는 대상이 절대 아니다. 그 둘은 서로 얽히고설켜 있다.

운동은 우울증부터 ADHD에 이르기까지 모든 종류의 정신적 문제에 긍정적 영향을 미치는 것으로 알려져 있다. 또한 신체적 질병은 정신에도 영향을 미친다. 독감에 걸리면 환각 증세를 겪기도 하고, 암 진단을 받으면 우울에 빠진다. 천식 때문에 공황 상태에 빠지기도 하고, 심장마비를 겪으면 정신적 트라우마가 생기기도 한다. 만약 우리가 극심한 허리 통증을 앓고 있다면, 또는 이명, 가슴

통증, 면역력 저하, 고통스러운 복통 등에 시달리고 있다면, 그런데 이 모든 것이 스트레스 때문이라면 이것은 정신적 문제일까, 신체적 문제일까?

정신 건강과 신체 건강은 통합적 관계로 바라봐야 한다. 우리는 정신이고, 또한 우리는 신체다. 별개의 구역으로 나눌 수도 없고, 이것저것 모아놓은 백화점도 아니다. 우리는 '동시에 전부 다'인 존재다.

게다가, 생각은 뇌에서만 만들어지는 것이 아니다. 인지과학자인 가이 클랙스턴은 저서 『육체의 지능*Intelligence in the Flesh*』에서 이렇게 말한다.

"몸, 내장, 감각, 면역체계, 림프계는 엄청나게 동시다발적이면서도 매우 복잡한 방식으로 뇌와 상호작용하고 있다. 따라서, 목을 자르듯 경계선을 하나 그어놓고는 '선 위쪽은 똑똑하고 선 아래쪽은 덜떨어진 애들이야' 같은 말은 꺼내지도 말아야 한다. 우리가 몸을 가지고 있는 게 아니다. 우리가 바로 몸 자체다."

요즘엔 '작은 뇌'가 이슈가 되고 있다. 작은 뇌는 우리의 위와 창자에 있는 1억 개의 뉴런(신경세포) 망을 말한다. 물론 1억 개라는 숫자는 우리의 '1번 뇌'가 가진 850억 개와는 비할 바가 아니지만, 그렇다고 그냥 콧방귀 뀌고 넘어갈 수준도 아니다. 1억 개의 신경세포는 고양이 머릿속에 들어 있는 뉴런의 양이다. 채용 면접을 보기 전에 속이 울렁거린다든지, 식사가 좀 늦어지면 배고픔을 느끼는 것 역시 우리의 '2번 뇌'가 '1번 뇌'에게 보내는 의사 표현이다. 따라서 다른 말로 하면, 정신 건강이 우리의 신체 자아와 별개라는 아이디어는 데카르트의 수상한 가발만큼이나 시대에 한참 뒤떨어진 주장이라는 뜻이다.

그런데도 우리는 여전히 이 이분법에 시달리고 있다. 가령, 일의 세계는 정신적인 직업과 육체적인 직업으로 나뉜다. 흔히 지능과 '고등교육'이라는 자질을 갖춰야 하는 '전문적인' 직업과, 일반적으로 육체노동을 뜻하며 그 가치가 저평가되고 있는 '비숙련' 직업으로, '화이트칼라'와 '블루칼라'로 구분되는 식이다.

몸의 움직임에도 지능이 있다. 춤 지능, 운동 지능 같은 것들. 그런데 우리는 어릴 때부터 무심코 아이들을 갈래짓고, 이것으로 그들의 진로, 즉 '저임금의 육체노동'이냐, '엑셀 스프레드시트를 들여다보는 고소득직이냐'를 결정한다. 문화 역시 고급과 저급으로 나눈다. 우리를 웃게 해주는 책이나 마음에 감동을 주는 책들은 우리를 '생각'하게 만드는 책보다 가치가 떨어진다고 생각한다.

우리가 마음과 몸 사이에 긋는 선은 보면 볼수록 더욱 불합리하다. 그런데도 우리는 보건 시스템 전체를 그 선에 기반하고 있다. 의료 분야만이 아니라 우리 자신과 사회도 마찬가지 시선으로 바라본다. 이제 이 불합리를 바꾸고, 두 대상을 재결합시켜야 할 때다. 혼연한 일체로서의 인간으로 우리 스스로를 인정해야 할 시간이다.

우리는 시간 강박에 빠져 있다

'우리가 두려워해야 할 건 두려움 그 자체뿐이다.'

1932년 프랭클린 D. 루스벨트가 대통령 취임 연설에서 처음 언급한 이 문구는 아마 내가 평생 동안 가장 많이 생각해본 말일 것이다. 처음 닥친 공황 장애로 한바탕 시달리는 동안 루스벨트의 말은 나를 비웃다시피 했다. 당시 내 생각엔 두려움 자체만으로도 그 파괴력이 충분했기 때문이다. 이 책을 쓰는 동안에도 저 문구는 계속 내 머릿속을 맴돌고 있다. '시간이 약이다' 같은 모든 진부한 격언처럼, 루스벨트의 말도 그럴 만한 이유로 클리셰cliché의 반열에 올랐다. 바로 그 문구에 담긴 진리의 힘 때문이다.

나 자신의 두려움에 대해 생각해보면, 그 대부분은 '시간'에 관한 것들이다. 나는 늙는 것이 걱정된다. 내 아이들이 나이 드는 것이 걱정되고, 미래가 걱정되고, 언젠가 사람들을 떠나보내야 하는 것이 걱정된다. 내 일이 늦어질까 봐도 걱정된다. 심지어 이 책을 쓰면서도 마감일을 못 맞출 거라며 걱정한다. 또, 내가 어리석게 흘려보낸 시간에 대해 걱정한다. 병든 채 보내버린 시간 말이다. 조사를 계속하면서 나는 시간에 대한 우리의 개념도 시간에 따라 변하는 것인지 궁금해졌다. 시간에 대한 우리의 사고방식이 지금까지 계속 변해왔을까? 두려움에서 벗어나려면 째깍거리며 매분, 매시간, 매년을 향해 달려가는 시간의 흐름과 새롭게 관계를 맺어야 하는 걸까? 나는 내 마음이 (그리고 어쩌면 당신의 마음도) 이 현대 세계와 어떻게 호응하는지 이해할 수 있으려면, 우선 '시간' 자체에 대해 살펴봐야겠다는 생각이 들었다.

●

인류에 시간 개념이 늘 있었던 건 아니다. 고대에 '5시 15분 전'이라든가 '4시 45분' 같은 개념이 얼마나 무의미했겠는가. 알람을 놓치는 바람에 9시 임원 회의에 지각하게 된 원시인이 스트레스에 찌든 모습으로 잠자리에서 일어나는 모습이 그려진 동굴벽화는 아직 단 한 번도 발견된 적이 없다. 옛날 옛적의 시간은 그냥 두 종류였다. 낮과 밤. 밝은 때와 어두운 때. 깨어 있는 시간과 잠들어 있는 시간. 물론 다른 종류의 시간도 있긴 있었다. 식사 시간, 사냥 시간, 격투 시간, 휴식 시간, 오락 시간, 키스 시간 등. 하지만 이런 시간은 시계에 지배되지 않았다. 시계의 수많은 숫자 조합과 영겁의 눈금에

얽매여 인위적으로 구획된 시간이 아니었다.

시간 계측 도구를 막 사용하기 시작한 초기에만 해도 사람들은 여전히 기존의 이분법적 시간 구분을 불가침의 법칙처럼 고수했다. 한참 뒤 고대 이집트인들이 (시간 알리미 용도의) 오벨리스크 그림자로 시간을 가늠하거나 로마인들이 해시계를 활용할 수 있게 되었을 때도, 이 모든 방법은 오로지 낮에만 가능한 일이었다. 그 후 14세기 초에 유럽에서 처음으로 기계식 시계가 (성당 벽에 설치되는 등의 방식으로) 등장했지만 어쩌다 대충 참고만 하는 수준에 그쳤다. 시계 대부분에 아직 분침이 없었고, 사람들의 집 창문에서는 시계탑이 잘 보이지도 않았기 때문이다.

그러다 16세기에 드디어 회중시계가 처음 등장했다. 수많은 소비자가 탐내는 여타의 품목들처럼 회중시계도 특권층에 속하려면 기본으로 갖춰야 하는 신분의 상징이었다. 한마디로 귀족 전용 '레어템'이었다. 16세기 중반 당시에 화려한 고급 회중시계를 하나 구입하려면 약 15파운드(한화 약 25,000원)의 값을 치러야 했는데, 농장 일꾼의 한 해 임금보다 많은 금액이었다. 고작 시계 하나에 그 큰돈을 쓰다니. 심지어 분침도 없는 시계에! 하지만 바로 이 회중시계가 탄생하면서부터 사람들이 시간에 대해 불안과 초조를 더 느끼게 된 듯하다. 아니면 하다못해 '시간을 확인해야 한다'는 불안과 초조를 더 느끼게 된 것만은 분명해 보인다.

17세기 영국의 일기 작가 새뮤얼 피프스는 1665년 런던에서 큰맘 먹고 생애 첫 회중시계를 (아주 훌륭한 놈으로) 장만하면서, 오늘날의 수많은 인터넷 유저도 다 알고 있는 한 가지 진리를 단박에 깨달았다. 바로 우리가 새로운 정보에 접근할 수 있게 되면 그에 상응하는 새로운 종류의 자유도 함께 얻게 되지만, 그 대가로 다른 자유를 잃게 된다는 사실이다.

그는 5월 13일의 일기에 이렇게 적었다.

맙소사! 내 지난날의 어리석고 철없던 습성이 아직도 몸속 깊숙이 밴 채 이렇게 그대로 남아 있었다니. 나는 오늘 오후 내내 마차를 타고 가면서 한시도 손에서 시계를 내려놓지 못했다. 그뿐인가. 잠깐을 못 버티고 한 백번쯤 시간을 확인하고 있는 게 아닌가! 그런 나 자신의 모습을 보고 있자니 이런 생각이 들었다. 이 물건 없이 어떻게 그 오랜 세월을 살았을까. 하지만 곧바로 옛 기억이 떠올랐다. 아, 예전에도 하나 있었지. 그리고 그때도 시계가 피곤한 물건이라는 걸 깨닫고는 내 목숨이 붙어 있는 동안엔 다시는 이 물건을 가까이하지 않겠노라 굳은 다짐을 했었지. 참.

확신하건대, 스마트폰을 한 번이라도 써봤거나 트위터나 인스타에 가입한 적 있는 사람이라면 누구나 피프스가 보여준 것과 같은 강박적 행동에 공감할 것이다. 확인하고 또 확인하고, 한 번 더 확인하고, 마지막으로 한 번만 더 확인하고, 그리고 그냥 딱 한 번 더 보기만 하고……. 무언가를 '확인할 수 있는 능력'이 무언가를 '하지 않고는 못 배기는 강박'으로 바뀌고 나면, 우리는 자꾸만 그 옛날, 애초에 그런 '능력'이 아예 존재하지도 필요하지도 않았던 그 시절을 애타게 그리워하게 되는 것 같다.

군이 지적하자면, 피프스의 회중시계는 아주 고급도 아니었다. 심지어 그럭저럭 괜찮은 정도도 아니었다. 1년 치 연봉 값치고는 기술적으로 아주 조잡한 기계 쪼가리에 불과했다. 하지만 1665년엔 그 어떤 회중시계도 좋은 품질은 아니었다. 시간을 알려주는 용도 면에서는 특히 그랬다. 그 후로 10년이 지나고 새로운 부품인 밸런스 휠과 밸런스 휠의 속도를 조절하는 실 태엽이 발명된 후에야 겨우 조금이나마 더 정확한 회중시계가 만들어질 수 있었다.

그 이후로는 다들 알다시피 시간을 측정하는 방법이 급격히 진화했다. 우리는 이제 원자시계의 시대에 살고 있다. 원자시계는 어마어마할 정도로, 그리고 조금은 무서울 정도로 정확한 시계다. 일례로 독일 물리학자들이 2016년 제작한 원자시계는 그 정확도가 너무나 탁월해서 앞으로 150억 년 동안 단 1초의 오차도 생기지 않을 거라고 한다. 독일 물리학자들은 이제 무슨 일이건 지각 핑계를 대기는 그른 것 같다.

우리는 숫자 시계에는 너무 익숙하면서도, 자연 시계에는 그렇지 못하다. 사람들이 평균적으로 아침 7시쯤 일어나는 습관은 아마 수천 년째 비슷했을 것이다. 하지만 최근 몇 세기와 그 이전 시대에 차이점이 있다면, 후세대인 우리가 아침 7시에 일어나는 이유는 시간이 아침 7시이기 때문이다. 우리는 매일 일정한 시간에 학교나 직장에 가는데, 그 시간이 그런 일을 하기에 가장 '자연스럽게' 느껴져서가 아니다. 우리가 그렇게 해야 한다고 '숫자로 정해둔' 시간이기 때문이다. 이렇게 우리는 우리의 본능을 시곗바늘에 넘겨주고 말았다. 시간이 우리를 위해 째깍째깍 돌아가는 것이 아니라 오히려 우리가 시간에 충성 봉사하고 있으며 그 정도도 갈수록 심해진다. 시간에 늦어 안달하고, 시간이 빨리 가서 초조해하고, 시간이 대체 어디로 다 사라졌냐며 한탄한다.

우리는 시간 강박에 빠져 있다.

내게 필요한 시간은 나에게 있다

"매튜?"

엄마 전화다. 나를 '매튜'라고 부르는 사람은 엄마밖에 없다.

"네, 엄마."

"너 내 말 듣고 있는 거니?"

"어…… 그러니까, 병원이 어떻게 됐다고요?"

염치없게도 나는 엄마 말을 안 듣고 있었다. 실은, 반쯤 쓰다 만 이메일을 들여다보고 있었다.

결국 나는 전략을 바꿔 엄마에게 사실을 고했다.

"죄송해요, 컴퓨터 보고 있었어요. 요즘 진짜 바빠요. 도대체 왜 이렇게 시간이 없는지 모르겠어요……."

엄마는 한숨을 쉰다. 엄마와 나는 320킬로미터나 떨어져 있는데도 그 즉시 나는 엄마의 한숨 소리를 듣는다. '네네, 저도 그 기분 알아요'라고 나는 생각한다.

따지고 보면, 우리는 그 어느 때보다 시간이 넘쳐야 한다. 지난 한 세기 동안 선진 국가들의 인구 기대 수명은 두 배 이상 늘었다. 그뿐인가. 시간을 절약해준다는 온갖 도구와 기술이 현시대만큼 풍요로웠던 적도 없었다.

이메일은 편지보다 빠르다. 전기히터도 불을 때는 것보다 빠르다. 세탁기 역시 수돗가나 개울가에서 하는 손빨래보다 빠르다. 젖은 머리가 마를 때까지 기다리기, 15킬로미터 거리 이동하기, 물 끓이기, 자료 뒤지기처럼 한때는 수고를 들여야 했던 일들을 이제는 '거의 순식간에' 할 수 있게 되었다. 지금 우리에겐 트랙터, 자동차, 세탁기, 공장식 생산 라인, 전자레인지와 같이 시간과 노력을 절감해주는 도구가 많다.

그런데도 우리는 일상다반사로 시간에 쫓기듯 조급한 마음으로 살아간다. 이런 말을 입에 달고서.

책 좀 더 읽고 싶은데, 악기 하나 배우고 싶은데, 헬스장에 다니고 싶은데, 봉사활동 좀 하고 싶은데, 식사는 직접 요리해서 챙겨 먹고 싶은데, 딸기를 키워보고 싶은데, 동창들 얼굴 좀 보고 싶은데, 마라톤 출전을 목표로 훈련을 하고 싶은데, ……싶은데, 싶은데, 싶은데, 제발 시간만 좀 있다면!

우리는 하루가 24시간보다 길면 좋겠다는 타령을 자주 늘어놓지만, 실제로 그렇게 된다 해도 별 소용은 없을 것이다. 딱 봐도 문제는 시간 부족이 아니다. 우리가 가진 것 중 시간을 제외한 모든 것이 과잉이기 때문이다.

현대인이 반드시 명심해야 할 것이 있다.

기분상으로는 시간이 전혀 없는 것 같지만, 실제로 시간이 없는 건 아니다. 기분상으로는 자신이 못생긴 것 같지만, 실제로 못생긴 건 아니다. 기분상으로는 걱정스럽지만, 실제로 걱정을 해야 하는 건 아니다. 기분상으로는 자신이 충분히 성취하지 못한 것 같지만, 실제로 충분히 성취하지 못한 건 아니다. 기분상으로는 자신에게 부족한 점이 많은 것 같지만, 그 기분 때문에 자신이 덜 완전한 존재가 되는 건 아니다.

기분을 버리면, 내게 필요한 시간은 나에게 있다.

잠과의 전쟁

1879년 토마스 에디슨이 최초의 상용 백열전구를 세상에 내놓기 전까지, 세상 모든 조명의 주요 연료는 가스와 기름이었다. 에디슨의 전구는 에디슨&스완 합작 전광회사의 대대적인 홍보에 힘입어 말 그대로 세상에 불을 밝혔다. 작은 크기에 값도 싸고 안전해서 매우 실용적이었고 게다가 딱 적당한 밝기의 불빛을 내뿜었다. 전구는 곧 세계 방방곡곡의 가정과 기업에까지 널리 보급되며 대인기를 누리기 시작했다.

그렇게 인류는 마침내 밤을 정복했다. 스위치만 찰칵 켜면 우리의 원초적 두려움의 근원이었던 어둠을 무력화시킬 수 있었다. 그리고 저녁 시간을 더 환하게, 더 오래 누릴 수 있게 되면서 사람들이 잠자리에 드는 시각도 갈수록 늦춰졌다. 하지만 이런 현상은 에디슨에겐 조금도 걱정할 문제가 아니었다. 오히려 그는 이런 변화를 그저 좋은 일로만 여겼다. 1914년 당시 살아 있는 글로벌 아이콘이었던 에디슨은 "이제 인간이 굳이 잠을 자야 할 이유는 하나도 없다"라고 선언했다. 거기다 한술 더 떠서 수면은 인간에게 안 좋은 것이며, 너무 많은 수면은 십중팔구 인간을 게으르게 만들 것이 분명하다고 믿었다. 에디슨은 전구가 일종의 치료제이며, 인공조명이 "비효율적이고 정신력도 약한" 인간을 치유할 수 있다고 확신했다.

물론 그의 생각은 틀렸다. 잠을 자지 않으면 우리 인간은 제대로 기능하지 못한다.

인간은 바다거북이나 새와 마찬가지로 생체 시계를 갖고 있다. 동물에게도 우리에게도 24시간 주기의 생체 리듬이 있다. 즉, 하루 동안 흐르는 시간에 따라 우리의 신체 반응도 달라진다. 우리 몸은 낮과 밤에 각각 다르게 기능하도록 진화되었다. 앞으로 15만 세대쯤 뒤에는 어쩌면 인간도 인공조명에 적응하도록 진화할지도 모르지만, 아직까지 우리의 신체와 정신은 에디슨이 전구로 특허를 받기 전에 존재했던 옛날 인간들과 똑같은 몸과 정신이다. 다른 말로 하면? 우리는 반드시 잠을 자야 한다는 뜻이다.

하지만 그렇거나 말거나 우리는 우리에게 필요한 것을 제대로 섭취하지 못하고 있다. 세계보건기구WHO는 이미 수면 부족이 선진국 사회의 유행병이라고 선포했다. 밤에 일곱 시간에서 아홉 시간의 수면을 취하라는 것이 WHO의 권장 기준이지만 그 권고를 따르는 사람은 많지 않다. 미국의 국립수면재단에서 실시한 연구에 의하면, 평균의 미국인, 영국인, 일본인은 하룻밤에 일곱 시간 정도의 수면만 취해도 아주 멀쩡한 반면 독일이나 캐나다 같은 국가의 사람들은 일곱 시간의 수면 후 잠에서 깨자 비몽사몽 상태의 불안정한 모습을 보였다. 참고로 또 다른 연구에 의하면, 일반적인 사람들의 수면 시간이 1942년보다 한 시간 감소했다고 한다.

그러나 이 모든 현상이 인공 불빛의 탓만은 아니다. 수면 전문가들은 오늘날 우리가 일하는 방식과 외로움 및 불안의 증가도 주요 원인으로 꼽는다. 사람들이 점점 더 불안해지고 외로워지다 보니 자꾸 잠은 자지 않고 24시간 내내 연중무휴로 정신없이 돌아가는 이 세상의 오락거리에 마음을 팔거나 타인과 잡담을 나누며 밤을 지새우고 싶어 한다는 것이다.

깨어 있으면 주어지는 혜택이 너무 많다. 수많은 이메일에 답장을 보낼 수도 있고, 제일 좋아하는 TV 프로그램을 더 많이 볼 수 있고, 온라인 쇼핑도 더 많이 하고, 이베이 경매도 확인하고, 밀린 뉴스를 챙겨 보고, SNS 계정 업데이트도 하고, 콘서트 예매도 더 많이 하고, 책도 더 많이 읽고, 데이팅앱에서 더 많은 사람과 채팅하고, 자신의 비전을 채울 수도 있다. 정말 많은 사람, 정체를 숨긴 에디슨의 사제들이 우리가 잠들지 않기를 바란다.

잠을 못 자면 우울과 불안이 늘어나고 짜증이 잦아지고 무기력해질 수 있다는 사실은 이미 모두가 알고 있다. 수면은 우리의 정신 건강에 필수불가결한 요소다. 잠을 설치면 우리는 신체적으로도 정신적으로도 심각한 영향을 받는다. 나쁜 수면의 부작용 중 일부는 논란의 여지가 있지만, 의학계에서 광범위하게 인정되는 것들도 분명 있다.

다수의 연구와 자료에 따르면 나쁜 수면은 우리 몸과 마음에 다음과 같은 악영향을 끼친다.

- 면역체계를 손상시킨다.
- 관상동맥 심질환에 걸릴 위험을 높인다.
- 뇌졸중을 일으킬 위험을 높인다.
- 당뇨병 발병률을 높인다.
- 교통사고를 당할 위험을 높인다.
- 유방암·직장암·전립선암 발병률을 높인다.
- 집중력을 약화시킨다.
- 기억력을 약화시킨다.
- 알츠하이머에 걸릴 확률을 높인다.
- 체중 증가의 가능성을 높인다.
- 성욕을 감퇴시킨다.
- 스트레스 호르몬인 코티솔 레벨을 높인다.
- 우울증에 걸릴 확률을 높인다.

캘리포니아주립대학교의 '수면 과학자' 매슈 워커는 자신의 저서 『우리는 왜 잠을 자야 할까』에서 이렇게 적고 있다.

"우리 몸속의 주요 장기와 뇌의 활동은 예외 없이 수면에 의해 최적의 기능을 발휘하는 것으로 보인다. (중략) 단 하룻밤의 나쁜 수면으로 야기된 신체적·정신적 기능 저하에 비하면, 비슷한 양의 음식이나 운동 결핍으로 인한 기능 저하는 하찮아 보이기까지 한다."

잠은 꼭 필요한 것인 동시에 놀랍도록 이로운 것이다. 그런데도 잠은 오랫동안 소비중심주의의 적으로 취급됐다. 우리는 잠든 상태에서는 쇼핑을 할 수 없다. 일할 수도, 돈을 벌 수도, 인스타그램에 사진을 올릴 수도 없다. 침대 제조사나 침구 회사, 암막 커튼 제조사를 제외하고는 실제로 우리의 수면을 이용해 돈을 버는 회사는 극소수에 불과하다. 아직 그 누구도 우리가 잠 속에서 입장할 수 있는 쇼핑몰을 만드는 법을 찾지 못했다. 광고주들이 우리 꿈속 공간에서 광고면을 사고, 우리는 의식이 없는 상태에서 돈을 쓸 수 있는 쇼핑몰 말이다.

이제는 수면 문제도 서서히 그리고 조금씩 상업화되고 있다. 요즘엔 사람들이 개인 전용 수면 클리닉이나 수면 센터에 가서 건강한 수면 습관을 익히기 위해 돈을 내고 상담을 받는다. 움직임을 감시하는 '수면 추적 장치'도 있다. 물론 이 기기는 (2018년 「가디언」의 기사 '건강한 수면'이 증명했듯) 신뢰성도 없는 데다 오히려 사람들이 수면에 대해 더 불안함을 느끼게 만들어서 역효과를 낳는다는 비판을 받았다.

하지만 넓게 보면 수면은 여전히 온갖 방해 요소와는 따로 떨어진 신성한 영역으로 남아 있다. 아마 바로 그것 때문에 아무도 일찍 잘 수 없는 것 같긴 하지만.

게다가 후기 자본주의 시대에 이른 지금은 수면이 일의 속도를 지연시키는 요소에 그치는 것이 아니라 실질적인 비즈니스 경쟁자로 여겨지게 되었다.

넷플릭스의 CEO 리드 헤이스팅스는 HBO도, 아마존도, 여타의 다른 스트리밍 서비스사도 아닌 바로 '잠'이 자사의 가장 큰 경쟁자라고 단정한다. 미국 경제 전문지 『패스트 컴퍼니』에 실린 내용으로, 헤이스팅스는 2017년 11월 로스앤젤레스 기업회담에서 이런 말을 했다.

"생각해보세요. 사람들이 넷플릭스의 프로그램을 접하고 그것에 중독되면 밤늦게까지 잠을 안 잡니다. (중략) 그러니까 우리는 사람들의 잠과 제로섬 경쟁을 하고 있는 겁니다. 그 말인즉 우리가 차지할 수 있는 시간의 '시장'이 아주아주 넓다는 뜻이죠."

이렇게 우리는 수면을 '의구심을 품어야 하는 대상'으로 대한다. 그 시간 동안 어딘가에 접속되어 있지도 않고 소비를 하거나 돈을 쓰지도 않기 때문이다. 그렇다면 우리는 시간에 대해서는 어떤 사고방식을 갖고 있을까? 바로 '그냥 쉬기', '아무것도 하지 않기', '잠자기' 따위로 낭비되어서는 안 되는 대상이다.

우리는 시계의 지배를 받는다. 전구, 환하게 빛나는 스마트폰, 세상이 우리에게 심어준 만족할 줄 모르는 기분의 지배를 받는다. '이것만으론 절대 충분치 않다'는 느낌, 우리의 행복이 저 모퉁이 바로 뒤에 있다는 느낌이 우리를 조종한다. 영원히 도달할 수 없는 터널 저 끝에서 반짝거리며 우리를 기다리는 불빛처럼, 바로 그 하나, 하나만 더 사면, 메시지 하나만 더 보내면, 클릭 한 번만 더 하면 행복이 올 거라고.

문제는 우리가 인공 불빛 아래에서 살 수 있는 존재로 만들어지지 않았다는 점이다. 우리는 알람 소리에 잠에서 깨도록 창조되지 않았고, 스마트폰의 블루라이트에 휩싸인 채 잠에 들도록 창조되지도 않았다. 우리는 24시간 움직이는 신체가 아니라, 24시간 돌아가는 사회에 살고 있다.

둘 중 하나는 포기해야 한다.

불안한 행성에서 잠드는 법

테크놀로지를 이용하든 돈을 주고 사든 세상엔 이미 온갖 종류의 솔루션이 준비되어 있다. 수면 추적 기기부터 블루라이트가 차단된 전구, 최면요법, 수면 마스크 같은 것들. 하지만 이런 소비재들은 수면에 대한 우리의 불안감을 더 증폭시키려고 애쓴다.

가장 좋은 방법은 사실 간단하다. 전문가들의 일관된 조언은 규칙적 생활을 하고, 카페인과 니코틴, 늦은 시각의 지나친 음주를 피하고, 이른 아침 운동을 하고, 밤에 과식하지 말고, 자기 전에 휴식을 취하고, 낮 동안에 햇볕을 좀 쬐라는 것이다.

나 개인적으로는 불안 발작으로 수면 문제까지 겹쳤을 때, (매우) 가벼운 10분 요가와 느린 호흡이 큰 도움이 되었다.

하지만 가장 효과적인 해결책 중 하나는, 약간 진부하긴 해도 기가 막힐 정도로 간단하다. 미시간대학교에서 전 세계인의 수면 패턴을 조사하는 연구팀을 이끄는 대니얼 포저 교수의 말에 따르면, 우리는 '글로벌 수면 위기'의 정점에 와 있다. 사회가 우리를 점점 더 늦은 시각까지 잠들지 못하게 하기 때문이다. 포저 교수가 BBC 방송에서 내놓은 해결책은 '아침에 늦잠을 덜 자고 밤에는 아주 조금만 더 일찍 잠자리에 드는 것'이다. 늦게 잘수록 수면 시간이 줄어드는 건 당연하다. 반면 우리가 아침에 일어나는 시간은 의외로 그 영향에 큰 차이가 없다고 한다. 그런데 이렇게 일찍 잠드는 습관을 실천하려면 심지어 문화적인 변화가 필요할 때도 있다. 정말로 잠을 덜 자는 나라들을 살펴보려면, 그들의 아침 알람시계 걱정보다는 그 사람들이 대체 밤에 무엇을 하느라 잠을 덜 자는 것인지에 더 주의를 기울여야 한다. 밤 10시에 야식을 즐기는 건지, 아니면 밤중에 다시 출근이라도 해야 하는 건지.

또 다른 해결책은 자신의 핸드폰과 컴퓨터 사용에 대한 규칙을 정해놓고, 그런 기기들을 이불 속에서는 사용하지 않으려고 노력하는 것이다. 블루라이트는 수면호르몬인 멜라토닌에 나쁜 영향을 미친다.

어쨌든, 이 글을 쓰다 보니 벌써 시간이 한밤중이다. 나도 이제 컴퓨터를 꺼야겠다. 그리고 무려, 핸드폰을 보지 않고 잠들어봐야겠다.

일이 우리를 위협한다는 증거

1   현대인은 전통적인 노동 방식에서 완전히 멀어졌다. 이제 우리는 예전처럼 개인이 만들어 개인이 소모하는 방식을 거의 따르지 않는다. 오늘날 사람들은 자신이 충분한 자질을 갖추고 있는 일조차 구하지 못할 때가 많다. 게다가 셀프 계산대, 공장 조립 라인의 로봇들, 전화의 자동 응답 시스템 등 인간의 일은 서서히 기계에 잠식당하고 있다.

2   세계 경제가 조금씩 개선되고 있는 것은 사실이다. 세계은행에서 발표한 수치에 따르면 전 세계 극빈층의 인구 비율이 매년 감소하고 있다. 하지만 다른 불평등이 늘고 있다. 영국의 국제구호 개발기구 옥스팜OXFAM의 2017년 보고서에 의하면, 세계 제일의 억

만장자 여덟 명이 소유한 부가 하위층 36억 명의 자산과 맞먹는다. 36억은 세계 인구의 절반에 해당하는 숫자다. 또 스위스 금융기관 크레디트스위스CS에서 실시한 연구 결과를 보면, 부유층과 빈곤층의 양극화가 갈수록 심화되고 있으며 그에 따라 서구사회의 중산층도 붕괴되고 있음을 알 수 있다. 능력주의는 마냥 붙들고 있기에는 너무 가혹한 신화다.

3   직장 내 괴롭힘이 횡행한다. 대부분의 업무 환경이 성과 경쟁적 성격을 띠다 보니 직원들 간에 공격적인 경쟁의식을 부추기는데, 이런 경쟁의식은 까딱하면 모략이나 괴롭힘으로 변질되기 일쑤다. 피닉스대학교에서 수행한 연구 조사에 따르면, 미국 근로자의 75퍼센트가 직장 내 괴롭힘을 당했거나 이를 목격했다고 밝혔다. 하지만 반드시 우리가 짐작하는 사람들만 괴롭힘의 피해자가 되는 것은 아니다. 미국의 직장내괴롭힘 연구소 WBI에 따르면, 괴롭힘의 피해자는 팀에서 더 약한 구성원이라기보다는 오히려 가해자보다 더 숙련되고 유능한, 그래서 위협적인 존재가 될 수 있는 직원인 경우도 종종 있다. 영국노동조합회의에서 '일상 속 성차별 프로젝트Everyday Sexism Project'라는 웹사이트와 협업하여 실시한 조사에서는 여성의 52퍼센트가 직장에서 성희롱 및 성추행 피해를 경험했다고 대답했다.

4   상황이 극단으로 치달으면 직장 스트레스가 생명을 앗아가기도 한다. 예를 들면, 프랑스 통신기업인 오랑주Orange에서는

2008년에서 2009년 사이, 그리고 2014년에 또 한 번 직원들의 연쇄 자살 사태가 보고되었다. 수개월간 서른다섯 명의 직원이 스스로 목숨을 끊은 첫 번째의 연쇄 자살 사건 이후에도, 당시의 최고 경영자는 그냥 '일시적 풍조'라며 심각성을 무시했다. 하지만 「가디언」에 인용된 공식 보고서는 '직원들을 심리적으로 무력화시키고 학대해서 이들의 정신적·신체적 건강에 해를 끼치는 등 경영 전략 차원에서 자행된 괴롭힘'의 기조를 그 원인으로 지목했다.

5   평가 문화는 독소적이다. 벨기에의 정신분석학자 파울 페르하에허 교수는 '일'이 오늘날 우리 사회에 자리 잡은 방식, 가령 관리자 위에는 그들을 관리하는 또 다른 관리자가 있거나 직원 모두가 관찰당하고 등급이 매겨지고 끊임없이 평가받는 방식이 유해하다고 믿는다. 게다가, 이에 버금갈 정도로 무한히 반복되는 시험의 고통과 수시로 점검과 감독을 받는 고통은 비단 직업 전선에 있는 사람들만 겪는 일이 아니다. 학교에 다니는 우리 아이들도 이미 깨닫고 있듯, 그 모든 시험과 평가 때문에 우리는 현재에 만족하지 못하고 앞날에 대한 스트레스를 받게 된다.

6   일 문화는 자존감 저하를 초래할 수 있다. 우리는 '성공은 열심히 일한 대가'라는 교리를 주입받는데, 이것은 곧 성공이 개인의 자질에 달려 있다는 뜻이기도 하다. 그러니 우리 자신이 실패하는 것 같은 생각이 들 때마다 (물론 이런 생각은 우리 행복의 기준을 끌어올리면서 번영을 거듭하는 출세 지향적 문화에서는 거의 항상 들 수밖에

없는데) 이를 개인적으로 받아들이고 자기 자신의 탓이라고 생각하는 것은 너무나 당연하다. 하지만 개인 차원에서 벗어나 좀 더 전체적으로 문제를 따져보려는 시도는 권장되지 않는다.

7   일은 우리에게 목적의식을 주는 동시에 신체적 건강에 해를 끼치기도 한다. 2015년에 핀란드 국립산업보건안전원에서 과도한 업무와 알코올 간의 연관성을 살펴보는 연구를 수행해 결과를 발표했다. 이 분야에서는 가장 대규모로 진행된 연구였는데, 이들은 14개 나라 33만 3천 명의 근로자 데이터를 수집하여, 우리의 근무 시간이 늘어날수록 우리가 마시는 술의 양도 늘어난다는 결론을 얻었다.

8   일에 집착하는 문화적 분위기에 대항하는 것은 어려운 일이다. 정치인들과 비즈니스 리더들은 부단한 노동이야말로 윤리적 덕목이라는 신조를 계속 밀어붙인다. 그들은 약간의 찬양적 어조를 곁들이고 눈시울을 적시는 감성까지 담아 '근면 성실하게 일하는 보통 사람들'과 '열심히 일하는 우리 가족들'에 대해 이야기한다. 우리는 주 5일 근무를 마치 자연의 섭리인 것처럼 받아들인다. 일을 하지 않을 때는 자꾸만 나도 모르게 죄책감이 든다. 그 옛날의 벤저민 프랭클린처럼 '시간은 돈'이라는 말을 스스로에게 되뇌면서, 돈이 운에 좌우되기도 한다는 사실을 잊어버린다. 실제로 엄청나게 긴 시간을 일하는 수많은 사람이 평생 일 한번 해보지 않은 사람들보다 훨씬 적은 돈을 소유하고 있다.

9   사람들은 갈수록 점점 더 오래 일한다. 하지만 이런 추가 업무가 추가 생산성을 보장하지는 않는다. 스웨덴에서 예테보리 지역의 간호사들을 대상으로 하루 근무시간을 여섯 시간으로 줄이는 실험을 한 적이 있는데, 실험에 참여한 간호사들은 하루 여덟 시간을 근무했을 때보다 더 활력을 느끼고 행복도도 높아졌다는 결과가 나타났다. 그러자 간호사들의 병가 일수도 줄어들고 허리나 목의 통증 같은 신체적 불편감도 감소했을 뿐 아니라 근무시간 동안의 생산성도 더 높아졌다.

10   지금의 일 문화는 종종 인간성을 말살시킨다. 우리는 우리가 하는 일이 우리를 병들게 하거나 불행하게 하지는 않는지 진단해볼 필요가 있다. 그리고 만약 그렇다면 어떻게 해결할 수 있을지 따져봐야 한다. 마치 인생이라는 달리기 시합에서 계속 지고 있는 것처럼 일에 대한 세상의 공식이 우리를 끊임없이 뒤처진 것처럼 느끼게 만든다는 이유로, 우리는 스스로에게 얼마나 많은 압력을 부과하고 있는가. 어떻게든 따라잡아보려고 몸부림치기만 할 뿐, 감히 우리는 잠시 멈춰 서서 무엇이 자기에게 정말로 좋은 것인지 고민해볼 생각조차 하지 못한다.

무너지지 않고 일하는 10가지 방법

1   좋아하는 일을 하려고 노력하라. 일하는 게 즐거워지면 솜씨도 좋아질 것이다. 일이 즐거우면 일처럼 느껴지지도 않을 것이다. 일을 일종의 결실을 얻는 놀이처럼 생각해보라.

2   더 많은 일을 처리하는 것을 목표로 삼지 마라. 가능한 한일을 덜 처리하는 것에 목표를 둬라. 일의 미니멀리스트가 되라. 미니멀리즘은 더 적은 것을 가지고 더 많은 것을 하는 것이다. 요즘의 일하는 방식은 더 많은 것을 가지고도 더 적게 하는 것에 치중되어 있는 것 같다. 활동의 양과 성취의 양이 언제나 동급이 되는 것은 아니다.

3   분계선을 몇 개 정해두라. 하루 중이든 주중이든 때를 정해, 일하지 않는 시간, 이메일 없는 시간, 골칫거리에 신경 끄는 시간을 따로 가져라.

4   마감 시간 때문에 스트레스받지 마라. 이 책도 나는 이미 마감 기한을 넘겼는데, 지금 당신이 이렇게 읽고 있지 않은가.

5   받은메일함은 절대로, 영원히 비워지지 않는다. 그 사실을 인정하고 받아들여라.

6   가능하면, 이 세상이 조금이라도 나아질 수 있는 방식으로 일하려고 노력하라. 이 세상이 우리를 만든다. 세상을 더 좋은 곳으로 만들면, 우리도 더 나은 사람이 될 수 있다.

7   자기 자신에게 잘 대해줘라. 일의 부정적 측면이 월급이 주는 장점보다 더 크다면, 그 일은 하지 마라. 누가 자신의 권위를 사용해 당신을 괴롭히고 공격한다면 절대 용납하지 마라. 지금 하는 일이 정말 싫은가? 그런데 점심시간에라도 밖으로 나가 일에서 벗어날 수 있는가? 그렇다면 밖으로 나가라. 그리고 절대 다시 돌아가지 마라.

8   자신의 일을 실제보다 중요하게 생각하지 마라. 버트런드 러셀도 말했지만, "신경쇠약의 임박을 알리는 증상 중에는 자기 일

이 무지막지하게 중요하다고 여기는 신념도 포함된다".

9　　　사람들의 기대에 부응하기 위한 일이 아니라 자신이 하고 싶은 일을 하라. 우리에게 주어진 삶은 단 한 번뿐이다. 그 삶을 오롯이 자신만의 것으로 사는 것이 언제나 가장 옳다.

10　　　완벽주의자가 되지 마라. 인간은 불완전한 존재다. 인간이 하는 일도 불완전하다. 덜 로봇다워지고 더 인간다워져라. 좀 더 불완전해져라. 진화는 실수에서 비롯된다.

절망 다루기

이틀 전, 나는 불안하게 흔들렸다. 잿빛 하늘마저 나에게 낯선 정신적 고통을 줬다. 댄스학원에서 딸아이를 데리고 오는 동안 자꾸만 도로 속으로 꺼져 들어가는 것 같은 기분이 들었다. 나는 강박적으로 침을 삼키기 시작했다. 예전의 광장공포증이 반갑지 않은 재발의 수순을 따라 슬슬 고조되는 것이 느껴졌다.

하지만 이제 나는 내 상태에 대해 예전보다 더 잘 자각할 수 있다. 우선 그동안 잠을 잘 자지 못했다는 사실이 생각났다. 일도 너무 열심히 했다. 이 책에 대한 걱정도 좀 심하게 했고, 그 밖에 바보 같고 사소한 백만 가지 일들에 대해서도 걱정이 많았다는 사실이 하나하나 인지되었다. 그래서 나는 이메일에 대한 집착도 끊고 이 워드 문서에서도 잠시 물러났다. 영상으로 편안한 수면 요가를 따라

하고, 건강하게 먹고, 최대한 연결을 끊었다. 강아지와 함께 바닷가로 긴 산책도 나갔다.

그러고는 깨달았다. 아무 의미 없어. 그만 좀 전전긍긍하자.

내가 걱정하는 그 어떤 문제도 내 삶의 무언가를 뿌리째 흔들지는 못할 거라고. 나는 여전히 강아지와 산책을 나갈 수 있을 테고, 바다를 바라볼 수 있을 거라고. 그리고 여전히 사랑하는 사람들과 함께 시간을 보낼 수 있을 거라고.

불안이 물러났다. 마치 집중 수사망에 걸린 범죄자처럼.

4
때로는 나를 위해 단절되어야 한다

연결의 감옥

"행복해지려는 노력을 멈추기만 해도
우린 꽤 괜찮은 시간을 보낼 수 있다."

_이디스 워튼, 미국 소설가

끊임없이 계속, 평정을 유지하라. 전진하라. 인간다움을 유지하라. 밀어붙여라. 열망하라. 완벽한 평화를 추구하라. 창밖을 내다보라. 집중하라. 자유로운 존재가 되라. 인터넷 싸움꾼들을 무시하라. 포털 사이트의 팝업 광고를 닫듯 머릿속의 '팝업 잡념'들을 무시하라. 세상의 조롱을 무릅써라. 호기심을 가져라. 진실을 놓치지 마라. 사랑하라. 인간만의 특혜인 실수할 기회를 스스로에게 허용하라. '나'라는 공간을 유지하고 그 둘레에 울타리를 쳐두라. 읽고 쓰라. 핸드폰을 손이 닿지 않는 곳에 두라. 일상이 비록 정신없이 굴러가도 머리만큼은 냉정을 유지하라. 호흡하라. 있는 그대로의 삶을 들이마셔라.

스트레스가 당신을 어디까지 끌고 갈 수 있는지 끊임없이 주시하라.

신경쇠약에 걸린 지구별

"생각해봐, 만약 이 세계가 사람들을 단순히 미치게 만드는 정도가 아니면 어떡하지?"

최근 친구에게 내가 책에 쓰려는 내용을 말해줬더니 그가 한 말이다.

"이 세상 자체가 미쳐버린 걸 수도 있잖아. 전부 다는 아니더라도 그중 우리, 그러니까 인간이라는 종과 연결되어 있는 작은 조각 정도는 그럴 가능성도 있잖아. 내 말은, 세상의 그 조각 자체가 말 그대로 미쳐버린 거라면? 내 생각엔 진짜 그렇게 되고 있는 것 같아. 인간 사회가 붕괴되고 있는 것 같아."

"맞아, 꼭 신경쇠약에 걸린 환자처럼."

"진짜로. 물론 이 세상이 '사람'은 아니지만 어쨌든 점점 더 연결이 늘어나는 건 맞잖아. 네 말대로 일종의 신경계처럼. 사실은 한참 전부터 그랬을 수도 있어. 19세기 인물에 대한 글을 읽은 적이 있는데, 그 사람이 전체 전신 케이블은 신경계나 마찬가지라는 말을 했거든."

나는 좀 더 자세한 조사 끝에 그 사람의 이름이 '찰스 틸스턴 브라이트'라는 사실을 알아냈다. 브라이트는 초기의 대서양횡단 전신 케이블 가설 과정을 총감독한 인물이었다. 그는 글로벌 전신망을 '세계의 전기 신경계'라고 일컬었다.

이제 그런 종류의 전신은 더 이상 사용되지 않는다. 닌자 고양이 영상이나 이모티콘을 포스팅하기에는 성능이 한참 떨어지니까. 그렇다고 세계의 신경 시스템이 사라진 건 아니다. 오히려 규모와 복잡성 면에서 진화를 거듭하여, UN 산하 국제전기통신연합(ITU, International Telecommunications Union) 소속 인사들의 말에 따르면 2017년 6월 이후로 세계 인구의 과반이 인터넷에 연결되는 수준에 이르렀다. 참고로 덧붙이자면, 국제전기통신연합의 전신인 국제전신연합의 약칭 역시 'ITU(International Telegraph Union)'였다.

인터넷 사용자의 수는 해마다 급증하고 있다. 지금 생각하면 말도 안 되는 소리 같지만, 1995년만 해도 인터넷을 쓰는 사람이 '아무도' 없었다. 당시 세계 인구의 겨우 0.4퍼센트인 1600만 명에 불과했으니 지금과 비교하면 거의 그런 셈이었다. 10년 뒤인 2005년엔 그 수가 10억 명으로 늘어서 세계 인구의 15퍼센트가 온라인에 접속하게 되었고, 그 후 2017년까지 사용자 숫자는 15퍼센트에서 51퍼센트로 껑충 뛰었다.

그리고 같은 해에 페이스북을 적극적으로(매월 최소 한 번 이상) 사용하는 사람의 수는 20억 7천만 명에 달했다. 불과 2010년까지만 해도 전체 인터넷 공간에 사람이 그렇게 많지 않았다. 이런 변화는 양적으로도 그야말로 급격한 팽창이다. 이런 일이 가능했던 것은 그동안 세상의 거의 모든 것이 '현대화'되고 아울러 광대역 인터넷의 보급 확대에 부응할 수 있도록 사회 기반 시설도 발 빠르게 개선된 덕분이었다. 또 다른 요인은 바로 스마트폰의 등장이다. 스마트폰의 은총으로 우리는 이전보다 훨씬 쉽게 인터넷에 접속할 수 있게 되었다.

그런데 인터넷 사용과 관련하여 접속자 수만 증가한 것이 아니다. 우리가 온라인에 머무는 시간의 양도 함께 증가하고 있다.

인간은 그 어느 때보다 더 테크놀로지를 매개로 서로 연결되어 있다. 이 모든 급변은 겨우 10년 남짓한 기간 사이에 벌어진 일이며, 좋고 나쁨을 떠나 이런 변화가 온라인상에서 수많은 논쟁을 불러일으키는 것만은 분명해 보인다. 1894년에 톨스토이는 『하나님의 나라는 너희 안에 있느니라The Kingdom of God Is Within You』라는 작품에서 이런 글을 남겼다.

"인간이 궁핍에서 점점 더 해방될수록, 전신, 전화, 책, 종이, 신문잡지도 점점 더 많아질 것이고, 그럴수록 모순된 거짓과 위선을 퍼뜨릴 방법도 더 많아질 것이고, 그럴수록 인간은 점점 더 분열되고 결국 비참한 존재로 전락할진대, 참말로 우리 눈앞에서 이 모든 일이 실제 벌어지고 있다."

게다가 그 속도도 너무 빨라서 우리가 변화의 장단점을 미처 살펴볼 틈조차 주지 않는다. 톨스토이가 살았던 시대보다 훨씬 빠를 것임은 말할 것도 없다. 수많은 것이 도태되어 우수수 사라지고, 숱한 정보가 밀려들고, 온갖 것이 테크놀로지로 얽히고설켜 있다. '세계의 뇌'라는 말이 상투적으로 들리긴 해도 지금의 상황에 꼭 들어맞는 비유 같다. 우리 한 사람, 한 사람은 세계의 뇌 속에 들어 있는 신경세포다. 자기 자신을 다른 모든 세포에게 끊임없이 송신해대고 과잉 적재된 온갖 것을 앞뒤로 떠넘긴다. 우리는 멘붕에 빠진 행성에 거주하는 과부하된 신경세포들이다. 언제 터져버려도 전혀 이상할 것이 없는.

점점 작아지는 세상

삶이 과잉되었다는 느낌은 세상이 그동안 너무 많이 수축하고 밀집화된 탓도 일부 있다. 인간 세상은 점점 가속화되었고 그런 만큼 아주 효과적으로 수축하기도 했다. 세상은 갈수록 더 연결되고 있으며, 그럴수록 우리 인간들 간의 연결도 더욱 심화될 수밖에 없다. 1950년 제임스 H. 슈미츠가 SF 단편 「여름의 두 번째 밤*Second Night of Summer*」에서 처음 만들어 사용한 용어인 '하이브 마인드'*가 이제는 현실이 되었다. 우리의 삶, 정보, 감정이 이전과는 차원이 다른 방식으로 연결되고 있다. 인터넷은 세상을 분열시키는 것 같으

* hive mind, 일종의 집단의식 또는 집단지성. 벌떼(hive) 전체가 마치 한 생명체처럼 작동하는 데에서 본뜬 용어로, 유사 지식과 의견을 공유하며 점차 동조화되는 집단의식을 비유한다.

면서도, 한편으론 결집시키기도 한다.

세계의 수축이 하룻밤 사이에 벌어진 일은 아니다. 수 세기 동안 인간들은 봉화나 북, 비둘기 등 활용할 수 있는 모든 수단을 동원하면서까지 자기들 목소리의 허용 범위를 넘어서는 수준으로 소통해왔다. 16세기에 스페인 함대의 영국 해상 침공을 수도에 알린 것은 플리머스Plymouth(영국 서남부의 항구도시)에서 런던까지 연결된 봉화 신호였다. 19세기에 이르러서는 전신이 대륙과 대륙을 연결했다. 그 후로 글로벌 신경계는 전화, 라디오, 텔레비전, 인터넷의 발명과 함께 꾸준히 진화했다.

이런 각종 연결 도구 덕분에 우리는 정말 다양한 방법으로 그 어느 때보다 더 가까워지고 있다. 무려 15,000킬로미터 멀리 떨어져 있는 사람들과 실시간으로 이메일이나 문자를 주고받고 스카이프나 페이스타임으로 채팅이나 통화를 하고 심지어 여러 사람이 함께 온라인 게임을 즐길 수도 있다. 물리적 거리는 점점 더 무의미해진다. 소셜 미디어는 폭동이든 혁명이든 선거 결과를 흔들어보려는 집단행동을 유례없이 가능케 했고, 인터넷 덕분에 우리는 함께 뭉쳐서 변화를 만들어낼 수 있게 되었다. 좋은 쪽으로든 나쁜 쪽으로든.

하지만 골치 아프게도 거대한 신경 시스템에 계속 접속되어 있다 보니 우리의 행복도(또는 불행도) 그 어느 때보다 강한 집단성을 띠게 되었다. 집단의 감정이 곧 우리 자신의 감정이 되는 것이다.

세일럼 마녀 재판* 부터 비틀즈 열광 현상까지, 개인의 감정이 집

---

* Salem Witch Trials. 1692년 미국 매사추세츠주 세일럼 마을에서 발생한 마녀사냥 및 종교 재판.

단에 의해 좌지우지되었던 사례는 수천 가지가 넘는다.

그중에서도 가장 신기하면서도 섬뜩한 사례 중 하나는 15세기 프랑스의 한 수녀원에서 발생한 사건이다. 어느 날 그곳의 수녀 한 명이 고양이처럼 야옹 소리를 내기 시작하자 곧 다른 수녀들도 똑같이 야옹거리기 시작했고, 몇 달도 지나지 않아 수녀들이 한꺼번에 큰 소리의 고양이 울음 합창을 매일 몇 시간씩 해대는 통에 근처 마을 주민들이 기겁하는 지경에까지 이르렀다. 지방 당국이 군대를 보내 채찍질 형벌을 내리겠다고 위협한 뒤에야 수녀들은 고양이 울음을 멈췄다.

기이한 사례는 더 있다. 1518년 유럽 스트라스부르에서 발생한 집단 무도 발작 사례는 약 400명의 사람이 실신할 정도까지 장장 한 달 내내 쉬지 않고 춤을 춘 사건인데, 결국 사망한 사람들도 있었다. 납득할 만한 원인도, 심지어 음악도 없이 벌어진 일이었다.

그 밖에도, 전설에 따르면 나폴레옹 전쟁 당시 영국 하틀리풀의 주민들은 바다에서 조난당한 원숭이 한 마리가 프랑스 스파이라고 모두 한마음으로 확신한 나머지 잔뜩 겁에 질린 그 불쌍한 영장류를 교수형에 처했다. 가짜 뉴스가 세상을 물들인 건 어제오늘만의 일이 아니었다.

그리고 지금, 우리에겐 '인터넷'이라는 테크놀로지가 있다. 이 기술 덕분에 연대 집단행동의 기회와 빈도가 증가했다. 노래, 트윗, 고양이 영상 등 다양한 정보가 날마다 매시간 단위로 바이러스처럼 퍼져나간다. '바이러스처럼'이라는 말은 인간 본성과 기술이 결합하여 생기는 전염성 효과를 묘사하기에 정말 딱 맞는 용어다. 그리고 알다시피, 영상이나 제품, 트윗 같은 것만 전염될 수 있는 게 아니다. 감정도 전염될 수 있다.

빈틈없이 연결된 세상은 '다 같이 한꺼번에' 미쳐버릴 가능성도 함께 품고 있는 셈이다.

트위터 지옥

- 내가 좋아하는 인터넷 활동들.

사회적 불의에 대한 집단행동, 한참 잊고 있던 옛날 노래의 뮤직비디오나 영화 예고편을 시청하는 것, 훌쩍 떠날 만한 여행 정보를 검색하는 것, 굿리즈Goodreads 웹사이트(세계 최대 서평 사이트) 구경, 처진 기분을 이해해주는 사람들을 만나는 것, 내 책의 독자가 아니었다면 절대 연이 닿지 않았을 사람들과 이야기하는 것, 사람들의 친절과 호의(의외로 많이 접하게 된다), 놀랍고 신기한 일을 해내는 동물 영상(수영장에서 춤을 추는 고릴라, 유리 용기의 뚜껑을 여는 문어) 시청, 웃긴 트윗 보는 것, 친해지고 싶은 사람들에게 이메일이나 메시지를 보내는 것, 옛 친구들과 연락하는 것, 멀리 떨어진 곳에 있는 요가 강사의 강습을 듣는 것.

- 내가 줄여야 할 인터넷 습관들.

가치 있는 경험을 해야 할 시간에 인터넷에 가치 있는 경험에 대한 게시글을 쓰고 앉아 있는 것, 누구의 공감도 얻지 못할 의견을 트윗에 올리는 것, 특별히 읽고 싶은 기사가 아닌데도 습관적으로 클릭하는 것, 아마존 사이트에서 내 책에 대한 서평을 찾는 것, 다른 사람들의 삶을 보며 내 삶과 비교하는 것, 답장도 안 쓰면서 가만히 앉아 이메일을 보고만 있는 것, 엄마가 병원에 갔던 일에 대해 말씀하시는데 듣지도 않고 이메일에 답장 쓰고 앉아 있는 것, '좋아요'와 '하트'를 받고 부질없는 만족감을 느끼는 것, 검색창에 내 이름을 입력하는 것, 유튜브에서 좋아하는 노래 영상을 보는 도중에 다른 영상이 눈에 띄면 바로 갈아타는 것, 이런저런 신체적 증상을 구글에 검색해보고 자가 진단 내리는 것, 한밤중에 구글에서 아무 정보나 검색하는 것, '인터넷을 그만하고 싶다' 생각하면서 계속 하고 있는 것.

●

"여보, 인터넷 좀 그만해."

또 시작됐다. 아내 말이 다 맞다. 다 내가 걱정돼서 하는 소리라는 것도 안다. 하지만 그래도 듣기는 싫었다.

"괜찮다니까."

"안 괜찮아. 지금 인터넷에서 누구랑 싸우고 있는 거잖아. 당신 지금 쓰는 책이 인터넷 스트레스에 대처하는 법에 대한 거라면서, 자기야말로 인터넷에서 스트레스를 받고 있으면 어떡해."

"아니, 꼭 인터넷에 관한 것만은 아니야. 우리 정신이 현대성 때문에 어떤 영향을 받는지 알아보려는 거지. 이 세상을 정신병에 걸린 행성으로 바라본 관점에서 쓰는 책이야. 우리가 심리적으로 어떻게 연결되는지, 모든 각도에서 이 문제를……."

아내가 손을 쳐들며 말한다.

"그만. 나한테 테드 강연할 생각은 마."

나는 한숨을 쉬며 대답한다.

"그냥 이메일에 답장 보내는 거야."

"아니, 아닌 거 다 알아."

"그래, 트위터야. 하지만 딱 한 가지만 더 말하고 끝내면……."

"여보, 뭘 하든 당신이 알아서 할 일이지만, 어쨌든 원래 취지는 '이렇게 되지 않는' 방법을 알아내려고 열심히 작업해서 책도 쓰고 하는 거 아니었어?"

"이렇게 되다니?"

"그러지 말아야 할 일에 미쳐 있는 거 말이야. 나는 그냥 당신이 아프지 않았으면 좋겠어. 당신 이러다가 아파지는 거잖아. 그냥 내 생각은 그렇다고."

아내가 방에서 나가고, 나는 방금 포스팅하려던 트윗 내용을 잠시 들여다본다. 내 인생에, 또는 그 누구의 인생에도 조금도 보탬이 될 내용은 아니다. 그저 내가 핸드폰을 거듭 확인하게 만드는 효과만 있을 뿐. 마치 새뮤얼 피프스가 자기 회중시계를 쉴 새 없이 확인했던 것처럼. 나는 삭제 버튼을 누른다. 하나씩 지워지는 글자를 보고 있자니 이상하게 마음이 후련해진다.

집단 광기

소셜 미디어 시대에 부치는 시.

분노가 인터넷에 그물을 던지며
낚싯감을 찾을 때,
그때가 접속을 끊고 일어서
책을 읽어야 할 때.

신경생물학자들은 '미러링(무의식적 모방)'이 우리 인간을 포함
한 영장류가 서로 교류하는 동안 뇌에서 활성화되는 신경회로의 작
용임을 밝혀냈다.

연결의 시대엔 '거울'도 더 커진다. 끔찍한 사건으로 사람들이 두려움을 느끼면 그 두려움은 인터넷에서 삽시간에 퍼져나간다. 사람들이 분노하면, 그 분노는 번식하듯 불어난다.

심지어 우리는 우리와 반대 의견을 가진 사람들이 감정을 드러내면, 그 감정만큼은 비슷하게 느낀다. 가령 온라인에서 벌어진 문제로 누군가가 나에게 미친 듯이 화를 낸다고 가정해보자. 이런 상황에서 내가 그 사람의 의견을 수용할 가능성은 거의 없지만, 격분한 그의 감정은 십중팔구 나에게 옮겨붙을 것이다. 우리는 소셜 미디어에서 매일 이런 일을 목격한다. 사람들은 말싸움을 벌이고 서로 반대되는 의견을 사수하다시피 하면서도, 상대의 감정 상태는 모방한다.

나도 자주 그랬다. 그러니 허구한 날 핸드폰을 붙들고 있는 나를 보며 아내가 짜증 내는 것도 당연하다. 최근에도 온라인에서 누군가와 싸움에 말려들었다. 나한테 '관종' 아니면 '좌빨'이라고 불렀던 사람이거나, 트위터로 '진보주의는 정신병!'이라고 외쳤던 사람 중 한 명이었던 것 같다. 온라인에서 사람들이랑 치고받고 싸우는 것이 우리에게 허락된 지구상의 짧은 시간을 가장 알차게 보내는 방법이 아니라는 것을 알고 있으면서도, 나는 성질을 주체하지 못하고 또 일을 저지르고 말았다. 그리고 비로소 깨달음이 찾아왔다. 이제, 그만 좀 해야겠다.

어쨌든 내가 하고 싶은 말은, 내가 인터넷에서 맞붙는 사람들과 나의 정치적 성향이 그렇게 다른데도, 우리는 심리적으로는 분노라는 동일한 감정의 먹이를 서로에게 마구 먹여주고 있는 셈이다. 정치적으로 반목하면서 정서적으로 모방하다니, 아이러니다.

내가 한창 심각한 불안 상태에 빠져 있었을 때 아주 멍청한 내용을 트위터에 올린 적이 있다.

'불안증은 나만의 슈퍼파워'라는 트윗이었다.

불안이 좋은 거라는 뜻은 아니었다. 내 의도는, 첫째는 불안의 영향력이 워낙 말도 안 되게 강력하다는 의미였고, 둘째는 불안이 지나치게 심한 우리 같은 사람들은 자신이 그렇다는 것을 알고 있기 때문에 (진짜 정체인 슈퍼파워를 숨겨야 했던) 슈퍼맨이나 브루스 웨인처럼 괴롭고 조마조마한 마음으로 이 세상을 살아갈 수밖에 없다는 뜻이기도 했다. 아울러 셋째는 온갖 생각과 절망이 제멋대로 머릿속을 헤집어서 마음이 힘들고 괴롭긴 하지만, 그 와중에도 아주 가끔은 우리가 찾으려고 마음만 먹으면 아주 사소하나마 장점도 있다는 의미를 담고 있었다.

예를 들자면, 나는 불안 '덕분에' 고맙게도 억지로 담배를 끊었고 신체적으로도 건강해졌다. 나한테 좋은 것이 무엇인지 고민해보게 되었고 나를 진심으로 걱정해주는 사람과 그렇지 않은 사람을 구분할 수 있게 되었다. 또 나와 비슷한 고통을 겪고 있는 타인을 돕기 위해 노력하게 된 것도 감사하고, 무엇보다 내 불안증이 (비교적 상태가 좋은 불안일 때) 내가 삶을 더욱 절실히 느낄 수 있게 해준 것에도 고마움을 느낀다.

이것이 내가 전작 『살아야 할 이유』에 담아낸 핵심 내용이었다. 하지만 이번 트윗에서는 그렇게까지 잘 표현하지 못했고, 덕분에 나는 트위터에서 갑자기 엄청난 이목을 끌게 되었다.

　결국 나는 트윗을 삭제하기로 했다. 하지만 사람들은 이미 내 트윗을 캡처해놓고 단체로 분노의 트윗 포화를 퍼부으며 자기들의 화를 나에게 풀어댔다. '슈퍼파워라고??? 뭔 개소리!!!', '@matthaig1 재수없음', '계정 폭파해라', '꼴통' 등등. 내가 잔뜩 겁에 질린 채 꼼짝도 못 하고 스스로 초래한 이 사고 현장을 그저 지켜보는 동안, 내 타임라인은 삽시간에 수십 명의 성난 사람들에서 수백 명의 성난 사람들로 채워졌다. 저들이 내 아픈 데를 콕콕 건드리는 동안 뾰족한 무언가를 사용하는 게 틀림없다는 확신마저 들었다. 아 참, 불안 장애가 있는 사람에겐 '아픈 데를 건드린다'라는 표현은 아무 의미가 없다. 어디를 건드려도 아프니까.

　분노는 전염병처럼 확산되었고, 마치 실제 물리적 타격처럼 그 모든 분노가 모니터에서 나를 향해 뿜어져 나오는 것 같았다. 심장이 2배속으로 뛰기 시작했다. 사방의 모든 것이 나를 옥죄어오고 공기는 점점 희박해졌다. 나는 궁지에 몰려 있었다. 나를 둘러싼 현실 세계가 녹아내리는 것 같은 기분마저 들었다. 젠장, 젠장, 젠장! 한순간 닥친 일시적 공황 발작으로 이미 제정신이 아니었고, 죄책감, 공포, 방어적인 분노가 뒤섞인 해로운 감정이 머릿속에서 소용돌이쳤다. 나는 앞으로 다시는 실시간 트윗 같은 방법으로 내 불안을 풀어보려는 시도는 하지 않겠다고 굳게 굳게 다짐했다.

　어떤 것들은 혼자 속으로만 간직하는 게 제일 나은 법이다.

　하지만 그 밖에도 (이 점이 정말 중요한데) 다른 사람들이 나를 보는 눈으로 나 역시 나를 바라보지 않을 수 있는 방법을 찾고 싶었다.

정서적 면역력을 키우고 싶었다. 소셜 미디어에 너무 깊숙이 빠져 있다 보면, 마치 내가 증권거래소 안에 있는 것 같은 기분이 든다. 그 안에서 나는 (또는 내 온라인 캐릭터는) 하나의 주식이다. 그리고 그 주식시장에 사람들이 갑자기 많아지기 시작하면 내 주가는 한없이 곤두박질치는 느낌이다. 나는 이 모든 것에서 벗어나고 싶었다. 나 자신을 심리적으로 단절시키고 싶었다. 심리적으로 자급자족이 되는 거래소가 되고 싶었다. 나 자신의 실수를 자연스럽게 받아들이고 싶었다. 실수가 그 사람의 전부가 아니라는 걸 아니까. 내 안에서 벌어지는 일을 가장 잘 아는 사람은 다른 누구도 아닌 바로 나 자신이라는 사실을 스스로에게 깨닫게 해주고 싶었다. 다른 사람이 나를 재수 없는 놈이라고 생각해도 그냥 내버려두고 싶었다. 어차피 나만 아니면 그만이지 않은가. 사람들에게 마음은 쓰되, 수많은 관점과 의견이 난무하는 인터넷의 매트릭스 안에서 벌어지는 나에 대한 사람들의 오해에는 신경을 끄고 싶었다.

온라인 광기 속에서 제정신을 유지하는 법

1   금욕을 실천하라. 특히 소셜 미디어 금욕. 마음을 유혹하는 해롭고 과도한 모든 것에 저항하라. 자제력의 근육을 강화하라.

2   자신의 증상을 구글에서 검색하지 마라. 일곱 시간 동안의 검색 끝에 자신이 저녁밥도 못 먹고 죽게 될 거라고 믿고 싶은 경우가 아니라면.

3   명심하라, 아무도 당신의 외모에 관심이 없다. 사람들이 관심 있는 건 오로지 그들 자신의 외모뿐이다. 이 세상에서 당신의 얼굴 걱정을 해주는 사람은 오로지 당신 자신뿐이다.

4   진짜처럼 보이는 것이 사실은 진짜가 아닐 수도 있다는 점을 항상 인지하라. 소설가 윌리엄 깁슨은 1982년 발표한 단편 「버닝 크롬Burning Chrome」에서 '사이버 스페이스'라는 용어를 처음 만들어 사용했는데, 맨 처음 그가 '사이버 스페이스'라는 아이디어를 상상하면서 떠올린 것은 일종의 '합의된 환각 세계'의 형태였다. 이 '환각 세계'라는 묘사는 내가 테크놀로지에 지나치게 매여서 그게 실제 생활에까지 지장을 줄 때마다 나한테 꽤 큰 도움이 된다. 인터넷 세상은 현실 세계에서 한발 떨어져 있다. 인터넷의 가장 두드러지는 특징은 마치 거울처럼 오프라인 세계를 그대로 반영한다는 점이다. 하지만 거울로 똑같이 비춘다고 거울 속이 실제 바깥세상과 같아지는 건 아니다. 인터넷이 가짜는 아니지만 인터넷은 그냥 인터넷일 뿐, 그 범위를 벗어날 수 없다. 물론 인터넷에서도 친구는 사귈 수 있다. 하지만 디지털 밖의 현실 세계는 그 우정을 판단하기에 여전히 유용한 도구다. 1분, 한 시간, 하루, 일주일, 시간이 얼마가 되든 일단 인터넷에서 멀어지면 그것이 내 머릿속에서 어찌나 전속력으로 지워지는지 정말 놀라울 따름이다.

5   사람들이 소셜 미디어에 포스팅하는 것이 그 사람의 전부가 아니라는 점을 기억하라. 자기 자신이 하루 사이에 하는 오만가지 생각 중에도 서로 모순되는 것들이 얼마나 많은지 생각해보라. 지금까지 살면서 상황에 따라 앞뒤가 다른 입장에 섰던 적은 또 얼마나 많은가. 온라인 의견에 응수하라. 하지만 경솔한 의견 하나로 한 인간 전체를 규정지어선 안 된다. 물리학자 칼 세이건은 말했다.

"우주적 관점에서 보면, 우리 한 사람 한 사람은 정말 귀한 존재들이다. 설사 어떤 인간이 내 의견에 동의하지 않더라도, 그 존재를 살려둬라. 천억 개의 은하계를 다 뒤져도 그와 같은 인간을 또 찾지는 못할 테니."

6   싫어하는 사람을 '안티 팔로잉hate-following'하지 마라. 이 계명은 2018년 새해부터 내가 나 자신과 한 약속인데 지금까지는 잘 지켜지고 있다. 안티 팔로잉은 자기 안의 분노를 정당하게 표출할 대상을 만들어주는 것이 아니라, 오히려 분노에 기름을 붓는다. 또한 참 기이한 방식으로 우리의 반향실 효과를 심화하는데, 싫어하는 사람을 팔로우하다 보면 세상에 나와 다른 의견이라고는 전부 극단적인 것만 있는 것처럼 보이기 때문이다. 자신의 기분을 나쁘게 만드는 것들을 애써 찾아다니지 마라. 다른 사람들에게 맞서는 것으로 자신의 가치를 점수 매기지 마라. 자신이 싫어하고 반대하는 것이 아니라 좋아하고 지지하는 것을 통해 스스로가 어떤 사람인지를 규정하라. 그리고 그에 부합하게 인터넷을 탐색하라.

7   등급 매기기 게임에 동참하지 마라. 인터넷은 순위 매기기를 너무 좋아한다. 아마존(온라인 쇼핑몰), 트립어드바이저(여행 사이트), 로튼 토마토(영화 비평 사이트), 그 밖의 온갖 매체와 SNS 피드에 별점과 등급이 매겨진다. 좋아요, 싫어요, 하트, 리트윗 등. 하지만 등급이 진짜 가치를 상징하는 것은 아니다. 절대로 그런 등급에 따라 자신을 평가하지 마라. 모든 사람에게 호감을 얻으려면 아마 세

상에서 가장 특징 없는 사람이 되어야 할 것이다. 윌리엄 셰익스피어가 역사상 가장 위대한 작가라는 데는 거의 이견이 없다. 그런 그도 굿리즈Goodreads 사이트에서 평균 3.7점의 중간급 별점을 받는다.

8   다른 사람은 다 아는 걸 나만 모르고 있을까 봐, 나만 놓쳤을까 봐 걱정하느라 인생을 낭비하지 마라. 불교적으로 접근하려는 건 아니지만, 아니, 아주 조금만 불교적 관점에서 생각해보면, 인생에서는 '내가 뭘 하느냐'가 아니라 '내가 어떤 사람인가'에 만족하는 것이 더 중요하다.

9   인터넷을 하느라 식사나 취침 시간을 미루지 마라.

10   인간다움을 잃지 마라. 알고리즘에 저항하라. 자신이 조롱거리가 되게 휘둘리지 마라. 팝업 광고를 차단하라. 자신의 반향실에서 빠져나와라. 오프라인에서라면 절대 하지 않았을 부끄러운 행동은 익명성에 숨어서도 하지 마라. 인구통계학적 데이터의 재료가 아니라 신비스러운 존재가 되라. 컴퓨터가 도통 이해하기 어려운 사람이 되라. 공감 스위치를 항상 켜두고, 패턴을 깨고, 로봇 지향적인 세태에 저항하라. 인간다움을 간직하라.

끝없는 공포에 접속된 사람들

　우리 행성이 정신 질환에 걸린 것도 다 그럴 만한 이유가 있다. 이 세상은 정말 끔찍하게 느껴질 수 있다. 정치 양극화, 민족주의, 히틀러식 나치즘의 부활, 금권정치의 엘리트 세력, 테러리즘, 기후변화, 세계 곳곳에서 벌어지는 정변, 인종차별주의, 여성 혐오, 사라진 사생활, 우리 돈과 투표를 차지하기 위해 우리 개인 정보를 긁어모으며 나날이 똑똑해져가는 알고리즘, 인공지능의 약진과 그에 따라 예기되는 영향들, 다시 떠오르는 핵전쟁의 위협, 인권침해, 대대적으로 상처 입은 지구.

　문제는 이와 같이 세상에 벌어지는 일만이 아니다. 따지고 보면 끔찍한 일이야 이 세상 어딘가에서 항상 벌어지고 있지 않았던가. 이전과 차이가 있다면 오늘날엔 우리가 (카메라폰, 뉴스 속보, 소셜 미디어, 인터넷 상시 접속이 가능한 환경 덕분에) 다른 곳에서 벌어지는 일을 그 어느 때보다 직접적이고 정서적으로 밀접한 방식으로 '경험한다'는 점이다. 이렇게 경험은 배수의 비율로 급속히 증식되고 천 가지의 다양한 각도로 퍼져나간다.

예를 들어, 제2차 세계대전 당시에 소셜 미디어와 카메라폰이 있었다고 상상해보라. 포탄이 떨어진 곳곳의 참상, 강제수용소의 실상, 피투성이로 훼손된 병사들의 시신들, 이 모든 장면을 사람들이 시시각각 스마트폰으로 목격했다고 생각해보라. 만약 집단 전체가 그런 심리적 경험을 같이 겪었다면, 실제 전쟁터에 있었던 사람들의 공포심을 훨씬 능가하는 차원으로 사회적 공포가 확산되었을 것이다.

우리가 흔히 느끼는 기분, 해마다 작년이 올해보다 더 나았던 것 같은 기분은 어느 정도는 그냥 '기분' 그 자체일 뿐이라는 걸 항상 마음에 잘 새기고 있어야 한다. 우리는 점점 더 세상 온갖 뉴스가 쉬지 않고 만들어내는 거짓과 왜곡과 공포에 '접속'되고, 그것은 계속 우리를 우울하게 만든다. 이 감정은 전 세계가 다 함께 느끼는 불안이다. 진짜로 걱정할 일은, 처음 시작은 '조장된 공포'에 불과했지만 그것에서 증식된 더 많은 공포가 이제는 사람들의 감정만 자극하는 것이 아니라 실제로 우리 세상을 악화시키는 만행을 저지른다는 점이다.

테러 공격이 일어나는 장면의 영상을 접하면 우리는 언제 어디서든, 심지어 우리가 있는 곳에서도 테러 공격이 일어날 수 있다는 생각을 훨씬 쉽게 하게 된다. 이성적으로는 암이나 자살, 교통사고로 죽을 확률이 훨씬 높다는 사실을 알고 있어도 아무 소용이 없다. 우리가 뉴스에서 본 충격적이고 자극적인 테러 장면이 우리 사고를 장악해버리기 때문이다. 그리고 정치인들은 이 점을 이용한다. 그들은 공포를 일으켜 더 많은 분열을 조장한다. 그 결과 사회는 더 불안정해지고, 덕분에 테러리스트들은 자신들이 의도했던 목적, 즉 테러를 일으킬 수 있는 기회를 더 많이 획득한다. 그러면 또다시 정치인들과 정치선동가들은 이전보다 더 심한 공포 분위기를 조성한다.

마치 강박장애를 앓는 사람이 외출을 못 하거나 하루에 2백 번씩 손을 씻는 등 계속해서 자신의 공포를 더욱 노출시키는 것과 비슷하다. 그들은 스스로를 보호한다는 명목 아래, 실제로는 자신을 아프게 하느라 더 노력하는 셈이다. 하지만 지금 우리가 당면한 이 장애는 개인에 국한된 문제가 아니다. 이는 사회적, 전 세계적인 병이다.

그럼에도 우리는 인간이어야 한다

'이거 하나만 더 클릭하고!'

실험 쥐가 스위치를 누를 때마다 먹을 것이 생긴다면, 쥐는 계속 스위치를 누를 것이다. 그런데 스위치를 누른 결과가 불규칙적이라면, 예를 들어 어떤 때는 먹을 것이 나오고 어떤 때는 아무 일도 일어나지 않는다면? 쥐는 훨씬 더 자주 스위치를 눌러댈 것이다.

나도 한때는 소셜 미디어가 무해하다고 생각했다. 내가 소셜 미디어를 사용하는 이유는 그것이 재미있고 즐겁기 때문인 줄 알았다. 그러다 어느 날 그것이 더 이상 재미있지 않은데도 내가 계속하고 있다는 걸 깨달았다. 익숙한 느낌이었다. 술집에서 재미있게 놀다가 새벽 3시쯤 친구들이 모두 집으로 돌아가고 혼자 남겨졌을 때의 바로 그 기분.

알고리즘은 이런 나의 공감을 먹고 산다.

온라인 쇼핑을 하다 보면 내가 좋아할 만한 물건이라며 수두룩한 제품들을 알아서 척척 골라놓고 보여준다. 그뿐인가. 나와 비슷한 사람들이 좋아하는 물건까지 함께 보여준다.

유튜브에서 음악을 듣고 있으면 지금 듣고 있는 음악과 거의 똑같은 종류의 음악 목록을 줄줄이 소개해준다. 아마존 사이트에서 책을 구경할 땐 그 책을 이미 구매한 사람들이 함께 구매한 책의 목록까지 보여준다. 소셜 미디어에 접속하면, 내가 이미 팔로우하는 사람들과 비슷한 사람들, 말하자면 '나와 비슷한 부류의 사람들'을 추천해주며 그들도 함께 팔로우하라고 부추긴다.

알고리즘은 익숙한 것에서 벗어나지 말라고, '안전빵'으로 가라고 우리를 살살 구슬린다. 평균적으로 사람들 대부분은 자신이 벌써 들어보고 읽어보고 시청해보고 먹어보고 입어봤던 것과 비슷한 것들 위주로 듣고 읽고 보고 먹고 입기를 선호한다는 사실을 인터넷 기업들이 너무 잘 알고 있기 때문이다. 하지만 역사를 통틀어 봐도 우리가 그럴 수 있었던 적은 없다. 우리는 세상 밖으로 나가 우리와 다른 부류의 사람들과 상종하고 타협해야 했다. 사람뿐 아니라 우리가 좋아하지 않는 대상이나 사물과도 마찬가지였다. 정말 진저리치도록 싫은 일이었다.

그런데 지금은 훨씬 더 나쁜 상황인 것 같다.

앞으로 우리는 나와 생각이 다른 사람을 무조건 미워하게 될지도 모른다. 정치인들은 상대편에 손을 내밀려는 시도조차 하지 않게 될 수 있다. '다름'은 찬양의 대상이 아니라 두려움과 조롱의 대상이 된다. 비슷한 관점을 가진 사람들조차 아주 미미한 의견 차이도 서로 용납하지 못하여 결국 흩어지게 되고, 사람들은 한 가지 관점만 존재하는 아주 작은 세계에 갇혀버린다. 그리고 그 안에서 똑같은 내용에 대한 백만 가지 버전의 책을 읽고, 똑같은 노래를 듣고, 자신들의 의견만 서로 리트윗하며 살아가게 될지도 모른다. 이 세상 끝나는 날까지.

하지만 우리는 인간이다. 우리는 이 모든 것에 맞설 수 있다. 협소한 디지털 부락 안에 매몰되지 않도록 저항할 수 있다. 삶을 최대 대역폭까지 포용할 수 있다. 그렇게 하려고 우리는 항상 눈에 불을 켜고 방법을 찾고 있다. 그래, 물론 우리 인간은 좀 뒤죽박죽일 때도 있다. 하지만 그것이 우리의 강점이기도 하다. 우리가 어떤 일을 할 때, 그것이 반드시 논리적으로 타당하고 이해할 수 있는 일이기 때문만은 아니지 않은가. 지금의 기로에서 인터넷은 우리의 적이 아니라 동맹이 될 수 있다. 인터넷에는 세상이 통째로 담겨 있다. 인터넷은 우리가 원하는 것은 뭐든 될 수 있고 우리가 선택하는 곳이 어디든 그곳으로 우리를 데려다줄 수 있다. 우리는 그저 우리가, 때마다 우리 기분을 조종할 수 있는 테크놀로지도, 설계자도, 엔지니어도 아닌 반드시 우리 스스로가 그 모든 선택과 결정을 내리는 당사자가 되기만 하면 된다.

수십 년 전 인스타그램 계정이 아무도 없던 시절, 소설가 커트 보니것은 말했다.

"우리가 겉으로 행세하는 사람이 곧 우리로 규정된다. 따라서 우리는 어떤 사람으로 행세할 것인가에 대해 신중해야 한다."

이 말은 소셜 미디어 시대에 특히 더 맞는 말 같다. 과거부터도 우리는 항상 자기 자신을 세상에 선보여왔다. 어떤 음악 밴드의 티셔츠를 입을지, 무슨 말을 할지, 어느 부위의 털을 밀지 등을 결정하는 식으로 말이다. 하지만 소셜 미디어에서는 '보여주는 행위'가 한단계 더 강조된다. 현실의 우리와 우리의 온라인 자아 사이에는 딱한 발자국만큼의 차이로 영원히 지속되는 괴리가 있다. 우리는 움직이는 상품이 된다. 우리의 프로필 사진은 우리 자신을 본뜬 「스타워즈」 피규어 전시품이나 마찬가지다.

"파이프 그림은 파이프가 아니다"라고 르네 마그리트는 말했다. '기표와 기의'• 사이에는 영원히 좁혀질 수 없는 갭이 존재한다. 내절친의 온라인 프로필은 실제 내 절친과 다르다. 온라인에 업데이트한 '공원에서 보낸 하루'는 실제 공원에서 보낸 하루가 아니다. 내가 얼마나 행복한지 세상에 떠들어대고 싶은 욕망은 내가 지금 얼마큼 행복한지와는 아무 상관이 없다. 진짜 행복은 자기 자신과 남을 비교하지 않을 때에 온다.

• 소쉬르의 언어학 개념. '기표'는 소리나 글자 같은 기호 형태, '기의'는 소리나 글자로 표현된 의미(관념)를 말한다. 사과(기의)가 우리나라에서는 '사과', 미국에서는 'apple', 독일에서는 'apfel'이라는 글자(기표)로 각각 다르게 표시되는 것처럼, 기표와 기의 사이에는 필연적 상관관계가 없다는 소쉬르의 주장을 빌려 현실과 온라인의 무관함을 비유한 말이다.

SNS 유저들의 SNS에 대한 생각

신경쇠약에 걸린 지구별로부터 내 정신을 지켜내기 위한 여정을 지나오면서 나는 만약 모든 소셜 미디어를 완전히 끊어버린다면 어떤 기분이 들지 궁금해지기 시작했다. 소셜 미디어가 없는 삶은 과연 어떨까. 그 답을 알아보기 위해 어쩔 수 없이…… 소셜 미디어에 들어갔다.

일단 아주 단순하고 광범위한 질문 하나를 내 트위터 팔로워 몇 사람에게 던져보기로 했다.

'소셜 미디어는 당신의 정신 건강에 긍정적인 영향을 끼칩니까, 부정적인 영향을 끼칩니까?'

이 질문이 아픈 데를 찌른 모양이었다. 나는 2천 개가 넘는 댓글을 받았다. 당연하게도 그 댓글들이 내놓은 것은 아주 복잡하고 난

해한 하나의 그림 같았다. 그런데 이들이 소셜 미디어에서 고정적으로 열심히 활동하는 사람들이라는 점을 고려하면, 그림은 의외로 상당히 부정적이었다. 그러니까 내 말은, 정기적으로 책을 읽거나 영화를 보거나 승마를 하거나 등산을 하는 사람들에게 같은 질문을 던졌다면 아마 이렇게까지 엇갈리는 반응이 나오진 않았을 것 같다. 아무튼, 그중 대표적인 대답 몇 가지를 골라봤다.

소셜 미디어는 불안을 유발하는 원인인 동시에 불안을 해소하는 방법이기도 하다. 마음이 불안할 때 머리를 식히려고 아무 생각 없이 SNS를 위아래로 훑고 있으면 마음이 편해진다. 하지만 그 와중에 사람들의 품평을 받으리라는 것을 뻔히 알면서도 자꾸만 무엇이든 포스팅하는 것은 엄밀히 말해 마음을 안정시킬 만한 방법은 아니다. _@AprilWaterson

나쁜 영향이 더 큰 것 같다. SNS를 하다 보면 꼭 나 자신의 '비하인드 감정(외로움, 불안 등)'과 다른 사람들의 '하이라이트 장면(친구들과 어울리거나 성취를 이뤄낸 모습 등)'을 비교하게 된다. 그런 장면이 그들의 삶을 있는 그대로 반영하지 않는다는 걸 알면서도 여전히 신경이 거슬린다. _@deansmith7

정신적으로 정말 힘들 때 혼자 침대에서 SNS 피드를 보다 보면 시간이 금방 간다. 하지만 대체 왜 그러고 있는지 나도 모르겠다. 그 시간에 그 것 말고 더 생산적인 일을 할 수도 있는데. 그래서 기분이 나아지진 않는다. 그건 확실하다! _@Fabteachertips

나는 자살 충동을 느끼는 지경까지 이른 뒤 페이스북을 끊었다. 그랬더니 슬슬 자신감이 붙는 게 느껴졌다. 페이스북에선 사람들이 자신의 가장 이상적인 모습을 주로 보여주는 것 같다. 트위터는 사용하지만 록스타 몇 명과 강아지 계정만 팔로우하기 때문에 스트레스 받는 일이 훨씬 적다. _@immi_wright

내 처지를 공감하고 이해하는 사람들과 교류할 수 있다는 점은 좋다. 단점은 SNS가 중독의 불쏘시개라는 점이다. 약물 남용이 결국 중독으로 이어지는 것처럼. _@kieran_sangha

긍정적으로 생각한다. 현실에서는 나를 이해해주는 사람이 단 한 명도 없다. 내가 혼자가 아니라는 걸 아는 것만으로도, SNS는 말 그대로 사람 목숨 하나를 살리는 셈이다. 세상 그 어떤 도구도 잘못 쓰이면 해로울 수 있지만 제대로 사용하면 이렇게 좋을 수가 없다. _@hayleym_swvegan

반반이다. 좋은 점은 내게 영감을 주는 사람들, 내가 좋아하는 사람들과 쉽게 관계를 맺을 수 있는 것. 나쁜 점은 익명 공간에서는 못된 짓을 해도 대가가 따르지 않기 때문에 남을 괴롭히기 위한 플랫폼으로 악용되는 것. _@bonniegrrl

SNS가 없던 어린 시절엔 우울증으로 고통받는 사람이 이 세상에 나 혼자뿐인 줄 알았다. 나는 항상 외톨이가 된 기분이었고 그나마 내가 알고 지내는 사람들도 모두 해로운 친구들뿐이었다. 하지만 SNS 덕분에 전

세계의 수많은 멋진 사람과 소통할 수 있게 되었다. _@MsEels

나는 소셜 미디어에서 일한다. 소셜 미디어가 긍정적인 면도 있다고 생
각하지만, 멀리 떨어져 있는 친구들과 연락을 유지할 수 있는 다른 방법
이 있다면 소셜 미디어를 전부 멀리했을 거다. 소셜 미디어는 끔찍한 사
람들의 무기로 악용되고 있다. 나는 2004년에 페이스북에 가입했지만
지금은 그냥 추억 보관용으로 계정만 유지하고 있다. _@TheKyleMurray

최근에 들은 말이 있다. '페이스북은 사람들이 자기 친구들에게 거짓말
을 하는 공간, 트위터는 사람들이 낯선 이들에게 진실을 말하는 공간.'
_@james____s

나는 온라인에서 진짜 친구들을 만났다. 진심으로 손을 뻗기만 하면
SNS에서 얻는 지지와 격려도 진짜가 될 수 있다. 또 기분이 다운되고 나
자신이 쓸모없게 느껴져서 혼자 틀어박혀 있을 때 SNS는 나와 단절된
세상 밖을 내다볼 창문이 될 수도 있다. _@abigailrieley

둘 다. 소셜 미디어에서는 적정선을 잘 정해놓는 것이 중요하다. 어쨌든
그 선만 확실히 지키고 관리하면 SNS도 이로운 방향으로 활용할 수 있다.
@JayneHardy

반반이다. 혼자 일하는 작가이다 보니 내게는 소셜 미디어가 사회적 교
류의 통로가 되고 덕분에 미치지 않을 수 있다. 하지만 내 생각에 소셜

미디어는 인간성의 최고의 측면, 그리고 좀 더 빈번하게는 최악의 측면을 부각시키는 것 같다. 그런 특성 때문에 내 불안이 심해지기도 한다. _@ClaireAllan

나는 SNS를 통해 접할 수 있는 여러 가지 아이디어와 뉴스, 다채로운 사진을 좋아한다. 친구들이 어떻게 지내는지 볼 수 있는 것도 좋고 더 많은 사람과 소통하는 것도 좋다. 하지만 몇 분 이상 SNS를 하다 보면 마치 내가 보잘것없는 인간처럼 느껴지기 시작한다. 그것도 점점 더 심하게. _@HollieNuisance

소셜 미디어는 내 신경을 긁어서 나를 분노의 말다툼으로 끌어들인다. 그러면 나는 완전히 질려버려서 전부 다 차단해버리고 싶어진다. 그런 다음엔 이 과정이 다시 반복된다. _@colemoreton

인스타그램을 보면 질투심이 느껴지고, 페이스북을 보면 화가 나고, 트위터는 가끔 스트레스를 준다. _@ourrachblogs

사람들이 남의 말은 듣지 않고 그저 서로에게 소리만 질러대는 방 안에 있는 느낌이 들 때가 있다. 그럴 때는 거기서 한 걸음 물러나야 한다. 하지만 다른 한편으론 사람들을 서로 연결해주고 힘과 격려가 되어주는 기능도 있고 일종의 공동체 의식도 느끼게 해준다. 내 생각에 이 문제에서 더 심각한 일은 '항상 켜져 있는' 스마트폰이다. 스마트폰을 내려놓고, 가상 세계가 아닌 나를 둘러싼 진짜 세계에 집중하려면 따로 시간을 만들어야 할 지경이다. 적어도 나에겐 그것을 잘 조절하는 것이 소셜 미디어에 휘둘리지 않는 방법이다. _@nijay

이들의 이야기 속에 행복의 열쇠가 전부 숨어 있다.

자신의 현실 자아를 가상의 자아와 비교하지 않는 것, '만약 그랬더라면'이라는 늪에 빠지지 않는 것, 다른 선택을 내린 덕분에 다른 평행 우주에 살고 있는 수많은 다른 버전의 자신을 상상하느라 머릿속을 어지럽히지 않는 것.

인터넷 시대는 '선택'하고 '비교'하라고 우리를 부추기지만, 이것을 자기 자신에게 적용하지 말아야 한다. "비교는 기쁨을 빼앗아가는 도둑"이라고 시어도어 루스벨트도 말했다. 나는 나고, 과거는 과거다. 더 나은 삶을 살고 싶다면 바로 지금 이곳, 현재 속에서 만들어내는 수밖에 없다. 후회에 집착해봤자 달라지는 건 아무것도 없다. '현재의 이 순간'을 나중에 돌이켜봤을 때 '내가 다르게 했더라면 좋았겠지만 그렇게 되지 않은 그 무엇'으로 바뀌어 있을 뿐이다. 자기 자신의 현실을 그대로 받아들여라. 실수를 저지르는, 미래를 두려워하지 않는, 지금 이대로도 충분한, 인간다운 인간이 되라. 자기 삶의 위치를 있는 그대로 받아들이면, 자기 처지를 비관하지 않으면서도 타인을 위해 진심으로 기뻐하는 것이 훨씬 쉬워진다.

빛의 포로

2049년의 어느 심리상담.

로봇 상담사: 자, 무슨 문제로 찾아오셨습니까?

내 아들: 음, 그러니까…… 근원은 부모님이었던 것 같아요.

로봇 상담사: 아, 그렇습니까?

내 아들: 특히, 우리 아빠요.

로봇 상담사: 아빠가 어땠는데요?

내 아들: 아빠는 항상 자기 핸드폰만 보고 있었거든요. 저보다 핸드폰을 더 신경 쓰는 것 같았어요.

로봇 상담사: 절대 그렇지 않았을 겁니다. 그 당시 세대의 사람들 대부분은 핸드폰 사용이 초래할 결과를 모두 알지 못했어요. 그들은 자신들

이 얼마나 중독되었는지도 몰랐습니다. 지금과 비교하면 그때는 모든 것이 새로웠다는 사실을 명심하세요. 게다가 다른 사람들도 다르지 않았어요.

내 아들: 어쨌든 그게 저한테는 이런저런 문제를 일으켰죠. 전 왜 나는 트위터 피드만큼 아빠한테 흥미로운 존재가 아닐까, 왜 나는 아빠의 핸드폰 스크린만큼 눈길을 끄는 훌륭한 존재가 아닐까, 아빠를 방해해야만 아빠의 관심을 끌 수 있을 것 같은 기분이 들지 않았으면, 같은 생각을 많이 했어요. 물론 이 모든 것은 다 2030년 혁명이 일어나기 전의 일이죠.

로봇 상담사: 음. 그래서 아빠는 지금 어디 있죠?

내 아들: 2027년에 돌아가셨어요. 웃긴 움짤을 검색하고 있다가 무인 운전 자동차에 치였거든요.

로봇 상담사: 정말 슬픈 일이군요. 그 후로 당신은 뭘 하고 있었죠?

내 아들: 로봇 아빠를 구하는 데에 전념했어요. 홀로그램 방식의 옵션도 전부 살펴봤지만 제가 원한 건 실제로 안아줄 수 있는 아빠였거든요. 그리고 아빠가 핸드폰 알림을 절대 확인하지 못하게 프로그래밍도 해놓았죠. 이제 아빠는 내가 원할 때마다 내 곁에 있어줘요.

로봇 상담사: 오, 그것참 잘됐군요!

●

어렸을 때 나는 거리의 가로등과 붉은빛으로 달아오른 창문에 마음을 사로잡히곤 했다. 자동차 뒷좌석에 앉아 차창 밖을 하염없이 바라보며, 건물의 창문들이 마치 ET의 몸속에서 뿜어나오는 불빛처럼 붉은 커튼을 뚫고 나온 다홍 불빛을 번쩍번쩍 내뿜는 모습에 시선을 빼앗기곤 했다. 그 창문 안에서는 어떤 삶이 펼쳐질까 궁금했다.

인공조명의 강렬한 불빛에는 사람들의 넋을 빼앗는 무언가가 있는 것 같았다. 내가 여덟 살이었던 1983년에 부모님은 『브리태니커 디스커버 아메리카』라는 오래된 여행 책자를 한 권 갖고 계셨다. 그 책에서 라스베이거스 스트립°의 야경 이미지를 발견한 내가 엄마에게 "나 여기 가고 싶어요"라고 선언하듯 말하자 엄마가 그저 얼굴 가득 혐오스러운 표정만 지어 보이셨던 일이 기억난다. 엄마는 나를 그곳에 데려가주지 않았다.

"밤이 늦었네."

내가 아내에게 말한다.

우리는 책을 좀 읽다가 마침내 불을 끈다. 늘 그렇듯 또 잠잘 시간을 놓친 뒤다. 그때마다 나는 그 시각 우리 집 밖을 지나는 행인의 눈앞에서 우리 창문의 네모난 불빛이 컴컴하게 변하는 모습을 상상한다.

"잘 자."

아내가 말한다.

"잘 자."

° 라스베이거스에서 리조트호텔과 카지노가 밀집해 있는 약 6.8km에 달하는 화려한 거리 구간.

그리고 시간이 흘러 자정을 좀 넘긴 무렵이면 온통 어두컴컴한 방 안에 핸드폰 액정만 밝게 빛난다.

"당신 안 잘 거야?"

"자보려고 했는데, 가슴이 쿵쾅거려서."

"그러니까 핸드폰을 그만해야지."

"그냥, 이명이 심해져서. 머릿속이 어수선해서 그래."

"핸드폰 때문에 나도 잠을 못 자겠어."

"아, 그렇구나. 미안, 치울게."

"자꾸 그렇게 밤잠을 잘 못 자면 어떻게 될지 당신도 알잖아."

"응, 알지. 얼른 자……."

그리고 나는 눈을 감는다. 내 마음은 여전히 천 가지 걱정거리로 요동을 친다. 라스베이거스의 불 밝힌 간판들처럼 내 정신을 사로잡으며 내 꿈을 오염시키다가 날이 밝으면 줄줄이 햇빛에 녹아 없어질 숱한 걱정들.

인간답게 작동하는 인간이 되기 위하여

1   항상 '대기 중'이어야 한다는 부담을 버려라. 편지와 유선전화로 교류하던 그리 오래지 않은 과거엔 사람들과 연락을 주고받는 것이 더디고 불확실했으며 수고로운 일이었다. 한편, 카톡과 메신저 시대에는 연락이 공짜인 데다 간편하고 즉각적이다. 이런 편리함의 이면에는 우리가 항상 건너편에 '대기'하고 있다가 곧바로 전화를 받고 문자메시지에 답장을 보내고 이메일에 회신하고 SNS를 업데이트할 것이라는 응분의 기대가 숨어 있다. 하지만 우리는 그런 의무감을 느끼지 않기로 선택할 수 있다. 가끔은 사람들을 그냥 기다리게 해도 된다. 당신의 모든 계정을 과감하게 묵혀둬보라. 당신의 친구가 진짜 친구라면 당신에게 머리를 식힐 시간이 좀 필요하다는 것을 이해해줄 것이다. 만일 진짜 친구가 아니라면, 굳이 답

장할 필요가 뭐가 있겠는가.

2   알림을 꺼두라. 이것이 필수나. 이 방법 덕분에 나는 그나마 멀쩡한 정신을 유지할 수 있다. 전부 다, 모든 알림을 꺼라. 꼭 필요한 알림 같은 건 없다. 통제권을 탈환하라.

3   하루 중 핸드폰과 떨어져 있는 시간을 가져라. 물론, 나도 이 점엔 아주 취약하다. 하지만 점점 나아지고 있다. 그 누구도 핸드폰이 24시간 필요한 사람은 없다. 꼭 침대맡에 둘 필요도 없고, 밥상머리에서도 마찬가지다. 조깅하러 나갈 때도 반드시 가져가야 하는 건 아니다. 나는 요즘 산책을 나갈 때 핸드폰을 집에 두고 나간다. 무슨 대단한 성과나 되는 양 떠벌리는 것이 어이없겠지만 나로서는 정말 큰 변화다.

4   새 메시지가 오지 않았는지 2분마다 액정을 확인하느라 홈 버튼을 누르는 행위를 멈춰라. 확인하고 싶은 욕구가 느껴져도 확인하지 않는 훈련을 하라.

5   자신의 불안 잣대를 핸드폰에 남은 배터리 양과 결부시키지 마라.

6   핸드폰에 대고 욕하지 마라. 핸드폰에 하소연하지도 마라. 핸드폰과 협상하지 마라. 핸드폰을 방 건너로 던지지 마라. 핸드폰

은 당신의 기분에 신경 쓰지 않는다. 핸드폰에 신호가 잡히지 않거나 전원이 꺼진 것은 당신을 미워해서가 아니다. 단지 핸드폰이 무생물체이기 때문이다. 한마디로 그것은 그냥 '핸드폰'일 뿐이다.

7   핸드폰을 잠자리에 두지 마라. 아마 대부분이 핸드폰을 알람 시계로 쓰기 때문에 침대맡 가까이 두고 잠자리에 들 것이다. 나도, 우리 부모님도 그렇다. 어쩌면 우리 침대 자체가 핸드폰이 되는 날이 올지도 모르겠다. 그런데 몇 번 실험해본 결과 나는 핸드폰이 옆에 없을 때 잠을 더 잘 잤다. 다른 방에 두거나 심지어 그냥 같은 방 안 저편에만 두어도 그랬다. 비현실적인 방법이라는 거, 나도 안다. 그래도 목표가 있다는 건 좋은 일이다. 성취하기 위해 노력할 꿈이 있다는 것, 더는 침대맡에 핸드폰이 없어도 괜찮을 정도로 우리가 강인해질 그런 날을 꿈꿔볼 수 있다는 것만으로도 좋은 일이다. 오래전, 1800년대, 1900년대, 2006년의 하루하루처럼.

8   앱 미니멀리즘을 실천해보라. 과다한 앱과 옵션은 여러 선택지를 주지만 그에 비례해 우리의 스트레스도 늘어난다. 우리는 태어날 때부터 전화기를 지니고 있지 않았다. 그런데도 삶은 여전히 아름다웠다.

9   멀티태스킹하려 하지 마라. 핸드폰이 길 안내부터 기타 조율까지 모든 걸 할 수 있다 보니 우리 자신도 그만큼 많은 일을 한꺼번에 할 수 있을 거라 믿게 되는 건 당연하다. 나 역시 이 글을 쓰는

동안 이메일이나 문자메시지, 소셜 미디어를 확인하지 못하게 스스로를 강하게 제지해야 했다. 신경과학자인 대니얼 J. 레비틴에 따르면, 인간은 본래 멀티태스킹이 가능하게 생겨먹은 존재가 아니다. 그는 자신의 저서『정리하는 뇌』에서 "비록 우리 스스로 생각하기에는 자신이 많은 일을 처리하고 있는 것처럼 보이지만, 역설적이게도 멀티태스킹은 우리의 효율성을 확연히 떨어뜨린다"라고 적었다. 멀티태스킹은 뇌의 집중력이 떨어질 때 도파민을 보충해주는 보상 작용을 통해 도파민 중독의 악순환을 일으킨다. 또한 스트레스를 증가시키고 지능지수를 떨어뜨릴 수 있다. "(멀티태스킹을 하면) 우리는 지속적이고 집중적인 노력을 기울여 큰 보상을 성취하는 대신, 사탕발림 된 천 가지의 자잘한 과제를 완수하고 영양가 없는 보상을 얻게 된다"라고 레비틴은 결론 짓는다.

10   불확실성을 받아들여라. 핸드폰을 자꾸만 확인하고 싶은 마음이 드는 것은 불확실성 때문이고, 불확실성은 엄청난 중독성을 유발한다. 우리는 문자를 보내면 상대의 답장을 기대한다. 그런데 답장이 왔는지 안 왔는지 불확실하니, 또 확인하고 싶어진다. 내 SNS 계정에 새로운 댓글이 달렸는지도 알고 싶다. 그런데 왜 꼭 지금 당장 알아야 하는 걸까? 왜 나의 자는 시간, 회의, 산책, 식사가 다 끝날 때까지 미루면 안 되는 걸까? 회의 중 혹은 장례식 참석 중에 왜 꼭 그렇게 핸드폰을 확인해야 하는 걸까? 아무리 확인해도 결코 완전한 만족에 도달할 수 없다는 사실을 확실히 깨닫게 된다면 우리는 멈추지 않을까? 실제로 불확실성에는 끝이 없으니까. 핸드

폰에 관한 한 마지막 확인이란 있을 수 없다. 어제 자신이 핸드폰을 확인한 순간을 전부 떠올려보라. 그렇게 자주 볼 필요가 있었는가? 나는 확실히 아니었다. 나 자신은 많이 줄이긴 했지만 그래도 아직 갈 길이 멀다. 당신은 하루에 얼마나 자주 핸드폰을 만지거나 보는가? 횟수를 일일이 세기도 어려울 것이다. 아마 수백 번 단위일 것이다. 나는 가끔 나 자신에게 이렇게 묻는데, 당신도 한번 생각해봤으면 좋겠다. 핸드폰을 하루에 다섯 번쯤 본다고, 과연 무슨 큰 재앙이 닥칠까?

주머니 속의 애물단지

2018년 초, 이 책을 집필하는 중에 영국 일요판 신문 「옵서버」 기획 기사에 참여해달라는 요청을 받았다. 소설가이자 수필가인 제이디 스미스에게 다수의 작가가 질문을 던지는 형식의 기사였다. 나는 요청을 받아들였다. 이전에 문인들 파티에서 스미스를 몇 번 본 적이 있었는데, 당시 나는 작품을 처음 출간한 데다 불안증으로 입도 못 떼는 상태였던지라 감히 먼저 말을 붙일 엄두조차 내지 못했었다. 그러니 더더욱 이번 기회를 놓칠 수 없었다.

소셜 미디어에 대한 그녀의 회의주의적 관점, 자신의 '틀려도 될 권리'를 그녀가 얼마나 중요하게 여기는지에 대해서는 이미 읽어본 터였다.

나는 스미스에게 물었다.

"당신은 소셜 미디어가 사회에 미치는 영향이 걱정됩니까?"

스미스는 굳이 말을 돌리지도 않고 스마트폰에 대한 비판으로 대답을 시작했다.

"나는 스마트폰은 딱 질색입니다. 어떤 종류의 스마트폰이든 내 삶에 들이고 싶지 않아요. 나를 불안과 우울에 빠지게 하고 감정을 메마르게 하고 사람을 미치게 만드니까요. 하지만 다른 사람들이 스마트폰 덕분에 사는 게 즐겁고 그것을 본인의 삶에 뜻 깊은 물건으로 여긴다면, 저는 그런 사람들도 전적으로 지지합니다."

그녀는 지금이야말로 우리가 테크놀로지를 어떤 식으로 사용하고 있는지 제대로 들여다봐야 할 적절한 시기라고 믿는다.

"당신 주머니에 들어 있는 그 작은 기기가 당신과 타인의 친밀한 교제나 관계에 어떤 작용을 하고 있을까요? 사회 구성원으로서의 당신의 행동에는요? 어쩌면 아무 영향도 주지 않을 수 있죠! 어쩌면 전부 아주 괜찮을 수도 있습니다. 하지만 만약 그렇지 않다면요? 밤마다 그 물건을 꼭 우리 베개 옆에 고이 두고 자야 할까요? 일곱 살짜리 우리 아이들에게 스마트폰이 필요할까요? 우리의 스마트폰 의존성과 집착을 아이들에게 정말 물려주고 싶은 겁니까? 이런 문제들 모두 철저하게 심사숙고되어야 합니다. 테크놀로지 기업들이 우리 대신 결정하게 내버려두어선 안 됩니다."

나는 제이디 스미스보다 스마트폰을 훨씬 더 많이 사용하고, 나 역시 그녀가 느끼는 불안의 상당 부분을 똑같이 느낀다. 심지어 테크 기업에서 일하는 사람들조차 같은 우려를 하고 있다는 징후들이 있다. 그렇다는 건 곧 우리같이 평범한 사람들은 그렇게 막강한 기업들이 우리를 어디로 데려가고 있는지에 대해 훨씬 더 많이 걱정해야 한다는 뜻이다. 일례로 애플이나 야후의 많은 임직원은 자기 자녀들을 로스알토스에 소재한 월도프 스쿨The Waldorf School of the Peninsula처럼 아예 기술을 배제하는 학교에 보낸다는 사실이 2011년 「뉴욕타임스」에 보도된 바 있다.

또한 테크 기업의 수많은 내부자는 공개적으로 나서서 과거 자신들의 조력으로 만들어진 여러 기술에 대해 경고하고 있다. 페이스북의 '좋아요' 버튼을 개발한 저스틴 로젠스타인은 테크놀로지의 중독성이 너무 강하기 때문에 아예 자신의 스마트폰에 보호자 제어 장치를 해두고 앱 다운로드나 소셜 미디어 사용을 강제로 제한한다고 밝혔다. 이런 점과는 별개로 한 가지 더 특기할 만한 사실은, 페이스북의 '좋아요' 기능을 통해 데이터 마이너°들이 우리가 어떤 사람인가를 알아낼 수 있다는 점이다. 우리의 온라인 '좋아요'는 성 지향성부터 정치 성향까지 우리의 모든 것을 드러내며, 2018년의 케임브리지 애널리티카 정보 유출 사건에서 확인된 것처럼 그 데이터가 수집되어 우리에게 더 큰 영향을 주려는 의도로 이용될 수도 있다. 당시의 보고서에 따르면, 비즈니스 업계와 정치 그룹이 '대상 집단의 행동을 수정할 수 있도록' 관련 서비스를 제공하는 이 영국 기업은 5천만 명에 달하는 페이스북 사용자들의 데이터를 부당하게 입수하여 이용했다.

로젠스타인은 2017년 「가디언」과의 인터뷰에서 마치 현대판 프

° data miner, 특정 목적을 위해 데이터를 분석·관리하는 전문가.

랑켄슈타인 박사처럼 말한다.

"인간들이 최선의 의도로 개발한 것들이 원래 의도와는 상관없이 부정적 결과로 이어지는 경우는 매우 흔합니다. (중략) 인간이라면 누구나, 항상, 무언가에 주의를 빼앗기게 마련입니다."

이와 비슷하게 트위터 창립자 중 두 인물도 유감의 뜻을 밝혔다. 2010년 CEO 자리에서 물러난 에반 윌리엄스는 2017년 「뉴욕타임스」와의 인터뷰에서 트위터가 어떤 식으로든 도널드 트럼프의 대통령 당선을 도왔다는 점이 기분 나쁘다고 말했다.

"정말 나쁜 일입니다. 그 모든 일에 트위터가 일조했다는 사실이요."

또 한 명의 트위터 공동창립자인 비즈 스톤은 조금 다른 점에 대해 개탄한다. 그는 미국 비즈니스 매체 '아이앤씨닷컴'과의 인터뷰에서 '트위터는 사용자들이 자기 게시물에 모르는 사람까지 태그할수 있는 기능이 허용된 순간부터 엄청나게 잘못된 길로 들어선 셈이며, 그 탓에 괴롭힘이 난무하는 환경이 만들어졌다'는 의견을 밝혔다. 또 다른 온라인 매체 '버즈피드'의 기사에서 한 트위터 임직원은 트위터를 "개자식들을 꼬이게 만드는 꿀단지"라고 불렀다.

그리고 2018년 초에 애플의 CEO 팀 쿡은 영국 에식스에서 한자리에 모인 학생들에게 '아이들은 소셜 네트워크를 사용해서도, 테크놀로지를 절대 과용해서도 안 된다'는 생각을 밝혔는데, 이것만 보더라도 이 모든 문제가 단순히 '러다이트들'의 기우만은 아님을 보여준다.

실제로, 한때 테크 기업에 몸담았던 일단의 사람들은 한 걸음 더 나아가 '인간 중심 기술 센터Center for Humane Technology'를 설립했다. 인간의 이익을 최우선시하는 방향으로 테크놀로지를 바로잡고, '디지털에서의 관심 쟁탈 위기'를 반전시키려는 취지였다.

그리고 마침내 최근에는 테크 업계 인물들이 한자리에 모여 함께 문제를 논의하려는 노력이 활발히 이루어지고 있다. 일례로 2018년 워싱턴에서 열린 '테크놀로지에 대한 진실Truth About Tech'이라는 회담에서 연설자로 나선 이들 중에는 젊은 세대의 테크놀로지 중독 방지 투쟁에 주력하는 커먼센스미디어Common Sense Media와 같은 로비 집단 구성원들과 여러 정치인 외에도 구글의 전 '윤리학자'이자 이제는 테크 업계의 내부 고발자로 명성을 떨치고 있는 트리스탄 해리스, 페이스북의 초기 투자자였던 로저 맥나미 같은 인물이 포함되어 있었다. 회담에서는 걱정스러운 문제점이 다양하게 제기되었다. 구글의 지메일이 사람들의 마음을 '탈취hijack'하는 방식이라든가, 스냅챗이 '스냅챗 스트릭' 같은 기능을 통해 사용자가 친구들과 하루에 얼마나 많은 채팅을 주고받았는지를 확인할 수 있게 함으로써 10대들의 우정을 볼모로 테크 중독을 부추기는 방식 등의 문제였다. 「가디언」 기사에 따르면, 트리스탄 해리스는 '어디든 원하는 곳에 카지노를 지어라' 풍의 기조에 비추어 테크 업계를 서부 개척시대에 비유했고, 맥나미는 오래전 담배가 건강에 좋은 것으로 홍보되고 즉석요리 제조사들이 자기들의 상품이 소금 범벅이라는 사실을 미처 밝히지 못했던 과거 시절의 담배 및 식품 업계에 비유했다. 하지만, 담배 중독과 테크 중독에는 차이점이 있다. 담배한테는 우리에 대한 정보가 없다. 담배는 우리의 데이터를 수집하지 않는다. 담배는 우리 가족만큼 나라는 사람에 대해 더 잘 알지 못한다. 인터넷은 당연히 우리에 대해 모든 것을 알아낼 수 있다. 친구가 누구인지, 음악 취향이 어떤지, 건강에 대한 관심사는 무엇인지, 연애 관계는 어떤지, 어떤 정치 성향이 있는지. 게다가 인터넷 기업들은 자기들의 제품을 한없이 더 중독적으로 만들기 위해 이런 정보를 줄기차게 활용할 수도 있다. 그리고 지금 당장은 그런 기업들을 제재할 규제 장치가 많지 않다는 것이 업계 내부자들의 경고다.

이와 같은 우려를 강력하게 뒷받침하는 연구 결과도 점점 더 많아지고 있다. 그 예로, 테크놀로지 때문에 사람들이 '끊임없는 주의력 배분'* 습성에 빠질 수 있음을 보여주는 연구, 그리고 사람들이 어떤 식으로 기술에 중독될 수 있는지를 밝힌 여러 연구가 있다. 또한 2017년 텍사스주립대학교의 맥콤비즈니스스쿨에서 수행한 연구는 스마트폰이 그냥 옆에 있는 것만으로도 우리의 인지능력을 떨어뜨릴 수 있다는 결론을 내리기도 했다.

이 책을 쓰는 지금 시점에는 '스마트폰 중독'이나 '소셜 미디어 중독'이 아직 공식적인 심리 장애로 인정되진 않았지만, 최근 세계보건기구가 비디오게임 중독을 공식적인 정신장애로 분류한 사실은 테크놀로지가 우리의 정신 건강에 얼마나 심각한 영향을 미칠 수 있는지에 대한 이해도가 높아지고 있다는 뜻이기도 하다. 하지만 그 이해도는 여전히 갈 길이 먼 수준이고, 정신이 혼미할 정도로

* continual partial attention, 주도적 인물이 되고 싶거나 소외되기 싫어서 각종 기회, 활동, 인맥, 관계를 끊임없이 물색하거나 활용하는 데 자신의 가용한 주의력을 세분화하는 무의식적인 정신 작용.

빠르게 변하는 기술에 비하면 턱없이 뒤떨어져 있음은 더 말할 것
도 없다.

그래도 압박의 수위가 높아지고는 있다. 한 예로 2018년 CNN의
보도에 따르면, 무적의 유니레버는 페이스북과 구글의 유해 콘텐츠
가 '사회적 신뢰를 무너뜨리고 사용자에게 해를 끼치며 민주주의
의 토대를 위태롭게 하고 있다'고 지적하며 두 기업이 개인정보 보
호 문제, 부적절한 콘텐츠, 미흡한 아동보호 장치 등을 포함한 병폐
에 대해 개선 노력을 하지 않으면 광고를 철회하겠다고 경고했다.
인터넷 기업들의 막강한 힘에는 막강한 책임감이 함께 수반되어야
한다는 인식도 높아지고 있다. 하지만 우리도 압박의 필요성을 이
제야 깨닫기 시작한 마당에, 과연 실효성 있는 사회적·재정적 압박
없이 이 기업들이 얼마만큼 책임감 있는 대책을 마련해낼지는 논란
의 여지가 있다. 패스트푸드나 담배, 총기류 업계와 마찬가지로 비
즈니스의 잠재적 문제를 가장 보기 싫어할 주체는 그 비즈니스에서
이익을 챙기는 기업 당사자들일 테니 말이다. 그러므로 우리는 우
리에게 경종을 울리는 사람들 중 업계 내부자들의 말은 특히 더 귀
기울여 들어야 한다.

잘 고독해진다는 것

도시사회의 역설은 바로 이것이다. 과거 그 어느 시대에도 우리가 지금만큼 밀접하게 연결되었던 적도, 지금만큼 더 혼자였던 적도 없었다. 자동차가 버스를 대체했고, 재택근무(또는 실직)는 작업 현장을 대체했고 이제는 일반 사무실마저 대체하고 있다. TV는 음악 공연장을 대신하고, 넷플릭스는 새로운 영화관이 되고 있다. 소셜 미디어는 '술집에서 친구들과 어울리기'의 새로운 버전이다. 사무실의 간이 휴게실은 트위터로, 집단 사고와 공동체 의식은 개인주의로 교체되었다. 서로 얼굴을 맞댄 대화는 점점 줄어들고 아바타와의 교류가 증가하고 있다.

인간은 사회적 동물이다. 조지 몬비오 교수의 말을 빌리자면, 우리는 '포유류계의 벌'이다. 그런데 우리의 벌집이 그사이 완전히 변질되었다.

해가 갈수록 가상 세계의 친구들은 늘어나고 현실에서 만나는 친구들은 그 수가 점점 줄어들고 있는 게 확연히 느껴질 정도다.

나는 이러한 흐름을 바꾸기로 결심하고 일부러 노력을 기울여 일주일에 적어도 한 번은 밖으로 나가 친구들과 어울린다. 그러고 나면 기분도 더 나아진다.

내가 느끼는 것은 레코드판이나 CD에 대한 향수 같은 것이 아니다. 나는 얼굴을 맞대고 하는 소통이 그립다. 페이스타임이나 스카이프에서가 아니라 가끔 비바람이 몰아치기도 하는 바깥에서 상대와 그저 공기만을 사이에 두고 나누는 진짜 대화 말이다. 집에 있을 땐 노트북을 덮고 아이들과 이야기를 나누려고 노력한다. 아이들이 자라는 내내 자신들이 맥북프로와의 우선순위 경쟁에서 밀렸다고 느끼지 않기를 바라기 때문이다. 친구들과의 만남 약속도 단지 '그냥 귀찮아서'라는 이유로 취소하지 않으려고 노력한다.

이건 정말 수고스러운 일이다. 빌어먹을 정도로 어렵다. 아침 먹기 전에 벌써 열일곱 번째 확인하는 SNS 좀 그만 끄라고 나 자신을 설득하는 것보다 북한이 핵무기 개발을 중단하도록 설득하는 것이 더 쉽겠다 싶은 날도 있다. 온라인 교제는 그렇게 쉬울 수가 없다. 날씨가 어떻든 전천후다. 택시를 탈 필요도 옷을 다릴 필요도 없다. 그래서 너무 좋을 때도 가끔 있다. 사실 너무 좋을 때가 많다.

하지만 내 영혼의 저 깊고 깊은 지하 동굴 맨 밑바닥에서는, 비즈니스의 손아귀에 있는 이 디지털 환경이, 무향 무취에 인공 빛으로 환하게 빛나는 이 분열적 환경이 내 모든 욕구를 채워줄 수 없다는 사실을 이미 알고 있다. 멋진 레스토랑에서 식사할 때만 느낄 수 있는 온전한 즐거움이 포장 음식으로는 절대 대체될 수 없는 것과 마찬가지다. 그래서 나는 한때 불안증에서 발현된 광장공포증을 앓기까지 했으면서도, 엉망진창인 데다 모진 바람까지 휘몰아치는 바로 그 영역, 가끔 우리가 여전히 낭만을 담아 '현실 세계'라고 부르는 그곳에서 억지로라도 더 많은 시간을 보내야 한다고 나 자신을 더욱 다그치고 있다.

●

끊임없이 놀거리가 필요한 아이 때문에 넋두리를 늘어놓는 부모의 하소연을 들어본 적이 있는가?

이런 식의 푸념에 다들 익숙할 거다.

"나 어릴 땐 말이야, 자동차 뒷좌석에 가만히 앉아서 열일곱 시간 동안 창밖의 구름과 풀밭 풍경만 보고 있어도 마냥 괜찮았는데, 우리 딸내미는 만화 시리즈를 보거나 스마트폰 게임을 하거나 셀카를 찍고 있지 않으면 차 안에서 단 5초도 가만히 있질 못하니……."

물론 여기에는 자명한 진리가 있다. 우리 주변에 자극 요소가 더 많을수록 우리는 더 금방 지루함을 느낀다.

이것이 또 하나의 모순이다.

이론상으로는 '외롭지 않기'가 이렇게 쉬웠던 적이 없었다. 온라인에 접속만 하면 항상 누군가와 대화를 나눌 수 있고 사랑하는 이들과 멀리 떨어져 있을 땐 스카이프로 영상 통화를 하면 된다. 하지만 무엇보다 문제는 외로움이 '감정'이라는 점이다. 나는 우울증에 걸렸을 때 운 좋게도 사랑하는 사람들이 모두 가까이에 있었지만, 그런데도 지독한 외로움을 느꼈다.

내 생각엔 미국 소설가 이디스 워튼이야말로 외로움에 관한 한 가장 지혜로운 인물인 것 같다. 워튼은 외로움이 꼭 누군가와 함께 있다고 치유되는 것은 아니며, 홀로 있으면서도 행복해지는 방법을 찾는 것이 그 치유법이라고 믿었다. 비사교적이 되라는 말이 아니라, 혈혈단신으로 있는 것을 두려워하지 말라는 뜻이다.

이것이 워튼이 생각하는 불행의 치유법이었다.

"내가 그 안에서 완전히 만족할 수 있도록 내 내면의 집을 아주 풍요롭게 꾸미는 것, 누구든 그곳에 들어와서 함께 머물고 싶어 하는 이가 있다면 당연히 반갑게 맞아줄 수도 있지만 어쩔 수 없이 혼자 있게 된다 해도 언제나 한결같이 행복할 수 있는 공간으로 만드는 것."

5

지금 우리에게 가장 필요한 진보

변화의 시작

"진보란 우리가 도달하고 싶은
위치에 점점 가까이 다가서는 것.
갈림길에서 잘못된 방향으로 들어섰다면
아무리 앞으로 나아간들
목적지와 조금도 가까워지지 못한다."

_C. S. 루이스, 영국 소설가

수십억에 달하는 인간 세상 속에서, 우리는 우리가 살고 싶은 단 하나의 세상을 찾아내야 한다. 우리가 상상하지 않는다면, 그 세상은 결코 와주지 않을 것이다. 또 세상이 아무리 우리의 감정에 영향을 끼친다 해도, 세상과 내 감정은 별개임을 잊지 말아야 한다.

우리는 세상을 거역할 수 있다. 세상이 강요하는 가치에 저항할 수 있다. 불가능한 일을 해낼 수도 있고, 죽음이 불가피해 보이는 상황에서도 살 수 있다. 희망이 완전히 사라졌다는 것을 깨달았을 때조차 여전히, 우리에게 필요한 희망을 다시 품을 수 있다.

어떤 미래를 선택할 것인가

기술의 진보가 하나같이 나쁜 거라고 말하면 아마 막무가내 반동분자나 보수주의자로 보일 것이다. 지금 우리가 보유한 기술과 백 년 전의 삶을 맞바꾸라고 했을 때 그렇게 할 사람이 있을까. 자동차, 위성 내비게이션, 스마트폰, 노트북, 세탁기, 스카이프, 소셜 미디어, 비디오게임, 엑스레이, 인공 심장, 현금 지급기, 온라인 쇼핑 따위로 가득한 이 세상을 포기할 사람이 누가 있겠는가.

지금까지 이 책을 쓰면서 나는 내가 실제로 아는 유일한 심리 작용, 즉 나 자신의 심리를 들여다봄으로써 인간이 이 세상에 살면서 치러야 하는 심리적 대가에 대해 살펴보려고 애썼다. 우리를 미쳐 버리게 만드는 이 세상에서 우리 각자가 한 개인으로서 어떻게 하면 제정신을 지킬 수 있는지에 대해서도 이미 앞에서 언급했다. 내가 직접 정신적인 어려움을 겪었기 때문에 현대사회가 지닌 다양한 자극 요인과 고통 요인에 대해 배울 수도 있었다.

하지만 내가 정말로 고심초사하는 문제는 우리가 '하나의 사회로서' 무엇을 할 수 있는가이다. 우리는 시간을 되돌릴 수 없고, 별안간 비기술화 사회로 만들 수도 없다. 그렇게 되고 싶지도 않을 것이다. 그렇다면 집단으로서의 우리는 어떻게 하면 이 세상을 우리 자신을 위해 더 좋은 세상으로 만들 수 있을까?

이 질문에 답할 수 있는 최고의 인물 중 한 사람은 바로 예루살렘히브리대학교의 역사학자 유발 노아 하라리 교수다. 그는 자신의 기념비적인 저서 『사피엔스』와 『호모 데우스』에서 우리를 인간으로 규정짓는 것이 무엇인지, 그리고 기술이 어떻게 우리 세상을 변형시키고 심지어 우리의 인간성 자체에 대한 정의마저 새롭게 바꿔놓고 있는지 묻는다. 하라리 교수는 책에서 인류가 자신들이 창조한 기계에게 추월당하는 섬뜩한 시나리오의 미래 세상을 그려내며, '우리가 알고 있는 면모로서의 호모 사피엔스는 약 한 세기 만에 사라질 것'이라는 암울한 결론을 내린다.

하라리의 책을 읽은 후 나는 궁금해졌다. 인간들은 자기들을 서서히 쓸모없는 존재로 만들어버릴 미래를 도대체 왜 이렇게 나서서 영접하고 있는 걸까? 이런 궁금증이 일자 좀 더 젊었던 시절 나에게 큰 영향을 주었던 또 하나의 작품이 머릿속에 떠올랐다. 바로 『하찮은 인간, 호모 라피엔스』라는 책이다. 저자인 철학자 존 그레이는 이 책에서 인간의 사회적 진보가 위험한 신화일 뿐이라는 자신의 아이디어를 신랄한 방식으로 풀어낸다. 결국 따지고 보면 진보라는 개념에 집착하는 동물은 (우리가 지금까지 알아낸 바에 따르면) 인간이 유일하다. 설사 거북이 세계에도 역사학자가 있어서 거북이 문명사회를 이룩한 선조 기북이들의 업적을 찬양한다 한들 우리가 알아낼 방도는 없으니까.

앞서 언급했던 「옵서버」 기획 기사에 참여하면서 나는 하라리 교수에게 '우리 미래는 기술 발전이 불가피한 세상이 될 수밖에 없다'는 관념에 우리가 지금이라도 최대한 저항해보고 그와는 다른 새로운 미래상을 만들기 위해 힘써야 하는 건 아닌지 물었다.

하라리는 대답했다.

"기술의 진보를 막무가내로 중단시켜버릴 수는 없습니다. 설령 한 국가가 인공지능 관련 연구를 중단한다 해도 다른 국가들은 여전히 연구를 계속할 겁니다. 우리가 질문해야 할 진짜 문제는 '그 기술을 어디에 사용할 것인가'입니다. 완전히 똑같은 기술을 여러 정치적·사회적 목적을 위해 정말 다양하게 사용할 수 있으니까요."

물론 인터넷이 하라리의 요점에 딱 들어맞는 사례일 것이다. 하지만 인터넷은 한때 그 이름이 '월드 와이드 웹'으로 불렸다는 점을 돌이켜보면 유토피아적 이상을 품고 출발하여 순식간에 디스토피아로 변질된 현상의 전형이기도 하다.

하라리는 말을 잇는다.

"지난 20세기를 되돌아보면, 전기나 기관차 등의 기술을 사용해서 어떤 이들은 공산주의 독재 정부를 세우고 또 다른 이들은 자유민주주의 체제를 구축했죠. 이것은 인공지능이나 생명공학에서도 마찬가지일 것입니다. 따라서 사람들이 주목해야 할 문제는 기술 진보를 어떻게 막을 것인가가 아닙니다. 불가능한 일이니까요. 대신, 새로운 기술을 어떻게 잘 써먹을 것인가를 질문해야 합니다. 그리고 그 기술의 향방에 대한 결정권의 상당 부분은 아직까지는 우리가 쥐고 있습니다."

그러니까 다른 많은 일처럼 여기에서도 문제를 고치는 해법은 문제에 대해 제대로 아는 것이 우선인 것 같다. 다른 말로 하면 우리의 지구를 더 건강하고 더 행복한 곳으로 만드는 해법이 우리 정신을 더 건강하고 행복하게 만드는 해법과 본질적으로 똑같다는 의미다. 똑같은 기술이라도 엄청나게 다양한 목적에 사용될 수 있다는 하라리의 말은 사회라는 거시적 차원에만 해당하는 원리가 아니라 당연히 우리 각 개인의 미시적 차원에도 들어맞는다. 우리 각자의 기술 사용 방식이 스스로에게 어떤 영향을 미치는지에 진심으로 주의를 기울인다는 것은 기술이 지구에 미치는 영향에 우리가 간접적으로라도 신경을 쓰고 있는 것과 같다. 단순히 이 지구만 우리를 만들고 변화시키는 게 아니라, 우리가 어떤 삶을 살기로 선택하느냐에 따라 우리도 이 지구를 만들고 변화시킨다.

그리고 이따금 우리가 (그리고 우리 사회가) 해로운 방향으로 향하고 있으면 우리는 세상에서 가장 어렵고 용감한 일을 결행해야 한다. 바로 '변화'다.

그 변화는 여러 가지 다양한 방식으로 나타날 수 있다. 기술의 용도를 우리 정신을 이롭게 하는 데에 두는 것이 한 방법이 될 수 있다. 가령 소셜 미디어 사용을 제한하는 애플리케이션을 활용하거나, 조명의 밝기를 조절하는 스위치를 설치하고, 좀 더 걷고, 온라인에서 만나는 사람들을 더 배려하고, 공기 오염을 줄일 수 있는 자동차를 선택하는 등의 실천으로 말이다. '자기 자신을 착하게 대하는 것'과 '우리의 지구를 착하게 대하는 것'은 결국 똑같은 일이다.

C. S. 루이스는 이렇게 적고 있다.

"진보란 우리가 도달하고 싶은 위치에 점점 가까이 다가가는 것을 뜻한다. 갈림길에서 잘못된 방향으로 들어섰다면, 아무리 앞으로 나아간들 목적지와 조금도 가까워지지 못한다."

루이스의 말이야말로 지금의 문제를 바라보는 엄청나게 훌륭한 방법인 것 같다. 개인적 차원에서든 또는 사회적 차원에서든, 앞으로 계속 전진하려는 관성의 방향이 '앞'이라고 해서 무조건 좋은 것은 아니다. 우리는 가끔 우리 삶을 잘못된 방향으로 밀어붙일 때가 있다. 가끔은 사회도 잘못된 방향으로 몰려간다. 지금의 방향이 우리 자신을 불행하게 만들고 있다는 눈치가 들면, 180도 뒤로 돌아 올바른 길을 향해 되돌아가는 것이야말로 지금 필요한 '진보'일 것이다. 우리는 절대, 개인적으로든 문화적으로든 미래가 딱 하나의 불가피한 버전만 있다고 생각해서는 안 된다.

미래는 우리가 만들기 나름이다.

노숙인 쉼터에서 얻은 교훈

세상이 우리를 대놓고 겁주지 않더라도, 현대 생활의 속도나 리듬, 어수선함은 뭐라 특정할 수 없는 종류의 정신적 폭력으로 작용할 수 있다. 때때로 사는 게 그냥 너무 뒤죽박죽인 것 같고 사람 사는 것 같지 않을 때가 있는데 그럴 때 우리는 정작 중요한 것을 놓쳐버린다.

몇 달 전 킹스턴어폰템스Kingston upon Thames에 소재한 노숙인 쉼터에 방문한 적이 있다. 동네 자체가 런던 교외의 부촌이라 노숙자 문제가 있을 거라고 쉽게 떠올릴 만한 지역은 아니었다.

나는 그곳에서 내 책과 정신 건강에 대해 이야기해달라는 초대를 받았다.

지역사회에 이바지한 공로로 상까지 받은 '조엘 센터Joel Centre'는 사람들에게 그저 잠자리를 제공한다는 단순한 아이디어 이상의 신념을 기본 바탕으로 한다. 쉼터의 정신은 바로 '사람들이 스스로를 믿을 수 있도록 돕는 깃'이다. 쉼터의 자원봉사자가 내게 해준 이야기에 따르면, 이곳 사람들에겐 단순히 잠잘 곳만 부족한 것이 아니라 소속감도 결여되어 있다. 따라서 사람들에게 소속감을 심어주는 것이 쉼터의 목표다. 이들의 문제는 '거주지'가 없는 것이 아니라 집이라는 '안식처'가 없는 것이기 때문이다. '사람에게 집이 없다는 것은 잠잘 공간이 없다는 것 이상을 의미한다'는 것이 쉼터의 기본 철학이다. 그는 또 센터에서 일하면서 "세상에 널린 온갖 쓰레기들 말고, 사람들에게 진짜 필요한 것이 무엇인지 깨닫게 되었다"고 덧붙였다.

쉼터에서 지내는 노숙인들은 침대, 잠금장치가 있는 옷장, 세탁기, 욕실을 이용할 수 있는 것은 물론이고, 매일 다른 사람들과 함께 식탁에 둘러앉아 제대로 된 식사를 할 수 있다. 그리고 종종 직접 요리해서 식사 준비를 돕고, 쉼터 청소나 정원 관리, 지역사회 봉사에도 적극적으로 참여한다. 그들에게 쉼터는 자기들의 것이고, 그들 역시 그 공간의 일부다.

내가 겪었던 정신 건강 문제를 사람들과 공유한 뒤 나는 옆에 앉아 있던 남자와 이야기를 나누게 되었다. 그 사람은 내 나이 또래에, 정신적으로도 신체적으로도 힘든 일을 많이 겪은 듯한 모습이었는데도 미소 띤 얼굴을 하고 있었다. 파트너와 헤어지면서 우울증에 빠졌고, 현실을 부정하려다 보니 알코올의존증까지 걸려 결국 노숙자 신세가 되었다는 것이 그의 사연이었다. 그는 이 쉼터가 자기 목숨을 살렸다고 했다. 그러고는 문 쪽을 가리키며 "저 바깥의 삶"은 이해가 되지 않았다고, 그래서 그곳에서 길을 잃었다고 말했다.

그의 눈에는 세상이 점점 비인간적으로 변해가고 있었다. 하지만 이곳 쉼터에선 모든 것이 단순했다. "그냥 사람들과 함께 둘러앉아 이야기하고, 눈으로 볼 수 있는 일들을 처리하면 될 뿐"이었다.

그것이 바로 내가 쉼터에서 받은 느낌이었다. 이곳은 마치 사람들이 삶에서 필요한 것들만 정제해놓은 것 같았다. 사람들에게 해가 되는 물건들은 철저히 배제했고 특히 음주와 약물 등에 대해 아주 엄격했다. 쉼터 안에 들여놓을 것, 그리고 바깥으로 말 그대로 '원천 차단'시킬 것들이 심사숙고 끝에 결정되었다.

우리 대부분은 조엘 센터의 객들보다 더 나은 곳에서 살고 있긴 하지만, 쉼터의 정신은 어떤 처지에서든 본받을 만한 훌륭한 사례다. 게다가 믿을 수 없을 정도로 단순하기까지 하다. 자신을 기분 좋게 해주는 것들은 눈에 더 잘 띄게 하고, 기분을 망가뜨리는 것들은 치워버리고, 사람들로 하여금 자신을 둘러싼 세계와 진정으로 연결되었다고 느끼게 해주기만 하면 된다.

내 생각엔 이것이야말로 현대사회의 가장 큰 모순이다. 우리는 다들 서로 연결되어 있으면서도 종종 따돌려진 듯한 기분을 느낀다. 과잉과 복잡성이 갈수록 심해지는 현대 생활은 이렇게 인간소외를 초래하기도 한다.

여기에 또 한 가지 사실을 덧붙이자면, 정확히 어떤 것들이 우리에게 외로움과 소외감을 느끼게 하는지 우리가 항상 알아챌 수 없다는 것도 문제다. 그러다 보니 무엇이 문제인지 탐색하는 것조차 어려워진다. 아이폰을 직접 고쳐보겠다며 단말기를 분해해보려 할 때처럼 말이다. 마치, 우리가 스크루드라이버로 뚜껑을 열어서 직접 안을 들여다보며 문제를 찾아내는 걸 싫어하기라도 하는 깃처럼, 가끔은 사회가 애플처럼 작동하는 것 같다는 생각이 든다. 하지만 바로 그것이 우리가 해야 할 일이다. 문제를 알아내고, 그것에 대해 마음 깊이 사색하는 것 자체가 해결책일 때가 많으니까.

당신을 위한 공간을 수호해야 한다

우리 자신의 미래를 만들어나가는 데 가장 중요한 핵심 요소는 바로 '공간'이다. 일단 공간부터 확실히 확보해두어야 한다. 자유로울 수 있는 공간, 우리 자신이 될 수 있는 공간. 물리적 공간과 심리적 공간 모두 필요하다.

시간이 갈수록, 우리가 사는 동네와 도시들은 우리가 인간으로서가 아니라 아예 소비자로서 그곳에 있어주길 바란다. 상황이 이러니, 경제적 의미를 보태지 않아도 머무는 것이 허락되는 공간들, 그래서 더욱 소멸 위기에 처한 공간들을 소중히 아끼는 것이 그 어느 때보다 더욱 중요하다. 숲, 공원, 공영 박물관이나 미술관, 도서관처럼 말이다.

일례로 도서관은 정말 멋지고 훌륭한 공간이지만 위험에 처해 있다. 많은 권력자가 도서관을 인터넷 시대에는 무의미한 시설이라고 무시한다. 이것은 그야말로 핵심을 보지 못하는 것이다. 대부분의 도시관에서는 이미 사람들이 책과 정보를 더 쉽게 접할 수 있도록 여러 가지 혁신적인 방식으로 인터넷을 활용하고 있다. 게다가, 도서관은 단순히 책만 읽는 곳이 아니다. 그곳은 우리보다 우리 지갑을 더 좋아하는 곳이 아닌, 그나마 남아 있는 소수의 공적 공간 중하나다.

그 밖에도 위험에 처한 공간들은 더 있다.

바로 비물질적 공간, 시간적 공간, 디지털 공간이다. 몇몇 온라인 기업이 점차 우리를 인격체로 보지 않고, 캐내거나 갖다 팔 수 있는 데이터 덩어리의 유기체로 여기게 되다 보니 자꾸만 우리의 자아 영역까지 침범하고 싶어 한다. 또, 하루 또는 일주일이라는 시간 속에서도 수많은 의무와 일이라는 구실 아래 끊임없이 착취당하는 공간들이 있다.

심지어 마음속에도 위기에 처한 공간들이 있다. 자유롭게, 아니면 적어도 차분하게 생각할 수 있는 마음속 공간은 점점 더 찾기가 어려워지는 것 같다. 최근 불안장애의 증가세뿐 아니라 요가나 명상처럼 균형을 잡아주는 실천이 성행하게 된 것도 바로 이런 이유 때문일 것이다.

사람들은 물리적 공간만이 아니라 정신적으로도 자유로울 수 있는 공간을 갈망하고 있다. 가뜩이나 세상도 정신없이 돌아가는 마당에 머릿속에서조차 불청객 같은 잡생각들이 마치 영혼의 팝업 광고처럼 우리 속을 어지럽히고 있으니, 우리에겐 여기에서 벗어날 수 있는 공간이 절실하다. 그리고 그 공간은 언젠가는 찾아질 것이다. 단지 우리는 그때만 마냥 믿고 기다리고 있어서는 안 된다. 적극적으로 그 공간을 찾아내야 한다. 책을 읽거나, 요가를 하거나, 여유로운 목욕을 즐기거나, 제일 좋아하는 요리를 만들거나, 산책을 하고 싶다면, 우리 스스로 작정하고 시간을 따로 정해야 한다. 일부러 핸드폰을 끄고, 노트북도 덮어야 한다. 장식음과 효과음을 다 빼버린 어쿠스틱 버전의 자신을 찾으려면, 우리는 과감히 자신의 플러그를 뽑아야 한다.

●

우리만의 공간을 조금이나마 확보하는 데에 책이 한 방법이 될 수 있다. 이야기나 소설 말이다.

열한 살 시절의 나는 친구도 없고 학교에서도 적응이 힘들어 애를 먹고 있었다. 하지만 그때 S. E. 힌턴의 『아웃사이더』, 『럼블피쉬』, 『텍스』를 읽으면서 어느새 나에게도 다시 친구가 생긴 것 같았다. 책 속의 인물들이 내 친구들이었다. 그 전에 곰돌이 푸, 『앵무새 죽이기』의 스카웃 핀치, 『위대한 유산』의 핍, 『슬픔이여 안녕』의 세실이 내 친구가 되어주었을 때처럼 나는 책의 도움을 받았다. 이 친구들이 살고 있는 이야기 속이 내가 들어가 숨을 수 있는 장소가 되어주었다. 그 공간에 있으면 나는 안심할 수 있었다.

우리 마음속 공간이 점점 고갈되어 현실 세계가 때로 버겁게 느껴질 때는 허구의 세계가 반드시 필요하다. 물론 이 세계가 우리를 현실에서 벗어나게 해줄 수 있는 건 맞다. 하지만 그렇다고 진실에서도 벗어나게 하는 것은 아니다. 사실은 그 반대다. 현실 세계에서는 세상에 나를 맞추고 적응하는 것이 너무 힘들었다. 규범을 따라야 하고, 거짓말을 해야 하고, 가짜로 웃어야 하는 세상. 하지만 이야기 속으로 들어가면 진실에서 멀어지는 것이 아니라 오히려 비로소 진실의 세계 속으로 해방되는 것 같았다. 비록 그 진실이라는 것이 수많은 괴물과 말하는 곰들의 이야기이긴 했지만 그래도 그 안에는 언제나 '진짜'라고 말할 수 있는 것들이 있었다. 나를 멀쩡한 상태로 지켜주는 진실, 아니면 최소한 내가 나일 수 있게 해주는 진실들.

나에게는 독서가 비사교적 활동이 전혀 아니었다. 오히려 지극히 사회적인 활동이었다. 내가 경험할 수 있는 가장 진정성 있는 어울림이었고, 나는 다른 사람들의 상상에 깊이 연결되었다고 느꼈다. 사회가 흔히 요구하는 수많은 여과막 없이 다른 이들과 이어질 수 있는 방법이었다.

독서는 그것에 부여된 사회적 가치 때문에 중요하게 취급되는 경우가 많다. 교육, 경제, 그 밖의 여러 가지와 결부되어 있기 때문이다. 독서의 온전한 의미를 놓치고 있는 셈이다.

독서는 우리 구직에 도움이 되기 때문에 중요한 것이 아니다. 독서는 우리에게 이미 주어진 현실 세상 그 바깥에 머물러볼 수 있는 기회를 만들어주기 때문에 중요하다. 그것이야말로 우리 인간들이 서로 긴밀히 어우러지는 방식이다. 그렇게 마음과 마음이 연결된다. 그렇게 꿈과 공감을 나누고, 서로를 이해하고, 함께 탈주를 즐길 수 있다.

독서가 사랑을 작동시키는 셈이다.

꼭 책이어야 할 필요는 없다. 다만 우리는 어디서든 꼭 그 공간을 찾아야 한다.

세상은 자꾸 우리에게 최고로 흥분되는 극한의 경험을 추구하라고 말한다. 자기 계발 훈련 강사라도 되는 것처럼, 앞뒤 따지지 말고 마음이 시키는 대로 행동하라고, 한자리에 멈춰 있지 말라고, 나이키가 항상 우리에게 외쳐대던 것처럼 '그냥 하라'고 부추긴다. 마치 금메달을 따거나, 에베레스트산에 오르거나, 축제에서 주인공으로 무대에 오르거나, 나이아가라 폭포에서 스카이다이빙을 하면서 짜릿한 해방감을 느껴봐야 비로소 삶의 의미를 찾을 수 있다는 듯 말이다. 나 역시 그렇게 생각하던 시절이 있었다. 예전엔 나도 삶이란 마치 단숨에 목구멍으로 털어 넣는 테킬라 같은 것이라 여기며, 더없이 격렬한 경험들 속에서 무아의 지경에 빠지고 싶어 했다. 하지만 우리 삶에서 그런 식으로 살 수 있는 순간들은 거의 없다. 오래도록 지속되는 행복을 찾으려면 우리는 흥분을 가라앉혀야 한다. 가끔 '그냥 저질러버려야' 할 때도 있는 것처럼, '그냥 그대로 있기'도 할 줄 알아야 한다.

우리는 삶을 다양한 활동으로 꽉꽉 채운다. 흔히 서구에서는 무언가를 획득하거나, '오늘만 사는 사람처럼' 순간을 즐기거나, 밖으로 나가 삶을 정면으로 '움켜쥐어야' 행복이나 만족감을 성취할 수 있다고 여긴다. 하지만 때로는 애써 낚아채야 하거나 열심히 도달해야 하는 그런 삶 대신, 우리에게 이미 주어진 삶을 사는 것이 상책일 수도 있다. 마음속 삽동사니들만 싹 정리하면 지금의 삶도 우리는 틀림없이 더 좋아하고 즐길 수 있을 것이다.

불교승려 틱낫한은 자신의 저서 『힘의 기술 *The Art of Power*』에서 이렇게 말한다.

"사람들은 대부분 마음이 설레고 신이 나면 행복하다고 생각하지만, 실은 우리가 흥분해 있으면 마음은 평온하지 않다. 진정한 행복은 평온함에 기반한다."

나 개인적으로는 완전히 중용적인 마음의 평화에 다다른 삶을 살고 싶진 않을 것 같다. 때로는 미칠 듯 강렬하고 흥분되는 경험을 하고 싶어질 것이다. 하지만 지금은 바로 저 평화와 수용을 그 어느 때보다 간절히 원한다.

자기 자신에게 만족하고 자기 자신을 제대로 알려면, 우리 내면에 '자신을 찾을 수 있는' 공간을 마련해야 한다. 그리고 그 공간은 우리 자신을 놓아버리라고 연신 충동질하는 세상과 멀리 떨어진 곳이어야 한다.

책을 읽어서든 명상을 해서든, 아니면 창밖의 풍경을 관조하는 것으로든, 늦기 전에 그 공간을 스스로 개척해야 한다. 그 어떤 것도 갈망하지도, 동경하지도 않는 공간. 일도, 걱정도, 고민도 없는 공간. 심지어 무언가를 희망할 거리조차 없는, 우리가 딱 중립에 맞춰진 그런 공간. 그저 숨 쉬고, 그저 존재하고, 그렇게 존재하는 것만으로도 소박한 동물적 만족감에 가만히 젖어 있을 수 있는 곳.

우리가 이미 가진 것 외에는, 우리가 가진 '삶' 자체 외에는 아무
것도 갈망하지 않을 수 있는 곳이 있어야 한다.

사랑만이 우리를 구원할 것이다

이 책을 집필하는 동안에 어머니가 큰 수술을 받아야 했다. 손상된 대동맥판막을 제거하고 새로 교체하는 심장 절개 수술이었다. 다행히 수술은 잘됐고 엄마는 건강을 회복하셨다. 하지만 중환자실에 머무는 일주일 동안 엄마의 혈중산소농도가 걱정스러울 정도로 낮아지는 바람에 의사와 간호사들이 수시로 수치를 점검해야 하는 우여곡절이 조금 있었다.

아내와 나는 집을 떠나 병원 근처의 호텔에서 지냈다. 병원에서는 아빠와 함께 병상 곁을 지키며 엄마가 잠에 들었다 깨기를 반복하는 모습을 지켜보기도 하고, 엄마에게 병원식도 떠먹여드리고, 외부 상점에서 사 온 영양 스무디도 가방 한가득 들여놓고, 아빠에게는 틈틈이 신문을 구해다 드렸다. 엄마에 대한 걱정 때문에 그 밖의 모든 것이 뒷전으로 내쳐졌다. 예전에 엄마가 막 병원에 다니기 시작했다는 얘기를 하셨을 때 제대로 귀담아듣지 않은 것이 사무치게 죄스러웠다.

이 순간엔, 답장을 미처 보내지 못한 시급한 이메일이야 어떻게 되든 상관없었다. 소셜 미디어를 확인하고 싶은 유혹도 느끼지 못했다. 중환자실에 앉은 채 근처 병상의 환자가 숨을 거둘 때마다 얇은 커튼 뒤에서 들려오는 슬픔의 통곡을 듣고 있노라면 심지어 세상 뉴스조차 무의미한 배경음처럼 느껴질 뿐이었다.

중환자실은 때로는 절망적인 공간이다. 하지만 한편으론 삶과 죽음 사이에 걸쳐 있는 환자들로 가득한 이 무균실 병동이 희망의 공간이 될 수도 있다. 게다가 이곳의 의사, 간호사들은 정말이지 존경스러울 정도였다.

생각해보면 우리의 삶, 또는 우리가 사랑하는 사람들의 삶에서 이렇게 큰 사건이 터진 후에야 비로소 세상에 대한 균형감을 얻게 된다는 것이 정말 안타깝다. 그런 균형감을 항상 지니고 있을 수 있다고 상상해보라. 우리가 항상, 모든 것이 순조롭고 건강한 시기에도 삶의 진정한 우선순위를 외면하지 않을 수 있다면 어떨까. 평상시에 사랑하는 이들을 대할 때도 그들이 위중한 상태에 있을 때 했던 것만큼 관심을 기울여줄 수 있다면, 이미 우리 안에 있는 그 사랑을 때를 가리지 않고 항상 쏟아낼 준비가 되어 있다면, 매 순간의 삶을 고마움과 친절함으로 대할 수 있다면, 그러면 어떨까.

이제 나는 내 일상이 스트레스투성이의 쓸데없는 쓰레기들로 터져버릴 것 같은 때마다 예전의 그 중환자실을 떠올려보려고 노력한다. 그곳의 환자들은 그저 창밖의 풍경을 바라볼 수 있는 것에 감사했다. 한 줄기 햇살과 플라타너스 몇 그루에.

살아 있는 것 자체, 그 한 가지가 그곳에선 전부였다.

사랑만이, 우리를 구원할 것이다.

시간을 당신 것으로 만들어라

스리랑카의 남서쪽 해안에 위치한 아름다운 요새 도시 갈레Galle 에 방문해달라는 요청을 받은 적이 있다. 그곳에서 열리는 문학 축제에 참석도 하고 정신 건강에 대한 강연도 하기 위해서였다. 그 행사가 특히 더 의미가 있었던 것은, 스리랑카에서는 정신 질환에 대해 이야기하는 것이 여전히 금기시되고 있기 때문이다. 그런 문제가 통상 공개적으로 이야기되지 않는 실정에서 그들이 겪는 불안, 우울증, 강박장애, 자살 충동성, 조울증, 조현병에 대한 다양한 이야기를 듣는 것은 감정이 북받치는 경험이었다. 그 순간 그곳에서 사회적 낙인이 증발하듯 사라지는 것이 마치 실제로 느껴지는 것 같았다.

하지만 내 기억에 남은 사건은 그 행사가 아니라 그다음 날의 일

이었다. 히카두와_{Hikkaduwa} 해변에서 나는 지역 주민들과 배낭 여행
객들 틈에 끼어 거대한 바다거북들에게 맨손으로 해초를 먹이고 있
었다. 아내와 아이들도 함께 있었다. 광장공포증 환자였던 20대 시
절엔 절대 꿈도 꾸지 못했을 순간이었다. 그 시절의 나는 서른 살이
될 때까지 살지 못할 거라는 확신이 너무 강했던 나머지 내가 사랑
하는 모든 사람을 밀어내기 바빴으니까. 그런데 이렇게 마흔 살이
되어 지구의 남반구, 이 소박하고 평화로운 해변에서 사랑하는 사
람들과 함께 시간을 보내고, 장생을 누린 이 거대한 파충류들을 바
로 가까이에서 바라보고 있었다. 오랜 세월을 살아온 거북이들은
그야말로 평온하고 지혜로워 보였다. 이들이 어떤 은밀한 지혜를
가지고 있을지 궁금했다. 인간이 거북에게 직접 물어볼 수 있는 방
법이 있다면 얼마나 좋았을까.

그래서, 우울이 나를 덮쳐올 때면 나는 눈을 감고, 좋았던 나날의
저장고로 들어가 그날의 햇살과 웃음, 거북이들을 생각한다. 그리
고 불가능한 일들이 때때로 가능해질 수 있다는 사실을 잊지 않으
려고 애쓴다.

"거북, 안녕."

"어이, 그래 안녕."

"인생에 대해 혹시 충고해줄 거 없니?"

"그런 걸 왜 나한테 묻는데?"

"왜냐하면 너는 거북이니까."

"그게 뭐?"

"거북은 수백만 년 동안 살아남았잖아. 너희들은 1억 5,700만 년이나 계속 지구에 있었어. 호모 사피엔스가 살아온 기간보다 700배도 더 넘는 긴 시간인데, 그 정도면 너희 종은 뭔가를 알고 있는 게 틀림없어."

"지금 생존 기간이랑 지식의 폭을 하나로 보는 거야?"

"그냥, 이 세상을 엉망으로 만든 게 인간들뿐이니까. 너희 거북들은 그러지 않는 것 같아서."

"그건 나도 알아. 우리도 너희 인간 때문에 멸종 직전이지."

"미안해."

"꼭 너를 지칭한 게 아니라 너희 인간들 모두를 말한 거야. 하지만 맞아, 너도 그래."

"나도 알아. 나도 인간이니까, 내 잘못도 있는 거지."

"그래, 너도 인간이니까."

"맞아."

"아무튼, 네가 진심으로 알고 싶다면 내가 해주고 싶은 충고는, 그만 좀 하라는 거야."

"뭘 그만하라는 거야?"

"무의미한 일들 꽁무니만 정신없이 쫓아다니는 거. 인간들은 왜 그렇게 자기가 있는 곳에서 한시라도 못 벗어나서 안달인지 모르겠어. 왜 그런 거야? 공기 때문이야? 공기가 너희를 충분히 잘 지탱해주지 못하는 거야? 어쩌면 너희들은 바다에서 좀 더 있어봐야 하는 건지도 모르겠다. 충고할게, 그냥 그만해. 여유를 가지고 천천히 한다는 생각조차 버려. 그냥 시간을 네 것으로 만들어. 빠르게도 가보고, 천천히 움직여보기도 하는 거야. 네가 어딜 가든 언제나 너 자신을 잃지 않을 거라는 것만 알고 있으면 돼. 인생이라는 물속에서 기분 좋게 물장구를 쳐봐."

"맞는 말이네."

"내 머리를 봐. 엄청 작지? 몸통 대비 뇌의 질량 비율도 정말 민망한 수준이야. 하지만 너도 보다시피, 아무 문제 없잖아. 삶에 주의를 깊이 기울이면 너는 집중할 수 있게 돼. 때에 따라 필요한 모습이 될 수 있지. 온 지구의 다양한 리듬에 맞춰 어떤 방식이든 취할 수 있어. 때로는 물속에서, 또 때로는 땅 위에서, 바람을 느끼고 물을 탈수도 있게 되지. 그냥 너 자신의 흐름에 맡길 수도 있고. 너도 알겠지만, 거북이로 있는다는 건 정말 멋진 일이야."

"정말 그렇겠다. 고마워, 거북."

"그럼 이제 해초 좀 더 줄래?"

불안의 순환을 거슬러

불안은 자기 혼자서도 무한히 돌아간다. 그것이 정신 질환의 모습으로 나타나면, 절망의 피드백루프*가 형성된다. 그 고리에서 빠져나가는 유일한 방법은 걱정에 대한 걱정을 멈추는 것이다. 즉, 자기가 뭔가를 걱정하고 있다는 사실 때문에 또 다시 걱정하는 패턴을 멈추면 된다. 물론 거의 불가능한 일이다. 하지만 가끔 역방향 루프를 찾아내는 방법이 통할 때가 있다. 내가 쓰는 요령은 지금 내가 '인정하지 않는 단계'에 있음을 인정하는 것이다. 불편한 마음을 그냥 그대로 마음 편히 받아들이는 것이다. 당장은 내 마음대로 되지 않는다는 사실을 인정하는 것이다.

---

* feedback loop. 원인과 결과가 순환하듯 서로에게 영향을 끼치며 현상을 악화시키거나 강화시키는 구조.

뻔한 말이지만 진리이기도 하다. 일단 내가 어디에 있는지를 인정하지 않고서는 내가 원하는 곳에 갈 수 없다. 이 세상은 자꾸만 우리에게 자기 자신을 그대로 받아들이지 말라고 부추긴다. 더 부자가 되고 싶어 하라고, 더 예뻐지고 더 날씬해지고 더 행복해지고 싶어 하라고 말한다. 지금보다 더 많은 것을 원하라고 우리를 유도한다. 특히 우리가 병에 걸렸을 땐 이 현실이 갑절로 두드러진다. 하지만 바로 이때야말로 우리가 우리 자신을 인정하고 고통의 순간을 받아들여야 할 시기다. 고통을 풀어주려면 그렇게 해야 한다. 우리에게 그 고통을 안겨준 세상으로 그것을 다시 날려 보내려면, 천천히.

●

지금 막 창밖을 바라보며 마음이 평안해지는 걸 느낀다. 검푸른 구름 장막 뒤에 숨은 달이 오늘따라 유난히 유혹적이다. 그야말로 환상적인 하늘이다. 이런 하늘을 보고 있자니 생각나는 것이 있다.

약 10년 전쯤 우울증이 들쑥날쑥하며 오랫동안 지속된 적이 있었다. 20대 때 병이 발현한 이후로 내가 겪은 최악의 우울증이었다. 그때 몇 개 되지도 않는 위안거리 중 하나가 바로 하늘 올려다보기였다. 당시 내가 살았던 요크셔Yorkshir는 광공해가 그리 심하지 않아서 선명하고 광활한 하늘을 쉽게 볼 수 있었다. 쓰레기를 버리러 나갈 때마다 밤하늘을 올려다보면 나 자신과 내 고통이 작아지는 것 같은 느낌이 들었다. 나는 시원한 공기를 들이마시며 잠자코 서서 수많은 별과 행성들, 별자리를 올려다보곤 했다. 마치 우주가 들이 마실 수 있는 물질이라도 되는 양 숨을 깊이 들이마시곤 했다. 가끔 배 위에 손을 얹고 들쑥날쑥 팔락거리던 내 불안한 호흡이 잠잠해지는 걸 가만히 느끼곤 했다.

왜 하늘이, 특히 밤하늘이 그런 영향력을 가지고 있는 걸까. 예전부터 지금까지 줄곧 그것이 궁금했다. 아마도 그 크기 때문일 거라고 나는 짐작했었다. 우주를 올려다보고 있으면 내 존재는 한없이 작아 보일 수밖에 없다. 공간적으로뿐 아니라 시간적으로도 자신의 미미함이 느껴진다. 우주를 본다는 것은 장구한 역사를 들여다보는 것이기 때문이다. 우리가 보고 있는 별들은 지금의 모습이 아니라 과거의 모습이다. 빛은 이동을 한다. 나타나는 즉시 뿅 하고 볼수 있는 것이 아니라 1초에 30만 킬로미터의 속도로 움직이는 것이다. 듣기만 해서는 빠른 속도인 것 같지만, 다르게 생각해보면 (태양을 제외하고) 지구와 가장 가까이 있는 별의 빛이 지구에 도달하는 데 무려 4년이나 걸린다는 뜻도 된다.

그런데 그냥 눈으로 관찰할 수 있는 별 중에는 15,000광년 이상 떨어진 별들도 있다. 우리 눈에 도달한 그 별빛이 빙하기 말에 자기 별에서 출발했다는 뜻이다. 우리 인간이 논밭을 일구는 법을 알기도 전이었다. 흔히 알려진 믿음과는 반대로, 우리 눈에 보이는 대부분의 별은 죽은 별들이 아니다. 우리 인간과 달리 별은 엄청나게 오랜 시간을 살아간다. 그런데 이런 점은 밤하늘의 장엄함이 주는 치유력을 깎아내리기보다는 오히려 더 견고하게 한다. 이 우주 속에서 우리 인간이 차지한 몫은 아름답지만 짧고도 미미하다. 그래서 우리는 은하계 중에서도 그야말로 가장 진귀한 존재가 된다. 살아가고, 숨 쉬고, 생각할 줄 아는 유기체가.

하늘을 보고 있으면 우리의 21세기적 걱정거리들은 모두 우주적 맥락 속에서 새롭게 가늠될 수 있다. 하늘은 이메일, 마감 시간, 주택담보대출, 인터넷보다 크다. 우리의 마음보다, 그리고 그 마음의 병보다도 크고, 수많은 이름, 국가, 날짜, 시계들보다 크다. 하늘과 비교하면 우리의 모든 세속적 근심은 그저 순간에 지나지 않는다. 우리의 평생을 지나오는 동안, 그리고 인간 역사의 모든 페이지를 거쳐오는 동안, 하늘은 언제나 그대로 하늘이었다.

그리고 물론, 우리가 보는 하늘은 그냥 저 바깥에 있는 우리와 상관없는 세상이 아니다. 하늘을 본다는 건 우리 존재의 근원을 돌아보는 것이다. 물리학자 칼 세이건이 자신의 역작 『코스모스』에서 했던 말처럼 "우리 DNA 속의 질소, 우리 이빨에 있는 칼슘, 우리 혈액 속의 철분, 우리가 먹는 사과파이에 들어 있는 탄소는 전부 별들이 폭발하고 죽어가면서 그 안에 있던 물질이 방출되어 만들어지는 원소들이다. 우리는 별의 알갱이들로 만들어졌다".

바다와 마찬가지로 하늘도 우리의 기준점이 되어줄 수 있다.

하늘은 우리에게 말한다.

이보게들, 다 별일 아닐세. 세상엔 당신들 삶보다 더 거대한 것도 있어. 당신들도 그것의 일부일 뿐이야. 그건 그야말로 우주적이거든. 정말 최고로 멋진 일이지. 당신들도 그저 나무나 새처럼 지내면서 이따금 위대한 자연의 섭리를 조금이나마 음미해봐. 당신들은 정말 놀라워. 보잘것없으면서도 아주 소중하고, 일순의 존재이면서 영원히 이어질 존재이기도 하지. 당신들은 끊임없이 움직이는 우주 그 자체야.

그러니, 다들 아주 잘하고 있다네.

자연으로 돌아가라

2018년 킹스칼리지런던에서 수행한 연구 조사는 하늘을 보는 것이 우리의 정신 건강에 도움 된다는 사실을 밝혀냈다. 여기엔 단순히 하늘뿐 아니라 나무를 보거나 새의 지저귐 소리를 듣는 것, 야외에서 머무르고 자연과 가까이 교감하고 있다는 기분을 느끼는 것도 포함된다.

연구 대상자들은 세상 밖으로 나가서 각각 다양한 장소에서 느끼는 자신들의 정신 상태를 기록하라는 주문을 받았다. 사전 실험을 통해 이들 각자의 충동적 습성을 미리 파악해두었는데, 연구 결과에서 미묘한 차이가 드러났다. '도시 속의 정신: 스마트폰 기술을 활용하여 자연이 정신 건강에 미치는 영향을 실시간으로 조사하기'라는 그야말로 본질에 충실한 제목의 이 연구는, 자연적 공간에 있는 것만으로도 모든 사람이 긍정적 효과를 얻긴 하지만, 특히 중독, ADHD, 반사회적 성격장애, 양극성 장애 같은 정신 건강 문제에 빠지기 쉬운 성향의 사람들이 더욱 큰 도움을 얻는다는 결과를 발견했다. 이 연구 진행에 기여한 안드레아 메켈리 박사는 "자연에 단기간만 노출되어도 정신 건강에 유익한 영향을 미쳤고, 그 영향의 정도는 무시할 수 없는 수준이었다"라고 결론 내렸다.

최근엔 '에코 테라피'나 '그린 케어' 같은 프로젝트들이 인기를 끌고 있다. 수많은 도시 농장과 공동체에서 운영하는 텃밭이 이제는 스트레스와 불안, 우울을 완화하기 위한 정신 건강 활동의 장소로 활용되고 있다. 물론 이 모든 것은 어느 모로 보나 '나가서 신선한 바람 좀 쐬고 오라'는 오래된 충고의 실천이나 다름없다.

플로렌스 나이팅게일은 1859년 『간호에 관한 노트』에서 "꽉 막힌 병실 다음으로 이들(환자들)을 가장 고통스럽게 하는 것은 어두운 병실이다"라고 적으며 이렇게 충고한다.

"환자들은 불빛뿐 아니라 햇살을 그대로 받고 싶어 한다."

나이팅게일의 조언을 입증하는 증거들이 이제야 속속들이 쌓이고 있다.

하지만 문제는 현재 세계 인구의 과반수가 대도시에 살고 있다는 점이다. 1950년에는 세계 인구의 3분의 2 이상이 지방의 마을에 살았던 반면, 지금은 전 세계적으로 대부분의 사람이 도시 지역에 거주한다. 게다가 실내에 더 오래 머무는 추세가 갈수록 심해지면서, 우리가 숲에 둘러싸이거나 자연 그대로의 하늘 아래에서 시간을 보내는 건 점점 더 어려운 일이 되고 있다.

지금이라도 자연의 푸르름과 초록이 우리에게, 그리고 우리 아이들의 삶에도 도움이 된다는 인식을 키워나가야 할 때다. 신선한 공기를 더 많이 마시고, 햇볕도 더 많이 쬐고, 풀밭을 가로지르거나 숲속을 거니는 것이 우리 삶을 훨씬 유익하게 할 수 있다. 자연이 우리에게 주는 이로움을 근거로 좀 더 도시적으로 접근한다면 우리가 거주하는 곳과 공공장소들까지 푸르고 쾌적한 곳으로 만들 수 있을 것이다. 운 좋은 소수의 사람뿐 아니라 모두가 다 함께 자연의 혜택을 누릴 수 있도록 말이다.

행복을 되찾기 위한 십계명

1   당신 자신에게서 눈을 떼지 마라. 자신의 친구가 되어라. 친절한 부모가 되어라. 자신이 하고 있는 일을 점검하라. 자정이 지난 시각에 드라마 시리즈의 마지막 에피소드를 꼭 봐야 하는가? 와인을 석 잔째, 아니 네 잔째까지 마셔야 하는가? 그게 정말로 당신에게 필요한, 이로운 행동인가?

2   마음속의 잡동사니를 정리하라. 공황증은 과잉의 결과물이다. 과잉투성이의 세상에서는 우리만의 여과 장치를 갖춰야 한다. 모든 것을 단순화하라. 가끔은 연결을 끊어라. 핸드폰만 들여다보고 있지 마라. 잠시 시간을 내어 일 생각을 멈춰보라. 일종의 정신적 풍수지리를 실천해보라.

3   고요한 소리에 귀를 기울여라. 음악보다 덜 자극적인 것들의 소리를 들어보라. 파도, 자신의 호흡, 나뭇잎들을 만지고 지나가는 산들바람, 그르렁거리는 고양이, 그리고 그 모든 깃 중 제일인 빗소리를.

4   일어날 일은 일어나게 내버려둬라. 공황 발작의 전조가 막 느껴지면 그로 인해 더 큰 공황을 느끼는 것이 인간의 본능적인 반응이다. 공황에 대해 공황을 느끼는 것이다. 이럴 땐 지레 겁먹지 말고 곧 닥칠 공황을 그냥 오는 대로 느껴라. 거의 불가능하지만, 완전히 불가능한 일은 아니다. 나는 공황 장애 환자였다. 공황 장애는 어쩌다 한 번씩 공황발작이 일어나는 병이 아니다. 발작이 시도 때도 없이 일어나고, 발작이 없을 때는 다시 발작이 일어날까 봐 끔찍한 공포에 끊임없이 시달린다. 몇백 번 정도의 공황발작을 겪어본 뒤 나는 발작이 왔으면 좋겠다고 나 자신에게 말하기 시작했다. 당연히 정말 원한 것은 아니었다. 하지만 일종의 테스트로, 내가 얼마나 감당할 수 있는지 보려고, 그래서 공황을 자초해보려고 열심히 노력하곤 했다. 내가 그것을 더 불러들일수록, 공황은 오래 붙어 있지 않으려고 했다.

5   감정을 그대로 받아들여라. 그리고 감정은 그냥 감정일 뿐이라는 사실을 인정하라.

6   멱살 잡듯 삶을 옥죄지 마라. "삶은, 목을 조일 게 아니라

만져줘야 하는 것"이라고 레이 브래드버리 작가도 말했다.

7   두려움을 밖으로 풀어줘도 괜찮다. 두려움은 그것이 우리에게 필요한 감정이며 그 감정이 우리를 지켜주고 있음을 우리에게 알려주려는 것이다. 그것을 논리적 알림 같은 것이 아니라 그냥 하나의 감정으로 헤아려줘라. 브래드버리는 이렇게도 말했다. "무언가를 차지하는 법보다 놓아주는 법을 먼저 배워야 한다."

8   자신의 위치를 항상 의식하고 있어라. 주변 환경이 과도하게 자극적인가? 일상적으로 접근할 수 있는 좀 더 차분한 공간이 근처에 있는가? 금방 바라볼 수 있는 자연물이 있는가? 위를 올려다보라. 도시 한가운데 있는 빌딩숲의 꼭대기는 우리 눈높이의 정면에서 보이는 온갖 상점들보다는 자극이 덜하다. 게다가 꼭대기에는 하늘도 있다.

9   스트레칭과 운동을 하라. 공황은 정신적 문제일 뿐 아니라 신체적 문제이기도 하다. 내 개인적으로는 달리기와 요가가 그 어떤 운동보다 도움이 되었다. 특히 요가가 그랬다. 구부정한 채로 몇 시간 동안 노트북을 들여다보느라 잔뜩 굳어 있는 내 몸을 요가가 다시 쫙쫙 풀어준다.

10   호흡하라. 깊고 부드럽고 순수한 호흡을 하라. 호흡에 집중하라. 우리는 호흡에 맞춰 우리 삶의 속도를 정한다. 호흡은 자신

의 노래를 구성하는 리듬이다. 세상이 우리를 수만 가지 방향으로 데려가려고 할 때, 세상의 중심에서 나 자신에게로 되돌아갈 수 있는 방법이 바로 호흡이다. 호흡은 우리가 최초로 터득한 몸짓이며, 인간이 할 수 있는 가장 본질적이고 단순한 행위다. 호흡을 의식하는 것은 내가 살아 있음을 기억하는 것이다.

6
당신은 이미 완벽히 아름다운 행성이다

희망과 자존

"중요한 것은 우리의 자아를
자유롭게 풀어주는 것이다.
자아가 자신만의 자리를 찾게 하라.
억눌리게 하지 말고."

_버지니아 울프, 영국 소설가

그 누구든, 그 어떤 것이든, 당신이 당신 스스로를 못났다고 여기게끔
만드는 것이 있다면 절대로 허용하지 마라. 그저 어딘가에 받아들여
지기 위해 무언가를 더 성취해야 한다는 생각은 버려라. 세상이 욕망
하는 수많은 옵션을 빼버린 당신의 알맹이 자아에 만족하라.
허울뿐인 결승선은 이제 잊어라. 영원히 도달하지 못할 꿈은 버려라.
끊임없이 변화하고 바꾸라 종용하는 목소리에 귀 기울이지 마라. 당
신이 이미 충분히 훌륭한 인간이며, 부족한 게 아무것도 없다는 사실
을 받아들여라.

당신의 노래를 기억하라

1999년에 나는 이비사섬의 동쪽, 어느 조용한 해안 귀퉁이 절벽 꼭대기에서 아래로 뛰어내리라고 스스로를 다그치고 있었다. 그 순간엔 나를 괴롭히는 정신적 고통과 혼란을 당해낼 방법이 전혀 없었다. 그 어떤 길도 보이지 않았다. 이 세상에 나를 아끼는 사람들이 아무도 없었더라면 차라리 좋았을 것을. 그러면 그냥 미련 없이 떠나버릴 수 있을 텐데. 그렇게 세상에 아주 작은 잔물결만 남기고 사라져버릴 수 있을 텐데.

가끔 그 절벽 끝이 생각난다. 내가 서 있던 덤불 숲, 눈부시게 반짝거리며 내 눈앞에 펼쳐져 있던 바다, 쭉 뻗어나가는 석회암 해안선. 그때는 그런 것들이 하나도 나를 달래주지 못했다. 자연이 우리에게 좋은 영향을 준다고 밝혀지긴 했지만, 위기의 순간엔 그 무엇도 소용없었다. 눈에 보이지 않는 극한의 고통에 빠져 있던 그 순간의 나에게는 눈에 보이는 세상의 어떤 풍경도 위안이나 도움이 될 수 없었을 것이다. 절벽의 풍경은 20년 뒤에도 그다지 많이 바뀌지 않았을 테지만, 이제 나는 그 위에 서서 그곳의 아름다움을 제대로 음미하고, 겁에 질린 청년이었던 예전의 나와는 전혀 다른 기분을 느낄 수 있게 되었다.

우리 내면에는, 우리가 보는 것이나 우리가 있는 장소에 영향을 받지 않는 독립적인 공간이 있다. 그래서 우리는 외부의 아름다움과 평화로움에 에워싸여 있어도 고통을 느낄 수 있는 것이다. 하지만 그 반대도 마찬가지다. 공포로 가득한 세상에서도 평온함을 느끼는 것이 가능하다. 우리는 내면에 평온함을 배양할 수 있다. 그리고 그것이 생명력을 얻고 성장해서 우리가 고난을 이겨낼 수 있게 해준다.

독서에 대한 진부한 표현이 하나 있다. '세상에 있는 책의 숫자는 독자들 숫자만큼'이라는 표현이다. 다른 말로 하면 한 권의 책이라도 그 책을 읽는 독자들마다 제각기 다른 감상을 얻는다는 뜻이다. 가령, 다섯 사람이 한자리에 모여 어슐러 K. 르 귄의 『어둠의 왼손』을 읽는다면 결국엔 다들 타당하면서도 완전히 다른 다섯 가지의 반응이 도출될 것이다. 여기서 중요한 것은 '무엇을 읽느냐'가 아니라 '어떻게 읽느냐'다. 이야기를 시작하는 사람은 작가일지 몰라도 그 이야기가 생생하고 재미있어지려면 반드시 독자가 필요하다. 그리고 이야기가 생기와 재미를 띠는 방식은 결코 똑같은 법이 없다. 이야기는 단순히 단어들만 모아놓은 것이 결코 아니다. 그 단어들을 읽는 행위도 이야기가 된다. 그리고 바로 이 행위가 이야기를 다채롭게 하는 변수다. 그 안에 마법이 숨 쉬고 있다. 작가가 할 수 있는 일이라곤 성냥을 하나, 되도록 바싹 마른 성냥을 하나 건네주는 것이다. 그 성냥을 그어 불꽃을 탄생시키는 일은 독자의 몫이다.

이 세상도 마찬가지다. 세상의 숫자도 그 안에 거주하는 사람들의 수만큼 많다. 우리 안엔 각자의 세상이 존재한다. 우리가 경험하는 세상은 흔히 '세상'이라 불리는 이 만고불변의 객관적인 대상과는 다르다. 세상을 경험한다는 것은 세상과 상호작용하고 세상을 이해하는 각자의 방식이다. 우리는 다들 어느 정도는 자신만의 세계를 만든다. 그리고 자신만의 방식으로 그 세상을 읽는다. 하지만 또 한편으론, 무엇을 읽을지도 어느 정도는 선택할 수 있다. 도대체 세상의 어떤 점이 우리를 슬프게 하고 겁먹게 하고 헷갈리게 하고 아프게 하고 평온하게 하고 행복하게 하는지 우리는 열심히 알아내야 한다.

때로는 삶이 과도하게 프로듀싱된 노래처럼 느껴질 때가 있다. 백 가지 악기 소리가 한꺼번에 뒤섞여 불협화음을 내는 노래. 가끔은 노래에서 모든 효과음과 기계음을 벗겨내고 오로지 기타와 목소리만 어우러진 어쿠스틱 버전으로 듣는 것이 더 좋을 때가 있다. 노래 안에서 너무 많은 일이 벌어지면 종종 노래 자체를 듣는 것이 힘들어진다.

이렇게 뒤죽박죽되어버린 노래처럼, 우리도 중심을 잃고 혼란스러워질 수 있다. 하지만 우리 자아의 원천적 본질은 수만 년 동안 변하지 않았다. 우리를 둘러싼 온갖 새로운 앱과 스마트폰, 소셜 미디어 플랫폼, 핵무기 따위에도 불구하고, 우리는 이 사실을 잊지 말아야 한다. 인간 본연의 노래를 잊지 말아야 한다. 물속에 잠겨 숨이 막힐 땐 공기를 떠올리고, 넘쳐나는 광고의 홍수, 끊임없는 뉴스 속보, 인터넷에서 매일 벌어지는 백만 가지의 충격적인 사건들 속에서도 약간의 평온함을 찾아내고, 두려운 마음이 드는 것을 두려워하지 않는 인간이 되어야 한다. 눈부시고, 참되고, 아름답고, 연약하고, 결함 있고, 불완전하고, 동물적이고, 늙어가고, 경이로운, 그야말로 인간 본연의 우리 자신이 되어야 한다. 언제라도 멈추어 서서 햇살 한 가닥, 대화, 근사한 그라피티 작품 하나, 그 밖의 수많은 소소한 아름다움을 발견하는 능력, 도무지 불가한 경이라고밖에 할 수 없는 '살아 있음'을 자각할 수 있는 능력 덕분에, 시간과 공간이라는 속박에 갇혀 있으면서도 자유로워질 수 있는 우리 자신의 노래를 기억해야 한다.

오직 인간으로만 존재하는 하루

우리가 로봇이 아니라 인간이어서 다행인 다섯 가지 이유.

1. 윌리엄 셰익스피어는 로봇이 아니었다. 에밀리 디킨슨도 로봇이 아니었다. 아리스토텔레스도, 유클리드도, 피카소도 마찬가지다. 『프랑켄슈타인』의 작가 메리 셸리도 로봇에 대한 작품을 썼을지언정 그녀 자신이 로봇은 아니었다. 우리가 단 한 번이라도 좋아하고 아꼈던 사람들 모두 로봇이 아니었다. 인간은 다른 인간을 놀랍도록 감탄시킨다. 그리고 우리는 모두 인간이다.

2. 우리는 불가사의한 존재다. 우리는 우리의 존재 이유도 알지 못한다. 그저 자신의 존재 의미를 스스로 빚어나가야 한다. 로봇은 설계될 때부

터 자기가 수행할 특정 임무나 일련의 과제가 정해져 있지만, 우리는 이 세상에서 벌써 수천 세대나 살아왔는데도 여전히 답을 찾고 있다. 그 수수께끼는 손에 잡힐 듯 말 듯 우리를 애타게 한다.

3. '그리 오래되지 않은' 우리 선조들은 시를 쓰고, 노래를 부르고, 전쟁에서 용맹하게 싸우고, 사랑에 빠지고, 춤을 추고, 동경 어린 눈빛으로 저녁노을을 바라봤다. 미래 로봇의 선조는 셀프 계산대 기계와 저질 진공청소기가 될 것이다.

4. 이 목록은 사실 네 가지가 전부다. 그저 로봇을 헷갈리게 만들려는 의도였다. 어쨌든 나는 실제로 몇몇 온라인 친구들에게 왜 인간이 로봇보다 나은지 물어봤는데 다양한 대답이 돌아왔다. '자기 비하 개그', '사랑', '말랑한 피부와 오르가슴', '경이감', '공감' 등. 언젠가 로봇도 이런 자질을 개발할 수 있을지도 모르지만, 지금 당장은 이런 점들이 우리 인간의 특별함을 분명하게 되새겨준다.

●

딱 하루만, 우리가 인간을 그냥 인간이라고 부른다고 상상해보자. 국적부터 붙이거나 그들이 믿는 종교로 구분하지 않고 말이다. 영국인도, 미국인도, 프랑스인도, 독일인도, 이란인도, 중국인도, 한국인도, 무슬림교도도, 시크교도도, 기독교인도, 아시아인도, 흑인도, 백인도, 남자도, 여자도, 코카콜라 CEO도, 깡패도, 세 아이의 엄마도, 역사학자도, 경제학자도, BBC 기자도, 트위터 유저도, 소비자도, 「스타트렉」 팬도, 작가도, 17세·39세·83세도, 보수파도, 진보주의자도 아닌, 그냥 인간. 전부 그냥 인간으로 바꾸는 거다. 우리가 모든 거북이를 그냥 거북이로만 보는 것처럼, 이 사람도 인간, 저 사람도 인간, 그 사람도 인간으로. 우리가 아는 체하는 것들의 실상을 우리 자신에게 똑똑히 확인시켜주자. 우리가 누구인지 우리 자신에게 다시 한 번 일깨워주자.

우리는 현재까지의 지식으로는 생명체가 존재하는 유일한 행성인 지구의 동물이다. 우리는 우주에서 보면 연약하기 그지없는, 푸른 알갱이 표면에서 살아가는 수많은 종 중 인간이라는 종으로 묶인 동물일 뿐이다. 이 진부하고도 감상적인 기적에 흠뻑 빠져 우리 자신의 존재를 바라보자.

살아 있다는 것이 얼마나 운 좋은 일인지, 그뿐 아니라 우리가 바로 지금 여기, 우리에게 언제까지나 가장 아름다운 행성으로 기억될 이 지구에 살아 있다는 사실을 스스로 인지한다는 것이 얼마나 운 좋은 일인지, 이 기이한 행운을 잣대로 우리 자신을 바라보자. 우리가 숨 쉬고, 일상을 살고, 사랑에 빠지고, 토스트에 땅콩버터를 발라 먹고, 강아지와 인사를 나누고, 음악에 맞춰 춤을 추고, 『슬픔이여, 안녕』을 읽고, TV 드라마를 정주행하고, 건물에 드리운 짙은 그림자 때문에 더욱 돋보이는 햇살을 그냥 지나치지 않고, 우리의 보드라운 살갗에 닿는 바람과 빗방울을 느끼고, 서로를 보살펴주고, 백일몽과 어두운 밤 꿈속에서 무아경에 빠지고, 우리 자신이라는 존재의 달콤한 미스터리 속으로 빠져들 수 있는 이 지구별에서, 우리가 우리의 본모습 그대로, 서로에게 오로지 인간으로만 존재하는 어떤 하루를 상상해보자.

세상이 버거울 때 나에게 해주는 말

1   괜찮다.

2   설사 괜찮지 않더라도, 내가 어찌할 수 없는 일이라면 굳이 어떻게 해보려고 애쓰지 않아도 된다.

3   사람은 누구나 오해를 받는다. 다른 사람들이 날 제대로 알아주고 말고는 신경 쓸 필요 없다. 그보다는 나를 제대로 이해하는 데에 집중하자. 그것만 할 수 있게 되면 다른 것들은 다 상관없어진다.

4   나 자신을 그대로 받아들이자. 스스로에게 만족까지는 할

수 없더라도 최소한 지금의 모습을 있는 그대로 받아들이자. 나를 제대로 알지 못하면 바꿀 수도 없다.

5   절대 쿨해지지도, 그렇게 되려고 노력하지도 말자. 쿨한 사람들이 무슨 생각을 하든 어떻게 행동하든 신경도 쓰지 말자. 따뜻한 사람들을 향해 고개를 돌리자. 삶은 따뜻한 거니까. 쿨해지는 건 죽은 다음에 해도 충분하다.

6   좋은 책을 하나 골라서 자리 잡고 앉아 읽어보자. 살다 보면 가끔 길을 잃고 헤매는 것 같은 기분이 들 때가 생긴다. 그럴 때 책은 나 자신에게 다시 돌아오는 길이 되어준다. 그 사실을 꼭 기억하자. 더 많이 읽을수록 더 많이 알게 될 것이다. 고난의 시간을 헤쳐나갈 나만의 길을 더 잘 찾을 수 있게 될 것이다.

7   나 자신을 어떤 기준 안에 가두지 말자. 내 이름, 성별, 국적, 성 정체성, 페이스북 프로파일의 틀에 갇혀 눈멀지 말자. 노자는 말했다. "지금의 나를 놓아야 비로소 장차의 내가 된다"고.

8   천천히 하자. 노자는 이렇게도 말했다. "자연은 서두르지 않는다. 그럼에도 무엇 하나 덜 되는 법이 없다."

9   인터넷은 즐겁게 사용하자. 즐겁지 않다고 느껴지면 당장 창을 닫아버리자.

10   나와 비슷한 감정을 겪는 사람이 많다는 사실을 기억하자. 심지어 온라인에서도 그런 사람들을 찾을 수 있다. 소셜 미디어의 가장 좋은 점이 바로 이것이다. 그 안에서 나의 고통에 대답하는 메아리를 들을 수 있고, 나를 이해하는 사람들을 발견할 수 있으니까.

11   「스타워즈」의 요다도 이런 비슷한 말을 했지만, '……이 될 수 있도록 노력해볼게요'라는 말은 맞지 않는다. '그렇게 되도록 노력해볼게요'는 '그렇게 될게요'의 반의어다.

12   나만의 특별함은 나의 결점들, 나의 불완전함 덕분이다. 그것들을 오롯이 끌어안자. 내가 가진 본래의 인간다움을 걸러내거나 없애려 하지 말자.

13   돈을 쓰고 물건을 사는 것이 바로 행복이라고 말하는 마케팅의 꼬임에 넘어가지 말자.

14   절대 아침밥을 거르지 말자.

15   평상시에는 되도록 자정 전에 잠자리에 들자.

16   크리스마스, 가족 행사 등 빡빡하게 짜인 업무 등으로 잔뜩 격앙된 시기일지라도 잠깐이나마 평온하게 있을 수 있는 순간을 만들어보자. 이따금씩 침실로 물러나 그날에 쉼표를 하나 찍어주자.

17   쇼핑을 줄이자.

18   요가를 조금 해보자. 신체와 호흡이 스트레스를 받지 않으면 정신적인 스트레스도 잘 생기지 않는다.

19   불안정한 시기일수록 규칙적인 일과를 지키자.

20   내 인생에서 가장 안 좋은 부스러기들을 다른 이들 삶의 멋진 파편들과 비교하지 말자.

21   언젠가 잃어버렸을 때 내가 가장 그리워하고 아쉬워할 것들에 최우선의 가치를 두자.

22   나 자신을 한마디로 규정 지으려 하지 말자. 이제 그만, 내가 누구인지 정의해보겠다는 생각을 버리자. 철학자 앨런 왓츠도 말했다시피 "너 자신을 정의하려 하는 것은 자기가 자기 이빨을 깨물려는 것이나 마찬가지"다.

23   산책을 나가자. 밖으로 나가 달리자. 춤을 추자. 그리고 땅콩버터 토스트를 먹자.

24   느껴지지 않는 감정을 애써 느끼려 하지 말자. 내가 되지 못할 누군가 또는 무언가가 되려고 애쓰지 말자. 그렇게 안간힘을

쓰다가는 결국 지쳐 쓰러지고 말 것이다.

25   세상과 연결되고 말고는 와이파이와는 전혀 상관없다.

26   미래라는 건 없다. 미래를 계획하는 것은 곧 다가올 현재를 계획하는 것일 뿐, 어차피 그때가 되어도 나는 여전히 미래에 대한 계획을 세우고 있을 것이다.

27   호흡하자. 천천히, 깊이.

28   지금 당장 사랑을 하자. 사랑하는 사람과 함께할 무언가가 있다면 지금 즉시 행동에 옮기자. 거침없이 사랑하자. 사심을 버리고 세상 밖으로 나가 사랑을 마구 남발하자.

29   죄의식을 갖지 말자. 물론 소시오패스가 아닌 이상 요즘 같은 세상에서 죄의식을 조금이라도 느끼지 않기란 거의 불가능하다. 온갖 죄책감이 뒤섞여 나를 어지럽힌다. 세상 어딘가에 굶주리는 사람들이 있는데 나는 음식을 먹을 수 있다는 죄책감, 자동차를 타고 플라스틱을 사용하면서 느끼는 환경에 대한 죄책감, 은밀한 욕망 또는 부도덕한 욕망에 대한 죄책감, 다른 이들이 기대하는 수준의 사람이 아니라는 죄책감, 남들은 다 할 수 있는 일을 못 해서 드는 죄책감, 병에 걸렸다는 죄책감, 살아 있다는 죄책감, 이놈의 죄책감…… 전부 쓸데없다. 어느 누구에게도 도움 되지 않는다. 예전

에 무슨 잘못을 저질렀든 더는 거기에 붙잡혀 있지 말고 지금 당장 할 수 있는 좋은 일을 찾자.

30   세상의 관점으로 나 자신을 평가하지 말자. 시장의 게임에 동참하지 말자. 내 안에 상품화되지 않은 공간을 확보하자. 인간 본연의 공간을, 숫자, 돈, 생산성의 잣대로 절대 측정될 수 없는 공간을, 시장 경제는 절대 들여다볼 수 없는 그런 공간을 만들자.

31   하늘을 보자. 하늘은 언제 봐도 경이롭다.

32   가끔 인간 외의 동물과 어울려보자.

33   뻔뻔스러울 정도로 지루한 사람이 되어보자. 지루하게 있는 것도 건강에 좋을 수 있다. 삶이 고달파질 때면 그런 옅은 색의 단조로운 감정들을 추구해보자.

34   남들이 나를 평가한 것을 기준으로 나 자신의 가치를 매기지 말자. 엘리너 루스벨트도 말했듯, 내가 허락하지 않는 이상 그 누구도 나를 열등감에 빠뜨릴 수 없다.

35   이 세상엔 슬픈 일도 일어나지만, 오늘 하루 동안에도 우리가 미처 알지 못한 백만 가지의 선행이 베풀어졌음을 기억하자. 인간의 선함은 조용히 계속되고 있다.

36   내 꼴이 좀 엉망이라고 자책하지 말자. 엉망이면 또 어떤 가. 어차피 우주도 혼돈의 세계다. 저 많은 은하계도 사방을 떠돌고 있다. 나는 그런 우주와 그저 궁짝이 잘 맞는 것뿐이다.

37   정신적으로 아프다는 기분이 들 땐 마치 몸에 병이 생겼을 때처럼 나를 돌봐주자. 천식이든 독감이든 그 밖의 다른 어떤 병에 걸렸을 때처럼, 마음이 아플 때도 회복에 필요한 처치를 해주자. 그리고 절대 수치스러워하지 말자. 부러진 다리를 그대로 계속 끌고 돌아다니지 말자.

38   울어도 괜찮다. 다들 운다. 여자들도 울고, 남자들도 운다. 모두 자연스럽고 정상적인 일이다. 사회적 역할과 기준이 감정의 발산을 허용하지 않는다면 그건 유해한 일이다. 울자. 가슴이 후련해질 때까지 실컷 울자.

39   실패를 허락하자. 마음껏 의심하게 하고, 나약한 마음도 한껏 느끼게 하자. 중간에 마음을 바꿔도, 좀 불완전해도, 활력 있는 삶을 내키지 않아 해도 내버려두자. 쏜살같이 날아가는 화살처럼 삶을 돌파하고 싶지 않겠다고 하면 그러라고 해주자.

40   무엇이든 덜 원하려고 노력하자. 바라는 마음은 빈 구멍이다. 바람은 결핍과 같다. 시인 바이런이 '나는 영웅을 원한다'라고 표현했을 때 그것은 곧 그에게 영웅이 없다는 뜻으로 한 말이었다.

필요 없는 것들을 원하다 보면 전에 없던 결핍감을 느끼게 된다. 나에게 필요한 것은 여기 다 있다. 인간의 완성은 그냥 인간인 채로 있는 것. 지금 그대로의 내가 바로 나의 목적지임을 기억하자.

우리는 완성된 채로 세상에 나왔다

과거부터 거의 항상 있었던 것들.

절벽, 나무고사리, 유대감, 하늘, 옥토끼, 아련한 감상에 젖게 하는 해돋이와 해넘이, 영원한 사랑, 아찔한 욕정, 폐기된 계획들, 후회, 구름 한 점 없는 밤하늘, 보름달, 모닝 키스, 싱싱한 열매, 태양과 바다, 조류, 강, 거울처럼 잔잔한 호수, 우정 어린 얼굴들, 코미디, 웃음, 이야기, 신화, 노래, 배고픔, 즐거움, 섹스, 죽음, 믿음, 불, 참자아에 몰입한 이의 깊고 고요한 참선, 어둠 속에서 더욱 빛나는 불빛, 눈 맞춤, 춤, 무의미한 대화, 의미심장한 침묵, 잠, 꿈, 악몽, 괴물 모양의 그림자, 거북이, 톱상어, 촉촉한 풀잎의 싱그러운 초록빛, 땅거미에 드리운 검보라색 구름, 서서히 침식해가는 바위 위로 끊임없이 밀어닥치는 차가운 파도, 농후한 윤기로 반짝거리는 젖은 모래, 갈증이 가실 때 터지는 후련한 탄성, 끔찍하면서도 한편으론 우리를 애타게 만드는 '살아 있음'에 대한 자각, 영원을 이루는 무한한 '지금'들. 희망이 있을지 모른다는 희망, 든든한 안식처가 되어주는 집.

●

지구는 정말 독특한 행성이다. 우주라는 이 광대무변의 공간에서 (지금까지 우리가 알아낸 바에 따르면) 생명체가 존재하는 행성은 오직 지구뿐이다. 믿을 수 없을 정도로 굉장한 곳이다. 지구는 자기 혼자만의 힘으로 우리 인간들의 생존에 필요한 모든 것을 나눠준다. 그리고 이런 지구처럼, 당신 역시 믿을 수 없을 정도로 굉장하다. 태어나는 순간부터 놀라운 존재였고, 태어나는 순간부터 이미 완전한 존재였다. 세상에 갓 태어난 아기를 보면서 '아이고 이런, 이 가진 것 하나 없는 물건 좀 보게'라고 생각하는 사람은 아무도 없다. 사람들은 갓난아기를 볼 때마다 흠 없이 완벽한 존재를 보고 있다는 기분을 느낀다. 이제 곧 닥칠 복잡다단하고 짐스러운 삶에 때 묻지 않았으니까.

우리는 완성된 채로 세상에 나온다. 그런 우리에게 먹고 마실 것과 머물 곳을 마련해주고, 노래도 한 곡 불러주고, 이야기도 해주고, 우리가 이야기하고 아끼고 사랑할 수 있게 사람들도 좀 보내주면, 그게 바로 '삶'이다.

하지만 그렇게 살아오는 사이 어디쯤에서 우리는 우리에게 필요한 것, 또는 '필요할 것 같은 것'의 문턱을 높여버렸다. '행복해지겠다'면서.

우리는 빨리 물건을 사서 행복해지라는 유혹을 끊임없이 받는다. 기업들 역시 더욱 성공하려면 돈을 더 많이 벌어야 한다고 종용을 당하기 때문이다. 이 과정은 중독적이기까지 하다. 우리를 만족시키기 때문에 중독적인 게 아니라, 우리를 만족시키지 못하기 때문에 중독적이다. 일단 물건을 사면, 그 물건 때문에 얼마간은 기분이 좋다. 새것이라는 점이 좋은 것이다. 하지만 계속 가지고 있다 보면 더 이상 아무렇지도 않게 되고, 완전히 적응되면 이제 우리는 또 다른 새로운 것이 필요해진다. 새로움, 변화의 감흥을 느껴야 하는 것이다. 더 새로운 것, 더 좋은 것, 업그레이드된 것이 필요하다. 그리고 똑같은 과정이 다시 되풀이된다.

그렇게 시간이 지나면서 우리는 점점 늘어나는 물건에 익숙해진다. 그리고 이 똑같은 원리가 모든 것에 적용된다. 자기 셀카에 달린 수많은 '좋아요'에 기분이 좋아진 인스타그램 사용자는 곧 더 많은 '좋아요'를 받으려고 애쓰게 되고, 그래도 숫자가 늘지 않으면 실망한다. A 학점만 받던 학생은 자기 성적표에 B가 하나라도 있으면 스스로를 실패자라 느낄 것이고, 부자가 된 사업가는 더 많은 돈을 벌 궁리를 하게 될 것이다. 헬스장에 다니는 사람은 조각 같은 몸매로 환골탈태한 모습이 좋아서 운동을 점점 더 열심히 할 것이고, 그렇게 바라마지않던 승진을 한 직원은 금방 또 그다음 승진을 바랄 것이다. 무언가를 성취하거나, 차지하거나, 구매할 때마다 목표치의 장벽이 높아진다.

언젠가 나는 내 글이 출간되기만 한다면 평생 행복할 것이라 생각했다. 그러고는 책이 한 권 출간되었다. 그다음엔 내 책이 한 권만 더 출간될 수 있다면, 그리고 그다음엔 내 책이 베스트셀러가 될 수 있다면, 그리고 그다음엔 또 다른 책이 베스트셀러가 될 수 있다면, 그리고 그다음엔 내 책이 베스트셀러 1위가 될 수 있다면, 그리고 그다음엔 내 책이 영화 판권으로 팔릴 수 있다면, 하고 바랐다. 물론 나도 다른 많은 사람처럼 내가 정한 목표에 도달할 때마다 행복해졌다. 하지만 아주 잠깐뿐이었다. 내 마음은 이미 달성된 목표에 순식간에 적응하고 또다시 새로운 목표 거리를 탐색했다. 같은 수준의 만족감을 느끼려면, 목표 달성이 계속될수록 점점 더 큰 목표를 성취해야 했다.

당신이 점점 더 큰 '성공'을 거둘수록, 아무것도 얻지 못했을 때는 더 금방 실망에 빠진다. 이전과의 유일한 차이점은 이제는 당신이 아무것도 얻지 못해도 아무도 당신을 안타까워하지 않는다는 점이다.

무엇을 사든, 무엇을 성취하든 그 순간의 기쁜 감정은 지속되지 않는다. 스포츠 챔피언은 계속해서 또 다른 우승을 차지하고 싶어 한다. 백만장자는 언제나 또 다른 백만 달러를 원하고, 세간의 관심에 굶주린 스타들은 계속해서 더 높은 명성을 차지하고 싶어 한다. 알코올의존증 환자와 도박 중독자가 원하는 것도 술 한 번 더 마시는 것, 베팅 한 번 더 하는 것이다. 모두 같은 원리다.

하지만 여기에는 언제나 수확체감 현상이 일어날 것이다. 장난감을 이미 백 개나 가지고 있는 아이는 새로운 장난감이 생길 때마다 새것에 대한 관심의 크기도 점차 시들해질 것이다. 더 큰 만족을 원할수록 더 큰 비용이 필요해진다.

이렇게 생각해보자. 이번 휴가 때는 지난 휴가 때보다 열 배나 더 비싼 휴가를 보낼 수 있다면, 열 배 더 편안하게 쉴 수 있을까? 그렇지 않을 거다. 당신이 자신의 트위터 피드를 열 배 더 오래 보고 있는다고 열 배 더 많은 정보를 얻을 수 있을까? 당연히 아니다. 당신이 평소보다 두 배 더 오래 직장에 있는다고 일의 양도 두 배로 완수할 수 있을까? 연구에 따르면 이 역시 그렇지 않다고 한다. 지금 가진 자동차보다 열 배는 더 비싼 자동차를 살 수 있다면, A 지점에서 B 지점까지 그 자동차로 가면 열 배는 더 빨리 갈 수 있을까? 노화 방지 크림을 더 많이 바를수록 덜 늙게 될까?

지구가 단 하나이듯, 이 세상에서 당신도 오직 당신 한 명뿐이다. 지구의 자원이 한정되어 있듯, 당신이 가진 자원, 즉 '시간' 역시 한정적이다. 세상에 나온 앱을 전부 사용할 수도 없고, 모든 파티에 다 참석할 수도 없다. 혼자 스무 명의 일을 할 수도 없고, 세상의 뉴스를 전부 때맞춰 챙겨볼 수도 없고, 코트 열한 벌을 한꺼번에 입을 수도 없다. 더 사고, 더 차지하고, 더 일하고, 돈을 더 벌고, 더 애쓰고, 트윗도 더 올리고, 더 많은 프로그램을 보고, 더 많이 원할 수는 있지만, 매번의 새로움마다 신바람의 강도가 줄어들면서 자기 자신에게 이렇게 묻게 될 날이 닥치게 될 수밖에 없다.

'이런 게 다 있어봐야 무슨 소용이지?'

이런 걸로 얻는 행복이 얼마나 될까? 우리는 왜 필요한 것보다 훨썬 더 많은 걸 원하는 걸까? 차라리 지금 가지고 있는 것에 감사하고 그것을 제대로 누리는 법을 배워간다면 더 행복해지지 않을까?

새로운 삶을 위해 명심해야 할 것

1   매 순간 깨어 있어라.

당신이 핸드폰을 들여다보는 데 얼마나 많은 시간을 쓰고 있는지 의식하고 있어야 한다. 세상 뉴스가 당신의 정신을 얼마만큼 어지럽히고 있는지, 일에 대한 당신의 마음이 어떻게 바뀌고 있는지, 얼마나 많은 압박감을 느끼는지, 그리고 그 압박감 중 사회가 끼치는 영향이 어느 정도인지를 의식해라. 아는 것이 문제 해결의 출발점이다. 손이 뜨거운 난로에 닿았다는 것을 인식함으로써 난로에서 얼른 손을 뗄 수 있는 것과 같이, 현대사회 속 투명 상어들의 존재를 인식하고 있으면 상어를 더 잘 피할 수 있게 된다.

2   당신은 이미 완전하다.

우리는 자신이 부족하다고 느끼도록 길들여졌고, 사회는 끊임없이 우리 자신을 결점 많은 존재로 느끼게 한다. 하지만 그렇게 느낄 필요는 없다. 처음부터 당신은 당신이라는 존재 그대로 태어났고 여전히 그 존재 그대로다. 절대 다른 존재가 될 수 없다. 당신을 대신해줄 대역도 없다. 이곳에서 당신이 될 사람은 오직 당신뿐이다. 그러니 비교하지 마라. 당신이 되어본 적도 없는 사람들이 당신에 대해 왈가왈부하는 말로 당신 스스로를 평가하지 마라.

3   당신의 세상은 당신 마음속에 존재한다.

당신의 관점을 바꾸면 당신의 행성도 바뀐다. 그리고 당신의 삶도 바뀐다. 다중우주론에 '한 번의 결정을 내릴 때마다 새로운 우주가 창조된다'라는 설이 있다. 그저 10분 정도 핸드폰을 확인하지 않는 것만으로도 우리는 가끔 더 나은 우주에 입장할 수도 있다.

4   삶을 간소화하라.

적을수록 더 좋다. 과부화된 환경은 정신의 과부하를 초래한다. 새벽 3시에 갑자기 회신 못 한 이메일이 떠올라도 불안해할 필요 없다. 지금 꼭 해야 하는 일, 지금 꼭 둬야 하는 물건이 아니라면 다 치워버려라.

5   정말 중요한 것이 무엇인지 당신은 이미 알고 있다.

어느 날 그것이 당신 곁에서 없어졌을 때 당신이 마음 깊이 그리워하고 아쉬워하게 될 것들이 바로 그것이다. 그런 것들이야말로 우리가 가장 많은 시간을 쏟아야 할 일들이다. 사람, 장소, 책, 음식, 경험, 무엇이든 상관없다. 그리고 이 중요한 일들을 더 많이 즐기려면 때로는 그 밖의 다른 일들을 벗어던져야 한다. 그 굴레를 뚫고 나와야 한다.

나 자신에게 만족하는 연습

일주일 전에 나는 살면서 쌓아두었던 온갖 물건들을 가져다가 자선 중고품 가게에 기부해버렸다. 기분이 좋았다. 다른 사람들에게 도움이 되어서도 그랬지만, 비움의 쾌감이 느껴졌기 때문이다. 집도 내 오만가지 잡동사니에서 해방되었다. 한 번도 안 입은 옷들, 한 번도 안 쓴 화장품, 아무도 앉지 않는 의자 두 개, 다시 볼 일 없는 오래된 DVD들, 그리고 심지어 절대 읽지 않을 책들까지.

"진짜 이것들 전부 다 버린다고?"

현관에 산처럼 쌓인 대형 비닐 꾸러미에서 눈을 떼지 않고 아내가 물었다. 타고난 미니멀리스트인 그녀조차 많이 놀랐던 모양이다.

"응, 그러려고."

그런데 이렇게 물건을 버리는 작업을 하다 보니, 그동안 내가 넘치게 갖고 있었던 물건들의 가치를 다시 가늠하는 기회가 되기도 했다. 예를 들면, 오래된 DVD들을 버리려고 정리하던 중에 다시 보고 싶은 DVD를 하나 발견했다. 바로 「멋진 인생」이었다. 이틀 밤 뒤 나는 그 영화를 다시 보았다.

이와 비슷한 예로, 뉴스를 제한적으로만 접하는 습관을 들이면 뉴스를 챙겨볼 때마다 진짜로 중요한 소식에 더욱 집중할 수 있게 된다. 근무시간을 조금 줄이면 그 시간 동안 좀 더 생산적으로 일할 수도 있다. 나열하자면 끝도 없다. 그러니 잡동사니를 정리해라. 자신의 삶을 개조해라.

치워버리는 일은 사실 쉬운 편에 속한다. 옷장의 옷을 반으로 줄이는 것은 쉽다. 이메일에 스팸 설정을 해둔다거나 알림을 꺼버리는 것도, 온라인에서 만나는 사람들에게 좀 더 친절히 대하는 것도 쉽다. 좀 더 이른 시각에 잠자리에 드는 것도 '어느 정도는' 쉬운 일이다. 자신의 호흡을 좀 더 의식하고 하루에 30분 정도 요가 시간을 만드는 것도, 자는 동안 핸드폰을 침실 밖에 둔 채 충전하는 것도.

정말로 어려운 것은 나 자신의 내면에 있는 사고방식을 어떻게 바꿀 것인가이다. 그런 것들은 대체 어떻게 개조한단 말인가? 사회에 의해 내 안에 주입된 그 많은 사고방식 말이다. 어떻게 행동해야 하고 어떤 사람으로 평가받아야 한다는 사고방식. 어떤 방식으로 일하고, 돈 벌고, 소비하고, 시청하고, 살아야 한다는 사고방식. 정신 건강은 신체의 건강과 상관없다는 사고방식. 마케터와 정치가들이 일러준, 우리가 두려움을 가져야 할 온갖 것에 대한 사고방식. 경제와 사회적 질서가 유지될 수 있도록 우리가 느껴야 하는 욕망과 결핍, 그것에 대한 사고방식들.

그래, 쉽지 않다. 하지만 '수용'이 열쇠가 될 수 있을 것 같다.

자신을 그대로 받아들이고, 사회의 현실뿐 아니라 자신의 현실을 받아들이고, 그러면서도 자신이 부족한 존재라고 느끼지 않는 것. 우리의 집과 마음속이 온갖 잡동사니로 채워지는 것은 바로 그 부족하다는 감정 때문이다. 지금 그대로 완결된 자신으로 존재하라. 그 모습 그대로 완전하고 온전한 인간으로, 그 어떤 것도 아닌 오로지 자신으로 존재하기 위한 목적만으로 지금 여기에 있어라.

버지니아 울프는 그 과제로 고투하며 이렇게 썼다.

"중요한 것은 우리의 자아를 자유롭게 풀어주는 것이다. 자아가 자신만의 자리를 찾게 하라. 억눌리게 하지 말고."

덧붙여 말하지만, 내가 이미 그 경지에 도달했다고 말한다면 그건 거짓말이다. 절대 그 수준은 아니다. 아주 조금 가까워지긴 했지만, 그 언저리까지라도 가려면 아직 멀었다. 앞으로 영원히 그 완연한 경지에 도달할 수 있을지도 의문이다. 기술과 소비지상주의, 온갖 방해 요소로 가득한 이 불안한 세상 저 너머에 있는 황홀한 열반의 경지에, 산골짝의 시내처럼 맑디맑은 정신에 이를 수 있을까? 정해진 종착점은 없다. 핵심은 완벽해지는 것이 아니다. 자신이 완벽하지 않다고 스스로를 벌주는 것이 오히려 이 모든 문제 중 하나다. 발전하면 발전하는 대로, 불완전하면 불완전한 대로 자신의 있는 모습 그대로를 받아들이는 것은 끝나지 않는 과제다. 하지만 그 대가는 어마어마한 보람으로 돌아올 것이다.

무엇이 해로운지를 알고 있으면 우리 자신을 보호하기가 훨씬 쉬워진다. 먹고 마시는 것과 마찬가지다. 물론 초코바나 코카콜라가 건강에 해롭다는 것을 알고 있다고 해서 그것을 절대 안 사 먹게 되는 것은 아니다. 하지만 아마 덜 사 먹게 되기는 할 것이다. 그리고 혹시 먹게 되더라도 심지어 더 맛있게 느껴질 수도 있다. 자주 먹지 않는 좀 더 특별한 먹거리가 되었으니까.

그래서 요즘엔 나도 다섯 시간 내내 채널을 이리저리 돌려가며 TV를 보는 대신, 프로그램 하나를 제대로 보려고 노력한다. 소셜 미디어를 하면서 오후를 통째로 날려버리는 대신, 가끔 10분 정도씩만 확인하고, 컴퓨터는 항상 정해진 시간 동안 사용해서 무작정 빠져들지 않도록 한다. 할 수 있을 때마다 선행이나 옳은 일을 하려고 노력한다. 거창하게 영웅적인 일보다는 그냥 평범한 일들, 가령 자선단체에 조금 기부를 한다거나, 노숙인들과 이야기를 나눈다거나, 정신 건강 문제를 겪고 있는 사람들을 돕고, 지하철에서 자리를 양보하는 정도의 일들이다. 소소한 '미니 선행'들. 꼭 이타적 인간이 되기 위해서라기보다는 좋은 일을 하는 것이 상당히 치유적이기 때문이다. 그런 행동을 하면 내 기분이 좋아진다. 일종의 심리적 비움이다. 친절함은 봄맞이 대청소처럼 영혼을 정화시키기 때문이다. 그리고 어쩌면 이 불안한 행성을 조금 덜 불안하게 만들어줄지도 모른다.

이 작업에는 끝이 없다. 나는 나 자신에게 만족하려고 노력한다. 일을 하고 돈을 쓰고 운동을 해야만 나 자신을 인정할 수 있을 거라는 생각을 하지 않으려고 노력한다. 그러면 남자다워지기 위해 철

벽처럼 강해지지 않아도 되고, 다른 사람들이 나에 대해 어떻게 생각하든 신경 쓰지 않아도 되니까. 그리고 심지어 나약한 기분이 들 때도, 내 머릿속에 그놈의 쓸데없는 생각들과 두려움, 온갖 '정신적 스팸'이 가득 차 있을 때도, 나는 차분하려고 노력한다. 하다못해 노력조차 하지 않으려고 노력한다. 내 상태 그대로를 그냥 받아들이려고 한다. 그냥 느껴지는 대로 느낀다. 그렇게 하면 이해할 수 있게 되고, 내가 세상과 교류하는 방식을 바꿀 수도 있게 된다.

세상은 우리 안에 있다

　우리 한 사람 한 사람은 이 행성의 일부다. 하지만 마찬가지로, 이 행성도 우리의 일부다. 우리가 이 행성에 어떤 식으로 반응하고 대처할 것인지는 우리 각자의 선택에 달려 있다. 우리는 이 행성에서 우리를 자극하고 괴롭히는 여러 부분을 변화시킬 수도 있다. 물론 이 행성이 어떤 면에선 마치 불안장애 환자와 유사한 증상을 보일 때도 종종 있다. 하지만 세상은 한 가지 버전만 있는 게 아니다. 우리에겐 70억 가지 버전의 세상이 있다. 그중 자신에게 가장 잘 맞는 한 가지 버전을 찾아내기만 하면 된다.

　명심하자. 인간의 특성들, 사랑, 예술, 우정, 그 밖의 모든 것을 할 수 있는 능력 같은 특별한 속성들 중에 현대사회가 가져다준 것은 그 무엇도 없다. 그런 것은 모두 인간이라는 존재 자체의 산물이다.

비록 시시각각 정신없이 변하는 세상으로 인한 스트레스를 아예 끊어버릴 수는 없겠지만, 최소한 우리의 인간적 자아 가까이에 주의를 돌리고 존재의 고요한 정적에 귀 기울일 수는 있다. 우리의 정신을 굳이 우리 자신에게서 딴 데로 돌릴 필요가 없다는 사실을 깨달으면 된다.

우리에게 필요한 것은 전부 바로 여기에 있다. 우리는 머리부터 발끝까지 그 자체로 충분하다. 우리 주변에 도사린 투명 상어들에 맞서기 위해 더 큰 배를 찾을 필요도 없다. 우리 자신이 바로 더 큰 배다. 시인 에밀리 디킨슨이 묘사했듯, 뇌는 하늘보다 광대하다. 그 뇌로 현대사회가 우리 감정에 어떤 영향을 미치는지에 항상 주의를 기울이고, 그런 현실을 받아들이고, 변화가 더 유익할 땐 변화를 받아들일 수 있는 활짝 열린 마음을 지니자. 그러면 우리는 이 세상이 우리 자신의 정체성을 빼앗아갈 거라는 걱정 없이 이 아름다운 세상과 어우러질 수 있다.

다시, 나의 삶을 살러

지금 이 시각, 나는 노트북의 시간을 확인한다. 내가 화면을 얼마나 오래 들여다보고 있는지를 의식적으로 가늠하기 위해서다. 그렇게 시간의 수치를 아는 것만으로도 우리가 컴퓨터 앞에서 보내는 시간을 줄일 수 있다. 그러니까 내 생각엔 그것이 열쇠인 것 같다. '의식하기'.

또 다른 것도 의식한다. 지금 이 순간 강아지가 내 발치에 있다.

풍경도 의식한다. 창밖에서 햇볕이 내리쬐고 있다. 저 멀리 바다, 그리고 수평선을 가르며 솟아 있는 해상 풍력 발전기들이 보인다. 그 소박한 선형들은 희망을 품고 있다. 마치 추상화 속의 선들처럼 창밖 풍경을 조각내며 사방으로 교차하는 전선들, 우리가 자주 외면하는 저 하늘 위로 찌르듯 서 있는 수많은 굴뚝과 건물의 옥상들도 보인다.

가만히 바다를 바라본다. 내 마음도 평온해진다. 그러면서 세상의 여러 속성 중 우리 마음을 안락하게 하는 것들과 리듬을 맞춰보려 애쓴다. 이것이 우리가 현재를 사는 법이다. 이것이 바로 매 순간이 새로운 시작이 되는 방식이다. 의식함으로써. 필요 없는 것들은 다 벗겨내고 우리 자신에게 진짜로 필요한 것을 탐색함으로써. 바로 그 의식에서부터 우리는 자신의 중심을 잃지 않으면서도 여전히 이 세상을 사랑할 수 있는 방법을 찾을 수 있다. 그게 핵심이다. 물론, 어렵다. 정말 우라지게 어렵다. 그래도 절망보다는 낫다. 못 해낼 거라는 생각만 절대 하지 않으면, 그리고 우리 자신의 온갖 골치 아픈 결함과 실수를 자기 본래의 일부로 받아들이기만 하면, 그다음부터는 의식하고 방법을 찾는 것이 훨씬 쉬워진다.

조금 있다가 쇼핑센터에 갈 생각이다. 쇼핑센터에 가는 걸 좋아하진 않지만 그래도 이젠 그곳에 가도 공황 발작은 일어나지 않는다. 쇼핑센터나 슈퍼마켓, 온라인의 악플, 그 밖의 다른 어떤 것에서든 살아남는 비결은 그것들을 외면하는 것도, 피해 달아나는 것도, 맞서 싸우는 것도 아니다. 그냥 가만히 내버려두는 것이다. 그 모든 것이 내 재량 밖에 있음을 인정하는 것이다. 내 재량은 나 자신에게만 통한다.

시인 헨리 롱펠로는 이렇게 적었다.

"비가 내릴 때 우리가 할 수 있는 최선의 일은 비가 내리게 하는 것이다."

맞다. 비가 내리면 내리는 대로 내버려두자. 이 행성도 있는 대로 있게 하자. 우리에게 다른 선택권은 없다. 하지만 또한, 자신의 감정, 좋은 감정이든 나쁜 감정이든 감정을 알아줘라. 자신에게 무엇이 유익한지 파악하고, 그렇지 않은 것은 그냥 받아들여라. 비는 그냥 비일 뿐 세상의 끝이 아니라는 걸 이해하면 모든 것이 쉬워진다.

하지만 지금은, 비가 오지 않는다.

그래서 나는 이 페이지를 끝내는 순간 문서를 저장하고 노트북을 덮은 뒤 밖으로 나갈 거다.

햇빛 가득한 바깥으로.

나의 삶을 살러.

옮긴이 최재은

숭실대학교에서 영어영문학을 전공했다. 다년간 다국적 기업에서 근무했으며, 글밥아카데미를 수료한 뒤 바른번역 소속 번역가로 활동 중이다. 『로어 1, 2』, 『타투 사냥꾼』, 『진짜 모습으로 승부하라』 등을 번역했다.

불안의 밤에 고하는 말

초판 1쇄 인쇄 2022년 11월 23일
초판 1쇄 발행 2022년 12월 7일

지은이 매트 헤이그
옮긴이 최재은
펴낸이 이승현

출판1 본부장 한수미
라이프 팀장 최유연
편집 곽지희
디자인 김준영
표지 그림 이정호

펴낸곳 ㈜위즈덤하우스 **출판등록** 2000년 5월 23일 제13-1071호
주소 서울특별시 마포구 양화로 19 합정오피스빌딩 17층
전화 02) 2179-5600 **홈페이지** www.wisdomhouse.co.kr

ISBN 979-11-6812-516-2 03810